U0693092

江湖
开放日

走夜路的人

达达令　著

中国文史出版社
CHINA CULTURAL AND HISTORICAL PRESS

图书在版编目（CIP）数据

走夜路的人 / 达达令著 . -- 北京：中国文史出版
社 , 2020.1

ISBN 978-7-5205-1900-7

Ⅰ . ①走… Ⅱ . ①达… Ⅲ . ①故事—作品集—中国—
当代 Ⅳ . ① I247.81

中国版本图书馆 CIP 数据核字 (2019) 第 289299 号

责任编辑：张春霞

出版发行：中国文史出版社

社　　址：北京市海淀区西八里庄 69 号　　邮编：100142

电　　话：010-81136606　81136602　81136603（发行部）

传　　真：010-81136655

印　　装：北京新华印刷有限公司

经　　销：全国新华书店

开　　本：787mm×1092mm　1/32

印　　张：10　　字数：194 千字

版　　次：2020 年 8 月第 1 版

印　　次：2020 年 8 月第 1 次印刷

定　　价：57.00 元

文史版图书，版权所有，侵权必究。

文史版图书，印装错误可与发行部联系退换。

深夜是每个人的深夜。

目 录

守河之人

　　小时候因为父亲的工作调动，几乎每一年搬家一个地方。其实也不算很大型的旅程，无非是从一个小镇搬到另一个小镇，汽车也不过是一两个时辰的事情。只是那个时候，路上的汽车并不多，一切都是缓慢的，于是这番节奏对比之下，小镇之间的连接也是一件堪比长途的程度了。

　　那时候我正在上学前班，不曾读过幼儿园，所以这算是我离开家中去上学的里程碑之年。倒是不会恐惧，只是父亲从我到学校门口，即将转身离去的时候，依旧有所不舍。想要大声喊出来，甚至是哭出来，可是下意识又觉得不妥，于是也就强忍住了。

　　人生中第一次目送父亲的背影离开，待到回头时候，才发现身边其他的小朋友都在拖拉着父母，甚至撒泼打滚，不让其离开。那一刻突然才想要释放情绪，可偏让我得以释放情绪的那个人早已离开。我无从哭泣。回到教室的座位上，安静地坐着，开启人生里的第一节课。

得从那天开学的早上说起。

我家住在小镇的南边，学校在小镇的北边，中间隔着一条大河。嗯，就是那种很是辽阔、水流不急，可是依旧深不可测的大河。夏天会有很多人下河游泳，夕阳下很多渔船在河面上撒网，晨间时候满载而归，鱼虾蟹跳跃在桶里，是那种真实的生动。

大部分人家是住在小镇北边的，因为北边是热闹区域，商场，菜场，以及各机关部门都伫立在这片相对而言比较富饶的地带。南边的人家不多，大多是农民，还有他们的农田。唯独建起了一处机关大院，就是我父亲就职上班外加家属楼的院子。

与我一般年纪的小孩不多，于是那一年，第一次上学，我是唯一一个需要去到北边学校里的孩子。那日清晨，问起父母，是否需要坐船到对岸。以及如果每日上学放学都需要这般坐船的话，那又该如何踩准时间点。以及遇上洪涝时期，天气糟糕的时候，又该如何应付。我那时候是个孩子，也不知道自己为何会操心这么多。总之这些问题就脱口而出了，带着严肃而慎重的焦虑。

父亲回答说：有一条准确的小路。

他说的小路，其实是一条小桥。

小镇河流的南北两面，各有一个码头。码头上停泊着大大小小的船只。大货船会搁浅三五个月，装载了足够的河沙，或者木材，或者煤炭，开往南下。据说会开去有大海的城市港口，那些是我儿时从未听说过的远方。

我的母亲就是在这河船上当搬运工，早出晚归，夜里到家时候，身上会有一股水草的味道。小船只就是本地的交通工具，把河流南北处的人们相互运送，以及外加一些日常的货物，大米，粮油，蔬果，有时候是鸡鸭，更多时候是鱼虾满筐。

父亲那时候已经是事业单位的员工，他的时间相对充裕，于是负责送我上学。那一日早上，他没有带我去码头，而是走了一小段路，到了一处破旧的地方。他跟我说，这一片是旧日的老码头。现在新码头建起来了，这里就萧条了很多。

我依旧不知道他带我来这里的缘故。直到我眼前出现了一条神奇的线，对，就是那条桥。

它称不上是一座桥，因为完全就是由很多个空汽油桶，外加锁链拼接起来的浮力支撑，上面拼接了一块块木板。小桥很窄，宽度只能并排站得下三个体型正常的大人，很是拥挤。也就是说，桥上对面相互走来两人，真的就要"擦肩而过"了。

父亲牵着我的手，才走上浮桥的一瞬间，吱呀吱呀的摇晃几乎就要把我吓哭。我不敢再往前走动。父亲问是否需要抱着我，我倔强地摇头。深呼吸一口气，再踏上第二步。

这摇摆的步伐里，很多年后回忆起来，也不过是十分钟的路程，而我却是感觉像是走了很久很久，几乎就要看不到尽头的那种畏惧。

可是我知道自己必须前行。

走到浮桥中间，搭起了一个小帐篷，盖着稻草干外加竹篾固定，里里外外几层，看起来有些年岁了。帐篷下摆着几张椅子。其中一张椅子上，坐着一个老头。老头在大口大口地吸着旱烟，吧唧一口，呼出一圈圈烟雾，荡漾在这鱼米之乡的晨光大雾中，透着一股清凉中的温暖。

这是我第一次路经这里，倒是从前晚饭时候听父亲说起过，好几次他到对岸的菜市场买东西，没有坐船，于是走了一条桥。那时候我的意识里觉得，既然是一条桥，那便是跟道路是一样的，有钢筋水泥，走过去也不过是如履平地。

哪知道，居然会是这样的一条，勉强称作是"桥"的桥。

老头见到父亲，习惯性打了招呼。他满脸胡子，露出一口黄牙。乍看像极了抗日电影里的奸细。可是奈何他的眼神真是温柔，带着沧桑，于是也就弥补了这一副皮囊带给我的胆怯。

老头乐呵呵地问：哟，今天可是大日子啊！

父亲回答：哪里哪里，不过是跟往日一般了。

老头摇摆着手中的烟杆，今天是小姑娘上学的日子，当然是大事了。

我背着新书包，手里提着还有些水温的水壶，不说话。

　　　　　　　　　　　　　　走 夜 路 的 人

只是看着他从座位上站了起来。他靠近了我，抚摸了我的头，然后拿起我的左手，仔细掂量了一下。嗯，是块读书的料。小姑娘会有个好前途。

父亲半是欣喜半是谦虚道，哪里哪里，一个女娃，就是想让她多识几个字，以后到社会上能混口饭吃，我们也就安心了。

老头嘴里刚吸进去的一口烟瞬间被呛得厉害，接连咳嗽几下，终于说出话来。

女娃，女娃怎么了？女娃除了认字，也是要长知识，长见识的。你就让她顺其自然念书，她必然会走出自己的一条路。切莫擅自给她的人生做主才是啊。

父亲乐呵呵点着头，递给了老头一支烟。

待到父亲从口袋掏钱的时候，他摆了摆手。别别别，今天是姑娘上学的大日子，得是我给你庆贺才是呢。这个钱我不能要。

后来才知道，这个钱说的是过桥费。浮桥是老头自己出钱出力建造的，这些年也一直都是他一人在维护。起初是不收过桥费的，奈何再后来换了一轮空油罐，桥上木板也翻新了几轮。老头没有别的收入，从前靠着打渔为生，本来也就没有积蓄。

于是有了过路费。大人五毛，小孩两毛。当然抱在怀中的婴儿就不算作人头了。浮桥本身狭窄，只够路人行走，外加提着三五袋粮食。就连自行车也很少从这里骑过，因为摇摇荡荡太不方便了。大部分的人们需要干所谓的正经大事，也都会选择坐船渡河。这般久了，一天下来，从桥上路过的行人并不多。老头在桥中帐篷下的收入并不多，估计也就够他的烟钱了。

这些全都是那日上学路上，父亲一路念叨给我听的。

那么，关于这条大河，这条小桥的回忆，便是从这一日开始的。

一开始的时候，父亲照旧送我上学，接我放学。每一次经过浮桥老头的帐篷下，总会停留片刻。有时候是大人的些许寒暄，说说河流，说说这即将到来的秋天，说说码头上来了新的大货船。有次说起我身体柔弱，老头便说了几样东西的名称，让父亲照着去抓药，给我熬食补的羹汤。

这样大概过了半个月时候，有一日我突然提出，可以一人去上学以及放学回家了。母亲惊讶，倒是父亲立刻就同意了。只是叮嘱着，每天按照固定的路线来回，不要在路上拖拉，也不要听信陌生人的言语。

我插问一句：那老头呢？浮桥爷爷算是陌生人嘛。

父亲摇头：他当然不是了。

我点头。背着书包，拿起水壶，便出了门。

那一日经过浮桥，远远地就看见老头站起身来，在向我招手。我早就不再对他畏惧了，于是当然也是脚步轻盈向他小跑了过去。

啊呀呀，小姑娘今天一个人上学，这么勇敢啊。

我是个腼腆的孩子，听到这夸赞，第一反应就是脸红，以及低头。下意识地从口袋掏出了钱，一张绿色的两毛纸币。喏，这是过桥费。

老头摆摆手：收回去收回去。

今天是你第一次自个去上学，这是我给你的奖励，就当是纪念。要记着这个日子啊，这是你迈出自己第一步的日子。

我收起纸币，说了谢谢。刚想要往前走，老头问了一句，小姑娘啊，这么久了，我还不晓得你的名字呢。

我叫时来。爷爷再见。

就这样过了一段时日，每一次过桥，老头总是有各种理由推却我给他的过路费。有时候是"你爸已经给我买烟啦！"有时候是"今天天气很好，我心情很好，就算了啦！"有时候还是"你把你测试的奖状拿出来，要是超过九十分，我就免费让你过桥一周。"我的成绩几乎总是满分，我甚至都找不到理由再去给老头过桥费。

有天夜里晚饭，我突然问起父亲，浮桥老头爷爷总说你给他买了烟，不收我的过桥费，这是真的吗？如果不是，那我不是占了便宜了吗？这样不好不是么？

父亲思考片刻，然后回答，老头是个好人，他不收你的钱，是因为他善良。既然他不要钱，那么日后我就用别的方式补偿他，给足他面子，这样你也不会心里有愧。这样可以吗？

我点头。开心吃了晚饭。

转眼到了中秋节，父亲的单位发了好些福利，月饼、水果、绿豆糕、冰糖，还有几袋大米。那天夜里，吃过晚饭，母亲收拾了一袋子的物品，把这些物品都匀出来了一些。袋子很重，我一个人提着很是吃力。

母亲帮我提着来到了旧码头，然后对我说，我在这里等你，你把这一袋给老头送去。

我点头。使尽吃奶的力，把这一袋子东西提到了浮桥中央。

老头不在。我以为他是离开片刻，于是待了一会儿。路过有行人，他们把过路费放了到一个盒子里。这时我才看见老头平时坐的椅子上放了个盒子，什么字也没写。只是他们都知道经过时候，把钱丢进去便可。

片刻之后，我再提着这重重的一袋子东西往回走。母亲在码头上看见我，赶忙小跑过来接过手。

老头没收？是不愿意还是不好意思？

我摇头：他不在。

母亲回到家，跟父亲说起这事。奇了怪了，老头平日里也是八点左右收工，小镇上没有夜生活，这个时间点以后也就很少人过桥了。可是我们六点到那，平日里他都在的啊，就连吃饭都是他老婆送来。据说大小节日他也从不休息的，并不该无故消失的呀？

父亲看着电视，然后说：那我明天送时来上学，一并再送给他吧。

第二日早上上学，老头又出现了。我很是高兴，飞快跑了过去。

爷爷，我昨天来找你，你不在呢。

他半是讶异半是高兴，小时来呀，就连过节都想着我，我得是多大面子啊！

他开口大笑，依旧是那一口黄牙，脸上泛着一道道皱纹。

我心底总是涌出一种奇怪的感觉，有时候感觉他很年轻，与我父亲一般强壮有力，可是转瞬之间又觉得他很老，每一道呼吸里都呈现着沧桑的镌刻。

兴许是高兴外加激动，他接连咳嗽了好一阵。父亲把昨天那一袋物品给了他，单位发下来的，也不需要自己花钱，你就收着吧。

老头就接过了。

那一日我很开心，于是说了一句，我自己过去上学吧。于是父亲也就不再往前送我了。

我大步往前走，回头的片刻，看见父亲给老头递了烟。然后父亲也坐了下来，似乎开始跟老头畅聊。

晨雾中的阳光很美，带着些许阴郁的我也时常会被这份灵气所触动。浮桥之下的河水潺潺而过，敲打着空汽油罐，咚隆咚隆。是一首美妙的上学奏响歌谣。

有天遇上了大雨，是南方地区里常有的那种突如其来的暴雨。我书包里常年备着雨衣，所以放学路上披了雨衣就离开了学校。奈何雨下得太大，旧码头的水位线升起来很高，路上全是滑溜溜的黄泥沙跟石头。

我一步一个脚印踩上浮桥，木板很滑，我就那样摔了一跤。可是因为太着急赶着回家，顾不上疼痛。可是我再也爬不起来了。就在我惊慌之时，眼前出现了一个身影。当然得是老头，也只能是老头。

老头一把就抱起了我，一直到浮桥中央的帐篷，才把我放下。我本以为老头身子骨很弱，没想到他几乎跟我父亲一样强劲有力。也证实了我之前的那种模糊感觉，他这一副看似年迈的躯壳里，住着一个强健的灵魂。

老头刚把我放下，就开始唠叨。

我说时来啊时来，这么大雨大风，你就该待在学校里等大人来接才是。你看你这样，一个人回家，多危险！刚刚那一下摔着，还是在刚上桥的时候，那个水流湍急，你知不知道有多可怕？

老头的声音突然变得很大，很是严肃。我甚至有些被惊吓到了。

我就那样，噙着眼泪，也不敢大声哭出来。不是因为身体上那摔了一跤的疼痛，而是老头的眼神，一改从前的温柔慈祥。从前他也偶尔会跟我开玩笑打趣我，可是我从未见过他这番神情。

我在颤抖，甚至开始眩晕。那时候没有电话，联系不上家里。老头拿了干毛巾给我擦头发。我一把就推开了他，眼里带着倔强跟委屈。老头摇头，于是就坐在旁边，一直陪着我。

走夜路的人

大雨滂沱，空气里交织着沉重，以及尴尬。

不久之后，父亲终于来接我。我远远就扑到他身上大哭了起来。我不得不哭，我是个五六岁的女娃，我需要释放自己的情绪。父亲看着我身上摔跤之后脚踝泛起的伤口，体贴地安抚着我。

可是我哭得更大声了。我自己知道，我不是因为摔跤的疼痛而哭的。

父亲来不及跟老头打招呼，只是点了头，就赶忙背着我回了家。

那一夜回家，突然开始失了眠。我知道，是因为老头。

从前那么慈爱的一个老头，突然在很多日之后的某一刻，变得面目可憎，就如同换了一副面孔，也不再是我认识的那个可爱的老头。

第二天上学，我吵着让父亲送我去。

南方的雨水来得快走得也快，第二日清晨，码头上的水位线便退回了同往常一般。

照旧经过浮桥中央，老头在抽着烟。我不敢看他，更不敢说话。倒是他一把就抓起我的手，看着我的手掌，唠叨着一句：嗯，不怕不怕，小时来的命大。摔跤是很正常的事，跌倒几次才能长高嘛不是。

我爸点头感激着说，昨天还是麻烦了你啊。

老头依旧乐呵着，然后转向看着我：小时来，记着我的话，遇上恶劣天气或者觉得危险的境况，要待在原地，不要乱走动。只要你在原地，爸妈是可以去找到你的，知道吗？

我点头。

他拍了拍我的头。

这一拍，我并没有抗拒。那就意味着，昨夜里的委屈就一笔勾销了哦。我心里默念着。这是我一个人的思绪，老头还有父亲，他们当然不会知道。

老头的生活很无聊，或者说，他这份工作很无聊。有时候偶尔看见他在听收音广播，可是大部分时候，还是看着他一个人，叼着烟杆，在帐篷里发呆。

他总是远远地看着河流，是一种并非看着远处新码头行人来往或者卸货的匆忙，而是那种仿佛有着更多其他东西的遥望。可是那时候童年里的我并不知道，那些东西，到底是什么。

有时候放学路上，停留在老头的帐篷下，陪他说说话。我当然不懂得说什么，大部分都是他问我。在学校的功课，跟同学的相处，老师好不好，运动会参加了什么比赛。

他还问我儿童节表演了什么节目，我于是就给他唱出了那首歌——

我们家里养了一群小鸭子

我每天放学赶着它们到池塘里

小鸭子见了我就嘎嘎嘎地叫

再见吧小鸭子我要上学了

再见吧小鸭子我要上学了

老头吧唧着烟，笑开了花。

我突然问一句：爷爷，你会游泳吗？

他点头：当然了，我游得很好啊。

那我就放心了。我是个旱鸭子，不会游泳，看见河水就怕。以后你要保护我哦。

他再问我，那你这般每天过河，岂不是都很害怕？

嗯。

他放下烟杆，然后站了起来。

我教给你一个方法。

我疑惑着回答：好呀。

他开始在桥上走路，左晃右摆，像极了一个鸭子在走路。

我就那样噗嗤笑了出来。

我说：爷爷呀，你这样子走得好难看。模特步又不是模特步，跳舞又不像是跳舞，太搞笑了。

老头说：这你就不懂了。

你看啊，浮桥是跟着河流的节奏在摇摆，那么在桥上的人——我就跟着浮桥荡漾的节奏摇摆。这样遵循摇摆的节奏，顺应它的规律。当你不再跟它对着干，不需要假装镇定，你就一起一浮地摇晃着，你也就成为了这节奏的一部分。

当你不再抗拒它，你就不会害怕它了。

你试试？

我就那样站了起来，一开始扭扭捏捏，慢慢地，似乎找到了某种节奏——我就那样在浮桥中间欢腾着摇摆了起来。我几乎高兴得要叫出声了来。

我荡漾着开心，那日的夕阳里也多了些许清澈。

几日之后，课堂测试写日记故事。我写了一篇《学会走路》，提到了可爱老头告诉我的那一句：学会走路是一件重要的事情。

我当然理所当然拿了小红花的奖励。我把小红花带去给老头，他大口抽着烟，说一句，没办法，我又得减免你一周的过桥费了。

这个死老头，从来就没有收过我一分钱的过桥费。

以及，很多年后我才知道，也是这个死老头告知的我，选择人生道途很是重要，然而在选择了某一条路之后，学会去适应它，跟它同行，更是重要。

转眼一年而过，父亲的工作又调动到另外一个小镇了。我们也要跟着搬家。

接近学前班结束的时候，也是夏日假期即将来临的时候。从前那是我最喜欢的时候，可是这一次，却带着一丝不舍的忧愁。

当然，当年的我，并不会表达这种难过。我只是郁郁寡欢般去上学放学，经过小桥也不再跟老头打招呼。期末考试我带着奖状回家，经过浮桥。我坐在帐篷下，陪着老头发呆。

又或者说，是老头陪着我发呆。

南方的夏日总是来得很早，沉闷而沉重，唯独走在这浮桥上，脚下的潺潺河流荡漾起些许凉气。可是这点凉意，不足以抵消即将到来的离别所带给我的哀愁。

老头很早就知道我们家要搬走，听说父亲一开始就告诉过他，我们这一家子，这些年一直一年切换一个小镇，游走于各个相类似而又有所差别的青山绿水中。

而这一份有所差别，就是在于跟人的告别。

这是我第一次脱离家庭去学校上学，我有了属于我的同学跟老师这样一个类型的社交圈子。可是我万万没有想到，这样的离别时刻，我最是不舍的，不是校园里的回忆，偏偏是这一条浮桥之上，这个看似与我的生命没有半点儿关系的老头。

我纳闷，迷茫，带着一种没有答案的不可思议。当然更多的，还是哀愁。

老头终于发话了：让我再看看一轮你的手掌可好？

我点头，递上了左手。他的食指在我的手掌上来回划着，粗糙的皮肤摩挲着我稚嫩的手心肉。嗯，小时来长大了一些。

我疑惑：当然了，我都学前班毕业了呢，要去上小学了呢。

老头温柔笑着：我说的是你的掌纹，开始有清晰的走向了。

我依旧疑惑：然后呢？

他开怀一笑：然后啊，然后就是，你要去更远的地方喽！

不仅仅是搬家离开这里，你以后还要去往更远的地方，或许没有父母陪伴，就剩你自己一人了。

可是，那样听起来很可怕呢？

当然不会。你的掌纹告诉你，你会走得很远，而且你会越来越勇敢的。

我依旧迟疑着：真的吗？

嗯嗯，当然。

转眼天黑，我要回家了。我问老头，以后我还能回来看你吗？

他点头：我一直都在的。桥在，我就一直在。河在，我就一直在。

写到这里，我才从遥远的回忆里抽离了出来。身体很累，耗费了很多的回忆过往，带着沉重跟眷恋。我回到了稍微不那么遥远的回忆。不过那也是十年后了。

那时候我已经是个大姑娘了。那一年也是夏天，我从县城里的初中毕业，考入了市里的高中。那个假期，母亲带我去个小镇上看望她从前的同事还有亲人。那时候的交通工具还是大巴，我总是靠着窗，看着窗外的景色倒退，关于一些类似而又有所不同的回忆，偶尔会涌上心头。母亲跟我说起了那所小镇。就是那个有着一条大河，我们家当年住在南边，需要乘船或者过桥到北边采集生活物品的小镇。

她说前些年的时候，当地政府改造工程，那里修建了一座很漂亮的大桥。钢筋水泥，外加好看的桥栏装饰。桥面很宽，小车大车都轰隆隆地来回开着，简直比柏油马路还要平坦舒适。

我突然问起了一句：那么那条浮桥还在吗？

你说的是旧码头那条小桥？

我点头。

他们说还在，就是很少人走动了。大家有了更舒坦的大桥可过，谁还会再去挑这条不好走的桥呢？

汽车轰隆中，售票员说，美阶小镇到了。

听到这个名字，我心里一惊。

我望向窗外，果然，马路另一边的河面渐渐清晰了起来。我目不转睛地盯着窗外，果然，我远远就就看到了那一条线，继而是一条很粗的线条，继而是具体的一条桥。

对，就是那座桥。那一条小小的桥。

大巴从小镇的另一条路线行驶，并不经过码头。我只能远远的观望着，想要看看浮桥中间，那个帐篷之下，有没有一个人影。

就在汽车继续往前，我的视线不得不告别小桥的时候，我终于看到了一个人影！

我认得出来，就是那个老头，他跟十年前一样，还是坐椅子上，对着河流发呆。远远升起一小片烟雾，那是他在大口抽着他的旱烟。

倘若人生可以有时光机器的话，我一定会回到那个夏天，在大巴停靠在那座美阶小镇的时候，我一定要冲下车，奔向那个破旧的码头，奔向那条更是破旧的浮桥，给那个老头一个拥抱。

很多时候，我们以为还有以后。

其实真的没有。

错过就是永恒的告别了。

那个夏天走访亲戚完毕，回到家中。某夜的晚饭，无意间提到美阶小镇，提到了浮桥老头。父亲说起了一个关于中秋节的故事。

他问我：你还记不记得，当年那天中秋，你拿着东西给老头送去，他不在桥上。

我点头。他是个一年四季从来不缺席守河守桥的人，所以我很奇怪。

父亲突然放下了筷子。

老头其实不是老头，至少在你上学前班那年，他跟你爸我的年纪差不多一般大。

老头是二十七岁那年得到了一个女儿，他很是高兴，早出晚归打渔之后就赶着回家，陪伴这个宝贝姑娘。老头是渔民，熟悉水性。于是女儿差不多五六岁的时候，也开始让她下河学着游泳。

是他老婆叮嘱他，说孩子太小，不该那么早就碰到河流。老头反驳着：我们就是河流边上长大的人们，她也是属于江河的女儿。她会熟悉属于她的地盘的。

果然，女儿一碰水就很高兴，在河水里玩耍直至后来都不愿意回家。老头当然高兴，夕阳时分去出船去撒网之前，会先带女儿去河边游玩一阵子。

有一年中秋节，女儿刚过了九岁的生日。老头照旧带女儿去河边玩耍。南方的秋日依旧燥热，很多人在河里游泳。老头想起前天夜里放下去的渔网有两张一直没收上来，于是把女儿放在河边游泳的一群人中，叮嘱帮忙照看。

等到老头收了渔网回来，女儿不见了。所有人都说，一直看着她，她就在那里玩耍啊。

老头发了疯一样，一头钻进水里，从河流的这一头游到对岸。河水不算湍急，可是毕竟河中央也深不见底。他就那样来回在水里钻了不下十多回，整个人筋疲力尽。

女儿依旧没有找到。他划着自己的渔船，一路往下游寻觅。第二天天亮的时候，他在另一个小镇的河边找到了女儿的尸体。他抱着女儿回家，悄无声息，没有哭声。

后来有算命先生告诉他，他女儿的掌纹里，本就预示着生命线短暂。或许得是今生的父女缘分浅薄吧。

他终于放声大哭。

他说他知道，他从女儿很小的时候就看得出她掌纹的些许模样。他只是以为，既然是江边长大的孩子，只要教会了她游泳，知悉水性，她还能受到什么其他的伤害？

可是千算万算，命运并不由他，也不由她。

老头就是那个时候，开始一夜变老的。

不久之后，他卖了渔船，不再打渔。然后运来一桶桶空的汽油桶，背来一车车的木板，开始搭建起这条浮桥。他日日守着这座桥，守着码头上的人们。尤其是夏日里，码头边上最多孩子下河游泳。他总是盯着远处，从人声鼎沸守到各家的孩子上岸归家。

这些年他救了无数的孩子，那些看似正常实则已经抽筋溺水的孩子的表情，他一眼就能区别出来。然后一头扎进水里，把那孩子拖拽上岸。

可是唯独每一年的中秋节，他会离开浮桥，划船到当年发现女儿的那个河岸点。坐在那里，抽一天的烟，从日出到日落。

父亲说：那一次中秋节第二日，我同你一起去浮桥上，你说可以自己去上学，我便坐下跟老头交谈。他就这样告诉了我这个故事。

我问起他，为什么河岸边总有孩子出事，家长们还是放心让孩子下河游泳？

老头回答：我们总是以为，意外只会是别人家的意外，而跟自己无关。

其实怎么可能，意外是无法逆转的，是后悔此生的，是一生一世都无法偿还的。

我突然想起那一年，与他告别，他同我说出的那一句：桥在，我就一直在。河在，我就一直在。那时候年少，我并不理解，也并不懂事。

我不知道这句话背后所隐藏的巨大悲伤，更不知道那些他同我相处的早晨与夕阳，那个五六岁的小姑娘时来，会不会让他想起，那个不再属于自己的女儿？

我更是无法想象，他愿意同我戏耍，他愿意听我唱歌。我冒着风雨回家摔跤他呵斥我不懂事，我竟然还要责怪于他，把他的担忧当成是自己的委屈。他还愿意教会我走路，如何在摇晃的浮桥上行走，如何与人生的不同的道路相处。

老头根本就不是老头啊，他根本就是与我父亲一般的人。可是却无法得偿所愿与我父亲一般的平凡人生。即使在后来的日子里，他责怪自己，不停赎罪。可是这人生的失去之债，又怎能偿还得清？

写到这里，我才从这稍微不那么遥远的回忆里抽离出来。依旧身体很累，耗费了很多的回忆过往，带着沉重跟眷恋，还有更多的无奈。

转眼又是十年后了。大学毕业，我回到家乡的市里，成了一名电台的主持人。我白日里生活，写稿，偶尔外出采风，大部分时候是在家里看书。夜里会去电台值班，每周二、四、六的十点，这一档《夜色港湾》会有我的声音传出。

起初作为刚毕业的学生，我没有资格接这么一档节目。奈何电台里的老员工总是不想值夜班，于是我这个失眠症患者，一个夜间时分思绪无比清晰的人，就幸运得到了这档节目。

有天夜里一个互动话题，一个高中女生打电话进来。她跟我说她叫小蝶，刚刚失恋。不想再去上课，不想再去面对别人，更不想再要活着。

"我知道我父母依旧爱我，可是我真的没有能力去回馈他们的爱了。时来姐姐，你告诉我该怎么办？"

我停下手边的音乐插曲，然后说上一句：如果觉得承受父母之爱很是辛苦，那就不去承受。如果觉得回馈父母很是无力，那就不去想着回馈。但是，不去承受并非是放弃，不去回馈也不是告别。当你无能为力的时候，记得就暂时停留在那里。

"风雨里你躲不开，那你就停留在那里，你的父母，他们会想办法来接你的。"

"只要你在原地，爸妈是可以去找到你的，知道吗？"我的脑海里出现了一个熟悉的声音，一个伴随着河流声，带着旱烟味儿，一个有些发哑的嗓子告知我的声音。

是那张熟悉的脸，那个阴郁而乐观的老头。

电话挂断了。

我经历过很多这样的时刻，打从成为《夜色港湾》的主持人开始，便理所当然成为了很多人生活里不如意阶段的安抚港湾。我并不知道我那一段话是否可以安抚，或者拯救那样一个失恋的少女。

我已经尽力了。我要放过自己，也要接受每个人自有的命运。

命运的大悲大喜，从来都由不得我们自己。

五年后，我跟自己的大学男友分手，结束七年的初恋。我辞去了工作，开始游走他乡。一开始是先离开家乡，去到其他朋友所在的城市散心。而后再去一些就连一个朋友也没有的城市，试着一个人走一段路。

父母知道我的心情不好，也尽量不给压力。他们只是偶尔电话里，确定我是安全的，这就足矣。

再后来，我一路向北，去了很多不算风景区的不知名小镇。

北方的风景跟南方的风景不是同一个画面，那里有平整的田地，平原，四季更替分明。秋日里的落叶很美，踩在脚上疏疏地作响。冬日里的大雪纷飞，那也是我从来不曾见过的洁白，以及声势浩大的一场降落。

春节的时候，我去了巴厘岛。在一个小岛上游荡了十几日。小岛上的小屋主人叫做 Mandy，她有个七岁的女儿叫做 Eddie。小屋不是她的小屋，她只是帮忙管理的员工。她跟自己的丈夫和女儿，来到这个度假岛上工作，每日赚很少的薪水，勉强维系生活。

Mandy 脸上永远挂着笑脸，然后告知我，他们一家一年几乎只吃一两次肉，其他时间都是蔬菜汤搭配手抓饭。可是她说很开心，因为比起在家乡的困境，现在好很多。以及，"有女儿在身边，怎么都是好的。"

有天夜里父亲来了电话，寒暄之外，说起了一件小事。他说：你还记得美阶小镇的浮桥老头吗？

我心里莫名有些慌张。

果然电话那头父亲说，他前些日子不在了。

有个淘气的孩子去河边捞鱼，不小心从船上落入水中。老头去救孩子，孩子是救回来了。可是冬日里太冷，老头筋疲力尽，本来就身体不好，这样一来，气数全耗尽了。

我迟迟不敢说话。

我回到家乡，重新回去电台上班。还是《夜色港湾》栏目。

有天夜里，点歌时间，有听众打来电话，想点一首《似是故人来》。我照例调出歌曲，缓缓的前奏响起。

俗尘渺渺 / 天意茫茫 / 将你共我分开

断肠字点点 / 风雨声连连 / 似是故人来

何日再在 / 何地再聚 / 说今夜真暖

无份有缘 / 回忆不断 / 生命却苦短

……

断肠字点点 / 风雨声连连 / 似是故人来

留下你 / 或留下我 / 在世间上终老

故人已不在，往事已不再。

这世间欢喜悲伤，老病生死，以及来不及道出口的那一句告别。这些全说不上传奇，全是这人世间的日常往复罢了。

夜里回家，走在回到一个人出租的房子的路上。远远看到家里的那一盏灯。那是这些年养成的习惯，每次到自己值班的夜里，晚上出门前会先把家里窗台的那盏灯打开。那些失恋后的日子，更是这一盏唯一亮光，慰藉了这些走夜路的日子。

回到家里，接到母亲电话，让我过些日子回家看看。

嗯，我告诉她，我是要回去了，我想他们了。

洗漱完毕，准备上床前，照例想吃一颗安眠药。不知为何，突然又放了下来。

很奇妙的是，那一夜并没有失眠。我睡得很香。梦里我变成了一条蓝色的鱼，游曳在家乡的那条河流里。水流湍急处，有一双手把我托了起来。我抬头望，是一个白花花胡子的老头，叼着一根烟杆。

他看着我，缓缓说了一句：时来呀时来，你一定走了很远的路吧。

我突然惊醒。

我就那样躺在床上，望着天花板。

我就那样放声大哭了出来。

江河一夏

　　出生在这个江南小镇里，我的记忆都是跟江河的水有关。大人们会在夏日黄昏的时候，就一艘小船或者竹筏，去到江河的中心撒网。渔网上是一个个泡沫浮标，如同一颗颗圆润的、游走在天空里的气球。

　　很早的清晨，大人们回去收网，遇上涨潮的日子，除了各色鱼类，还会收获很多河蟹，外加活蹦乱跳的虾。孩子们会欢喜雀跃，吵着要抓一只小蟹去学校里炫耀。

　　我在这个小镇上，是个十足的异类。我是个旱鸭子。

　　其实要从很久以前说起，我们家族祖辈都是渔民，每一个孩子，无论男女，游泳是必会的技能。家族聚会说起谁不会游泳，不懂水性，那一定是外地嫁来的媳妇。

我在五岁那年学过游泳。启蒙老师就是我那无比熟知水性的父亲。那个夏天我很开心，觉得自己要学到一项新的本领了，每个吃过晚饭的黄昏，我都无比兴奋地冲到河岸边。

可是有一天，我差点溺水而死。

我父亲跟之前一样，一开始扶着我，让我在水面上游划。等到我差不多平衡着浮起来的时候，他就放手。可是那天不知怎的，觉得水里有一股力量，一下子把我往河流深处拽走。我拼命地挣扎，可是却无法喊出声音。

我就如同在水底沉没了很久很久，直到我要窒息那一秒，我突然从水底冒出来。我从来没有任何一刻，觉得这一秒的呼吸空气对我而言是如此珍贵。

我在河岸边大口喘气，抑制不住地发抖，可是脑海里依旧一片空白。我一点都记不起来，前一刻我到底经历了什么。

那一夜回到家里，我很晚才敢入睡。

几天之后，我妈在晚饭时宣布一件事，她今天去山里的神婆庙算命了。神婆说我命里犯水，再也不能靠近河岸了。

我爸吃着饭说：别啊，这孩子在学游泳，还差一点就学好了。

我妈义正严辞：我说不行就是不行。这是我的女儿，我们在说的是她的命，这开不得玩笑。

我没有跟他们说起前几天在河里的鬼门关经历，我只是心里觉得，这样也好，那我就不去碰水了。

从此以后，我就跟家乡这片江河告别了二十多年。大人们不允许我靠近河岸，就连邻居们也被叮嘱到位。我就在每

　　　　　　　　走夜路的人

个夏天里，看着那些同龄的小朋友在清凉的河水里钻进钻出，掀翻起一片片水花。

我就读的小镇小学，校园背后也是一条大河。每一个夏天来临，学校里很多的大同学跟小同学，都是在早上上学的时候就把短裤带来学校。每到下午最后一堂课的下课铃声响起，这一群恨不得冲入河里的孩子，就如同活蹦乱跳的鱼类，等着上帝赐予他们这份守候了一天的润泽。

二年级的时候，班上转学来了一个男生，是从校园那条河流对岸的那个村庄里过来的。那个村庄叫上岸村，因为处于这条大河的上游，所以夏日里涨潮发大水的时候，就会处于水流急湍的段位。

男生叫柳扬，安静且白净，有一头浓密而乌黑的头发，刘海永远都是整齐的。

柳扬的数学成绩很好，所以备受数学老师宠爱。

数学老师是一位五十多岁的男老师。我们总喜欢叫他数老头。因为年纪大，他在黑板上写起字来的时候总是一颤一抖的。有调皮的男生总喜欢在座位上窃窃私语：哎呀呀，这个拖拉的速度，我都可以跑去河里游两圈回来了。

就是就是。其他调皮的男生也跟着附和。

数老头这个时候总是慢悠悠转过身，然后指着柳科京的方向说：我告诉你小屁孩儿，我这把年纪了，你该叫我爷爷了。你在家里，有这么对你爷爷的吗？

哈哈……大家哄堂大笑。

柳科京一脸委屈：老师你怎么又指我？这一次我绝对没有搞小动作好嘛。

数老头一脸得意的样子：不管这一次是不是你，打从我接手这一个班以来，你就是最不听话的那一个。你的臭名声在外，你说这次不是你，你问他们，谁信？

哈哈……又是一顿哄堂大笑。

柳科京是我们班上的调皮大王，那些你能想到的不能想到的坏事，他都干过。课堂上扔纸飞机，把粉笔磨成粉洒出窗外，把别人的水壶里的水倒掉然后撒上一泡尿，这些他都干过。有一次他居然从他那做铁匠的父亲那里带来了一把锯，把讲台上的桌子四个角全部锯掉。

那一天班主任来上课，走进教室里发现有什么不对劲，可是说不上为什么。柳科京大喊了一句：啊呀老师，你的小蛮腰怎么长长了一截啊，这样看着好性感哇。

他一边说话，一边用双手往老师的胸部方向比划着。

哈哈……大家笑得闹开了锅。

班主任是个刚从师范毕业出来的女老师，哪经得起这番场面，满脸羞红地跑了出去。

最后是数老头来了，他还是有些威严的。柳科京知道自己做得有些过火了，可是就是倔强着不愿意认错，假装在座位上睡觉。

数老头也不针对他，只是在讲台上说了一句：我就最后一年教书了，明年就退休，到时候我就不管你们了。你们要是赏脸，就当是给我这个快死的老头儿一点好的回忆，这样成不?

这一次，大家默不作声。

有一次分配座位，柳科京跟柳扬被安排到了一起。用数老头的原话来说：把班里最闹腾的那一个跟最安静的那一个分到一起，总不能更闹腾了吧。

数老头要失望了。柳科京依旧在他的捣蛋日子里日复一日地发明新的破坏创意。他妈是在菜市场里卖鱼的，几乎一个星期有三天就要被叫到学校里谈话。

每一次教室里有一股鱼腥味儿飘过，就知道柳科京他妈刚领着柳科京从校长室里回来了。他妈总是低头把孩子送进来，然后跟旁边的柳扬说一句：孩子啊，咱们是本家，你帮管管我家狗京啊。

柳扬这时候才会停下手里的笔，然后默默点头。

很奇怪的是，柳科京虽然喜欢惹其他同学的麻烦，可是从来不去捉弄过柳扬。他的原话是：他跟我同桌已经够可怜了，哪里还需要另外折腾啊。

柳扬每日虽说没有一刻得以安生过，可是他似乎从来不会被影响。他照样做他的数学题，偷懒的时候也睡觉。就仿佛身上装了一个一键静音的按钮，他可以自由切换愿不愿意听到外界的声音。

柳扬的数学天赋好到什么程度呢，我们还在啃一年级课本里的算术难题时候，他已经开始做五年级的题目了。再后来小学的题目难不倒他了，他又跟数老头要来了初中的教材自学，并且所有的卷子都是满分。

数老头把柳扬当成宝贝，允许他数学课上可以不学本年级的内容，允许他睡觉。

柳科京这个时候总是不满，数老头就呛他说：要睡觉也可以，你要像你同桌那样能全拿满分，你想怎么任性都行。

柳科京也是那个每日等着下午放学扑向河里去游泳的人，柳扬虽然性情安静，可是都是河岸边长大的孩子，爱玩水这一点还是从小养成。于是这两个同姓的同桌，这两个被老师们完全相反态度区别对待的同学，在这个层面的环境里，意外成了"门当户对"的好友。

我依旧是那个夜里放学就直接回家的小孩，但是我有一个哥哥，他会在放学之后扎进那一拨游泳大军里。

有一天夜里开饭，我哥比平时晚了很久才回来。那个时候没有手机，家里离学校的距离有很长一段路，我爸辛苦一整天，也不愿意再走路，于是就在家里等着。

倒是我妈，虽然假装不在乎的样子，嘟囔着这个死屁孩，天黑了还不知道回家，看我怎么收拾他。可是一边又不停地在阳台上来回游走，期待着远方冒出一个瘦小黝黑的身影。

那天我记得是到了晚上七点，我哥才从学校后面的河里回来。

我们早已吃过晚饭，给他留着菜。他冲到屋里就是扒拉一阵狂吃，好几口之后才停下来。我妈还没来得及发火，我哥就说了一句：我今天见到死人了。

我妈一边擦桌子一边说：你乱说什么鬼？

我哥突然转头问我：那个啥，有个姓柳的，是在你们二班还是一班的呀？

我回答：我们班上有两个姓柳的男生，你说的是哪一个？

那人叫柳扬，就是家住上岸村的那个。

他怎么了？

就他啊，他被淹死了。

我妈从厨房里冲出来，我爸破天荒第一次从《新闻联播》的画面里转过身。

我嘟囔了一句：你不要乱说哦。

我没有乱说。就那个柳扬，他今天跟我们一起游泳。河流口有个漩涡井，就是平时用来缓解洪水的那个阀门，我们平时都不去那边的。可是柳扬游了过去，那天上游开闸的时间点推后了，一整根铁柱子，从柳扬头的左边直接穿到右边。

我们都没发现，等到他浮上来的时候，河水染红一大片。我吓破了胆，飞奔着游到岸边。很多人都在看，可是没人敢跳下去救人，因为开闸了之后河水变得很急，太危险了。

后来是柳扬他爸从村里冲出来，一头扎进水里。过了很久，说是从下游捞到了柳扬。很多人跑到下游去围观，我钻进人群里，看到他爸手上、身上、脸上，都是血水。他冒着青筋，搂着儿子，看上去要哭死了，可是很奇怪，一句声响都没有。我太害怕了，然后就冲回家了。

我哥说完这一段，两大碗米饭全部下肚。

我爸默不作声，倒是我妈，开始唉声叹气：这孩子，可惜了，可惜了，这可让人爸妈还怎么活啊。

第二天上学，我爸照样骑自行车送我到学校门口，他突然说了一句：要不我送你到教室吧。

我疑惑：为什么呀？还是不要了，就跟往常一样吧。

我爸交代了一句：这一天，可能跟往常不大一样。你不要怕，要是怕了就找老师给家里打电话，我就去学校接你。

我还是不能理解我爸的话中话。

那一天进入教室里，发现平时因为时间尚早而空荡荡的教室里，居然几乎坐满了人。更重要的是，我发现好多同学的爸妈都在教室门口候着。我开始有些害怕了，因为我爸已经离开得远远的了。

大约很久以后，校长跟班主任过来，劝走了教室外面的家长。一切都变得正常起来，如同平日。

班主任是语文老师，按道理本该是她先发话的，可是她那时候也是个年轻的姑娘，刚把家长们劝走，自己就泪流满面到无法自持了。

于是数老头走到了讲台。他平日讲话的声音也是慢悠悠的，伴随着些许颤抖。我们倒也是习惯了。而今天他更是越发颤抖。他一个字一个字地往外冒。

你们应该都知道了，我们的同学，柳扬，昨天夜里离开了我们。离开的意思就是，他再也不会回来在教室里上课了。

他再也不能跟着你们一起长大了。

你们不要怕，也不要担心，他生前就是个安静听话的好学生，他到另一个地方了，也不会受到很多苦的。

这一刻我们都听懂了。胆小的女生已经开始抽泣起来。

数老头的身子摇摇晃晃，可是还是强撑着站在讲台上。

我下面要说的这一句话，你们可能现在还听不懂，可是我还是要说。这是我活到这把岁数里，第一次白发人送黑发人……老师很难过，希望你们让老师我在这里哭一下。

数老头摘下眼镜，那双粗糙的双手蒙住双眼。我感觉他在吃力地抑制住，因为颤抖而不断耸动的肩膀。大概有几十秒钟的时间，才看见他放下来，张开红透了的双眼。

班上的女生全哭了，除了我。我的震惊大过于悲伤，或者说，我的悲伤被抑制住了。

数老头说完话，然后走到柳科京身旁。

这时候我们才注意到他身边那个空荡荡的座位。这时候我们才意识到，应该没有人会比柳科京更显得害怕吧。他身边的这一个同桌，前一天里还被他把铅笔折断了几支插在橡皮泥里当作圆月弯刀。柳扬总是不生气，任凭柳科京在旁边张牙舞抓也不为所动。

我们从来没见过柳科京那么安静过。他身子直直地坐在座位上，不哭也不闹，只是安静地坐着，就仿佛被勾走了魂。他的座位上没有"三八线"，因为他只要高兴，把整张桌子占满了，柳扬也不会怒他半分。

他跟柳扬，就如同一半是火一半是水。都说水火不相融，可是在这张小小的座位上，他唯一臣服的就是这个每天飞速做着数学题的同桌。这是他唯一的克星，也是唯一可以半言不出就可以镇住自己的人。

柳扬不像其他的同学，会因为柳科京调皮捣蛋而疏远他，反而会因为平时看书累了需要放松，于是喊柳科京跟他玩玩游戏放松下。

他是柳科京唯一的朋友。

不到一会儿，柳扬的父母来了。经过一夜的失去冲击，哭泣已经不足以表达他们的悲痛。他们安静地走进教室，跟老师打了个招呼，然后把柳扬的书包、课本及整张课桌都搬了出去。

柳科京有些尴尬，因为他还在座位上。

柳扬妈摸摸他的头：孩子啊，真不好意思了，你让老师给你张新课桌吧，这一张我想留给我儿子继续用，你看可以么？

柳科京机械地点头，然后收拾好自己的书包，站到了旁边。

临走前，柳扬妈递给了柳科京一个红包，然后叮嘱一句：孩子啊，你不要怕，这个钱是给你压霉运的。你要好好地活着，别让你爸妈难过知道么？

柳科京还是机械地点头。

两个大人离开后，数老头给柳科京安排了一个临时的单人座位。那天上午都没有上课，但是下午开始，一切恢复了正常，就如同之前的每一日。

那一天放学，校园后面的河流上没有了人去游泳。河流的对岸，就是上岸村的村口，柳扬的父母外加他的弟弟，在河流边烧着纸钱。

柳扬的父母号啕大哭，他妈把柳扬的书包跟书桌板凳都一一抛进了河里，然后哭念着：孩子啊，你在下面要好好的，该念书就念书，我这把你的课本都给你捎去了啊……呜呜……呜呜……

这一段，也是那天夜里我哥回来告知我的。我从未去过那条河边，后来也不曾去过。所有的故事细节，都是从我那年少轻狂胆大包天的哥哥口里传回来。

当时年少，不经人事。我知道死亡很可怕，可是我并不知道那是怎么个可怕法。那个上午被抑制住的悲痛、惊慌、恐惧，是在很多年以后走入我的梦里，一次次地把我惊醒。

那一天过后，柳京科就如同变了一个人。他没有马上好好学习，成绩却突飞猛进。他只是完全变了，沉默寡言，再也不是往日里那个捣蛋的淘气鬼了。

数老头也不来上课了。班主任说，他早就到了该退休的年级，只是因为学校念着他上课不错，他自己也愿意多带一届孩子。现在他说他累了，想休息了。

这一刻我才发现，我都来不及知道数老头的全名。我只知道他姓刘。

这个学期结束，我父亲的工作调动，全家要搬迁到另外一个小镇上。告别的时候我去学校里领汇报书和成绩单，才看到柳科京的成绩从倒数第一已经上升到了全班第二十名。

我告别了童年里认识的最好的一帮朋友。

小孩都是容易健忘的，脑海里短暂的不舍，很快就被新环境的新鲜替代了。我依旧还是那个不敢再下江河的小孩，眼看着他们在夏日里扑向清凉的河流。

我日日听着大人们的传说，这条河的河神每一年都要取走三五个小孩的性命。可是即使这样，大人们依旧管不住孩子，孩子们依旧天不怕地不怕。于是每一年，每当有小孩被淹死的消息传来，大人们都是一叹而过，时间久了，也就习惯了。

很多年以后，我才知道，大人们口中的习惯就好，就是另外一个词语的表达——全都是命。

一晃而过很多年，我大学毕业后参加工作，遇上当年那个小镇上的好友之一，我叫她小名巴里。她给我捎来了一些记忆里的人的消息。

数老头得了重病，长期在医院疗养。他的记忆力越来越差了，可是每过一阵子就会跟他的孩子唠叨着：我教书这辈子，就一个遗憾放不下。那个被河神带走的孩子，按年头算起来，现在都该成家立业了吧。他是个数学天才，如果还有后来的日子，天知道这个孩子的人生将会多么闪耀啊。

巴里说，柳扬有个双胞胎弟弟，柳帆。本来是在上岸村的村校上学的，他哥哥走后，我们校长就免费让他来小镇这边的学校上课。可是很奇怪的是，这个柳帆，也说不上是笨，他就是中规中矩地上课，跟其他男生一起玩，可是就是一点看不到他哥哥身上的影子。

你说两个双胞胎兄弟，长得几乎一模一样。可是神情跟眼神里的那股灵气，完全都被柳扬拿走了。而柳帆这里，只剩下了平庸。

唉。

巴里叹了口气。

她继续说。我总觉得是他哥哥的光芒太耀眼，上天赐给了他太多，沉稳安静的性格，神赐一样的数学天赋。可是或许是承受不住这份幸运，天妒英才了。于是到了柳帆这里，他什么都是平平淡淡的，学习不好不坏，性格不好不坏。

他替代不了他哥给我们的回忆，他只是另外一个人。可是老师们又因为对于他哥的赏识，对他也寄予厚望，这导致他的压力很大，后面差点精神失常了。

柳扬，柳帆。我念着这两个名字，突然那一刻如同针扎般疼了起来。这两个男孩的父母，幸运的得到了两个儿子。江河边长大的他们，被期待着未来的某一天也可以扬帆起航，驰骋海浪。

可是天不由人，世事难料。

说到了柳科京，就是那个柳扬当年的同桌。巴里整个人神情都变得明亮了起来。

柳科京这个人才叫神奇啊。那一次事件之后，他整个人性情大变，再也没见过他捣蛋的时候。他变得很安静，甚至有些过于沉静了。后来的美术课上，他迷上了画画。一开始画得很一般，可是后来老师越发欣赏，就像是突然得到了什么魔力一样。

有一年六一儿童节才艺展示，柳科京的作品被选中我们学校的代表作，拿到县城去参赛，直接拿了第一名。后来拿到市里去评选，还是第一名。我们这个破山沟的小学，那可是一时间轰动当地的新闻报道啊。

柳科京后来继续边画画边学习，初中的时候他就被市里的中学破格录取了。再后来他就如同开了挂一样，一路上重点高中，然后考上了中央美院。他现在是个很有名气的画家了，据说他的画特别值钱。

这一段听完，我的心情终于平复了一些。

柳科京，这个当年的捣蛋小屁孩，这个在别人眼里看起来人生没什么大前途的男孩，在后来的人生里，早已不可同日而语。

巴里问，你不觉得，他的整个人生就很逆袭嘛。早知道当年就跟打好关系一点，说不定现在蹭一张签名小画那也值得我炫耀一番哇。

我笑而不语。

在结束跟巴里的谈话之前，我随意问了一句：当年柳科京第一次拿了大奖的那幅作品，都画了些什么啊？

我没仔细看，就是作品展览在校园里的宣传栏的时候，

走夜路的人

随意扫了一眼。这么多年过去也都不记得了。

一年之后，我去北京出差，有客户邀请我参观一个画展。我是个没有什么艺术细胞的人，那一满墙的或者抽象或者意识流或者虚实结合的画作里，我只知道在柔美的灯光，外加宽阔的空间的双层衬托下，显得隆重而威严。

一路参观下去，走到了楼上一层。那个旋转木梯里发出咯吱咯吱的声响，我的记忆一下子就被拉回了童年时候外婆农村家里的木瓦房。

这一个楼层的主题叫做《水流之声》，所有的作品都跟水有关。在一张张大幅的作品里，我看到了一个很小的画框，两张 4A 纸大小的版面。那是一条平静的大河，河里没有任何他物，除了一条蓝色的鱼。

我走近一看，作者一栏是明晃晃的三个字：柳科京。括号里的一行是：这是他的首次获奖作品，创作于一九九七年。

尚来不及惊讶。记忆里穿越回二十年前的那个夏日，那些我看着儿时玩伴在清凉的河里游泳的童年。那条我不曾到过的小镇校园后面的河流，那个叫做上岸的村庄。那个颤抖着写黑板书的数老头。那一个班上除了我所有女同学都在大哭的早晨——我们的人生里第一次经历了一场失去，一个名叫柳扬的男同学的失去。

可是那个年纪里的我们却并没有真正懂得，什么叫做失去，并且是永远的失去。

直到客户过来提醒我：呀，您可真是行家啊，以前听过被画作迷到神魂颠倒的，可是还真没遇上过。您呀，是我头一回撞见。

我哭笑不得。

他再看，哟，这幅作品的名字就叫《蓝鱼男孩的眼泪》。上面的解说是，这是作者童年里的那个小镇上的河流，作品的魔力就在于这条孤独的蓝色鱼，即使在水里游弋，也能被人看到自己的眼泪。对了，听说作者起初定的名字叫做《等你上岸》。

客户一直在唠叨的话，我再也听不见了。

我只是回到了片刻宁静的往昔。往昔里的那些旧人。那一刻，我在心里早就泪流满面。

那天夜里回到酒店，我打开自己随身带着的日记本，然后写下一句：我相信命运；我更相信，一个人的命运，往往可以被另一个人所改变。

那个在无意中被拯救的人，其实已经在肩负着那个拯救他之人的责任与使命，继续存活于这个广袤世界里。

或许我们都一样，每一个人生里不经意的节点，你我会被一些无法预料的冲击而改变人生。我终究不知道，那一个早晨里，当我们所有人都在还不大能理解，只是游浮于表面上的惊慌悲伤的时候，那个叫做柳科京的男孩，他看着身边那个空荡荡的座位，他到底悟出了什么。

这些已经不重要了。

每一种失去，就是另一种得到。

这是一场浩瀚的轮回，它落实到我们一个个渺小的世俗之人之中，提醒着我们，那些我们之所以活着的理由，以及要活得更好的理由。

没有答案

唐青是我的邻居，男孩儿。在这个重男轻女的南方小镇上，他妈却是希望自己第一胎是个女孩儿。

"别人家觉得头胎男孩运气是好，我偏不，我就要女孩。女孩长大了，可以帮忙操持家务，看护弟弟妹妹，晚一些出嫁，可当成另一个保姆来用。甚至嫁人了，还能换得一笔礼金，这笔买卖很合适。"

这是她的原话。

奈何上天不由人，孩子出生了，是个男生。"唐晴"这个名字早就准备好了，夫妻俩也不愿再费心，于是直接叫成了"唐青"。

唐青生得白净，乖巧，就如同他一开始被预设的宿命一样，早早地懂事，烧柴火，扫地擦桌，夏天时候下河里游泳，顺便要把自己的衣服洗干净了拿回家。

他个子很小，他妈挑着粪去淋菜的时候，他屁颠屁颠儿跟在后头。扁担一上一下吱呀吱呀摇摆，空气里流动着粪便的恶臭，可是偏偏身高不到一米的唐青，靠在恶臭源头的最近处，却是一点反感的表情都没有。

这孩子，倒是一丁点儿小孩的喜好情绪都没有。

大人们常这般说。

唐青妈是个农妇，他爸是水利局的员工。

至于夫妻俩当年之所以能走到一起，听说是唐青爸从前娶过一任老婆，后来老婆的父母提议让他去到省城发展，可是唐青爸当时母亲病重，脱不开身。当干部的岳父觉得这个男人没有担当，不懂取舍，于是让自己女儿收拾行李回到省城。不久后就办了离婚手续。

唐青妈就是这个时候出现的。她给唐青爸的病重母亲送药，顺便帮忙收拾屋子。那个冬天很冷，唐青爸家冷清得很。唐青妈回自己家挑来了两箩筐上周刚出窑的木炭。自家的窑子，木头大块结实，干馏得通透，火盆里通红的火苗直直往上窜，半点涩烟都没有。

半年后，有媒婆来唐青妈家上门。不久后，两人就成亲了。

唐青是在一年后出生的，一开始他妈有些失望，居然不是个女孩。是医院里的护士提醒了一句：你呀，已经是嫁给有铁饭碗的男人了，这计划生育的政策在我们这已经落实开了，你们家目前也只能要一个孩子。是男孩，你得是撞运气了啊，多少人家都求之不得。

唐青妈思索了一会儿，突然觉得也对。

那时候唐青爸每天去办公室坐班，唐青就跟着他妈跑。码头上的工人每天都在搬运木头，她妈也去要了一份工。唐青每天拿着一毛钱一包的话梅，蹲在码头边上，玩着河岸边上的石头子跟泥沙，从早晨到夕阳西下，等着她妈收工。

其实本靠着唐青爸的收入，家里是可以过得体面的。无奈唐青的奶奶落下的病，十多年都在床上躺着，每个月要请一次医生来开药。唐青还有三个叔叔，全都是流荡在外，杂活也不好好干的混子。偶尔赌钱输了，追债人找不到人，就来向唐青爸讨要。唐青爸工资的一半全都给了这些个大头支出。

唐青妈虽偶尔怨念，可是毕竟自己的农妇地位本就低下，怎么开口也说不过人知识分子，于是也就隐忍了下来。她只是常跟唐青唠叨着，要认真读书，像你爸那样，不，要比你爸更厉害，将来去省城的广播站当宣传员。

唐青比我小四岁，一开始我们是一起上小学的。他跟在我后头，每天摘一条狗尾巴草，夏日里用塑料袋套一根树枝，当成简易版的捕蝴蝶工具，可是从来都没有扑到过一只。

九七年的时候，国企改革，小镇上的事业单位相继倒闭。说是上班，可是每个月的工资越发的少，从前每个月的粮油跟水果福利，中秋节的月饼，春节的绿豆、红糖，跟时髦的双汇火腿，全部都中断供应。到了第二年，干脆就没有收入了。

唐青妈来我家，问我爸一句：什么时候能恢复往常？我爸叹了口气：估计没有了，得另谋生路了。唐青妈着急：我家那位，除了写字盖章看报，可是什么也不会啊。我爸无奈而笑：大家都一样，想办法怎么讨生活吧。

后来我们搬家，到了另外一个小镇上。临行前唐青跑来问：来姐，我们还会见面吗？我回答：我也不知道。他再问：可是没有人陪我去上学了呢。我再答：你以后也要一个人走的呢。

我不知道自己怎么会说出那样一句，你以后也是要一个人走的呢。冥冥中感觉这话不是对他说的，而是对我自己说的那般。

再后来见面，我已经上了初中。唐青跟着父母搬家，来到了我们所在的小镇上。而且更神奇的是，他又一次搬到了我家旁边。就这样，我们再一次成了邻居。

这一次碰面，唐青少了些许小朋友的天真，虽然他还是个在上小学的孩子，可是我总觉得，他的神情里有一种大人的气息，说不出来，就是有了心事的样子。

那时候我每周从县城的中学回到家里一次，一开始唐青会来家里玩，可是不到一会儿，他就要回家了。因为他爸睡醒了。

唐青爸什么时候变成酒鬼的，这个我不知道。我只知道，唐青家搬来这里的时候，他爸早就没有了当年那副书生气。再后来，每天看着他爸拿着一空瓶子去买酒，满脸通红，默不作声，就连路经熟人，也不愿意抬头打声招呼。

他一般从下午开始喝酒，过一阵就睡去。到了傍晚时分，在工地上干杂活的唐青妈回来，唐青要帮忙烧火煮饭，要保证在他爸醒来之前，准备好热气的饭菜。否则，他爸的酒疯就开始使劲撒泼。

好在唐青很小的时候就跟着他妈转，家务活也开始做得熟练。所以这些都难不倒他。他只是跟他妈一样，坚定不移地相信着，他爸只是暂时心情不好，等过阵子了，想通了，或许就愿意振作起来了。

可是这一等，就是好些年。

以及等来的是，唐青爸从酒鬼，另外添了一项，就是赌鬼。

他一开始是不沾那一行的，从前为了给几个弟弟还赌债，他痛骂他们几个之后，还是要帮忙还钱，否则就觉得对不住自己的母亲。直到唐青奶奶那一年去世，他爸把棺材送出山之后，喝了一夜的酒。第二天，走入了菜市场那边的赌坊。

唐青妈虽是一个农妇，可是好在天生丽质，也算长得灵巧斯文，即使生了唐青之后，为了养家很快去工地干活，可是被晒得通红流汗的脸庞，还是看得出清秀的底子的。是这些年，伴随着唐青爸下岗之后酗酒，再到沾赌，她这张脸是飞速一般地布满风霜的阴郁。

有天从工地上回来，听到隔壁家做家具的湖南人腾出了好些小块木板，这些都是上好的柴火。唐青妈拿来两个簸箕，整整走了三趟来回，把这好不容易讨来的木柴，收到了自己的厨房里。这时候天色已经黑压压，唐青爸一觉醒来，发现餐桌空荡无物。厨房里老婆才把米淘干净放锅里。

他拿起那一口锅，直接就摔到了地上。

那一天唐青放学回家，发现父母在厨房里厮打，跑过来向我家求救。我爸妈赶了过去，拉开两人。唐青妈一边抱着唐青一遍抹眼泪：多少年了，知识分子下岗，做不了苦力活，那是假话。要什么鬼面子，家里揭不开锅的时候，管你从前会不会做工地活，你不出门，这一天天的每顿饭从哪里来？

唐青爸大口吧唧吧唧抽着烟，屋子里都是散落的青菜，还有一粒粒沾着水的米粒，还有打碎瘫了一地黄的鸡蛋。

那一夜唐青来我家里吃了饭，他妈收拾了屋子，也不愿意过来。煮了两碗面应付，然后过来接唐青回去洗澡。

那顿饭，唐青沉默不语，我爸妈也不好吱声。给他夹菜，他点头，然后低头吃饭。吃过饭我从书包里掏出一本《读者》，递给唐青：这是在县城的新华书店里买的，你拿去看。

唐青他妈来接他回家，出门前他问了我一句：来姐，你说我爸会好起来吗？我的家会回到从前吗？

我点头：嗯，应该吧。

可是我错了，这才是唐青宿命的开始。

唐青爸有天夜里赌输了钱，回到家里，看到唐青妈给唐青准备读高中的行李。唐青爸直接把收拾好的行李箱踩了个稀烂。唐青不知道从哪里来的勇气，直接冲上前去推了他爸一把。这一推，彻底把他爸激怒得吼气冲天。

那一夜，我不知道他们家里是怎么收尾的。只听见各种家具破碎一地的声音，伴随着唐青爸的粗话，唐青妈的哭喊，还有唐青自己带着颤抖的嘶吼。

后来的日子，唐青有过几次夜里敲开我家的大门，请求我父母过去劝架，以及保护他这一顿被暴打。他的身子骨弱小，跟牛高马大的父亲对峙起来，永远只有吃亏的份儿。而他每一次过来，都是因为他妈也顺带被暴打，他无法拯救，只能敲开我家大门。

"我自己受疼不怕，我不想我妈受疼。"

"我将来要杀了这个男人，我恨他。"

"这是个畜生，连畜生都不如。"

每一次唐青咬牙切齿地，在我家沙发上说出这一句的时候，我是被震惊到的。我无法想象，从前那个乖巧的、隐忍的、用功念书的男生，竟然会说出如此这一番话。

可是细细想来，那些个鸡飞狗跳的日夜，是我所不曾经历的。我不知道他是如何忍耐过来的，也不知道他的心绪里经历着怎样的复杂煎熬。我只是知道，这个孩子，再也不是童年里，在我尾巴后，摘一根狗尾巴草也可以高兴一整天的人儿了。

我考上大学以后，开始在外地生活，寒暑假会回到家里来。这四年的假期，也是我最惊心动魄的假期。我妈无数次地想要搬家，奈何这是一件大事，当时的家境尚没有这个财力，于是也就忍耐的下来。

说是要搬家，是因为这些年隔壁家的破罐子破摔声，已经消耗了无数邻居原来的耐心跟同情，甚至变成了鄙夷跟厌恶。唐青父母争吵的时候，劝架的人越来越少——反正也死不了人，至多忍半个一个时辰就过去了。

唐青也开始满怀心事，甚至因为邻居们的鄙夷，而开始自卑——或者说，自卑在很小的时候就诞生了，只是这些年外力施压，使得这一份心理负担更加沉重。他渐渐地不再敲我家的门，只是每天清早起来的时候，看见他在清扫客厅里的碎玻璃，然后上街去买新的开水瓶。

这个场景持续了好些年的时间。我一度以为这个男生会被毁掉，以及持续不断的坚定自己对于"人的出身带着无法选择的宿命"这个逻辑的悲凉。

大三那一年暑假，唐青在念高中。他妈带着唐青过来，拘束地坐在我家客厅。即使是邻居，可是看上去却像是许久未见的远方客人，带着矜持般的小心翼翼。

唐青妈开口问我，你能不能帮忙选一个二手复读机，唐青住宿在学校，夜里想听一下英文磁带。

我疑惑：现在没有人用复读机了，二手的更是少，为什么不买 mp3，直接电脑上下载就好了呢。

唐青在一边不出声，他妈拽了拽衣角，然后支支吾吾地说出一句：呃……如果是从前的日子，我二话不说就给他买了，可是，今时不同往日了……

我立刻明白。然后去翻了抽屉，找出来一台步步高复读机，功能都好，只是蒙上了好厚一层灰。我直接递给了唐青，你只要买回四节五号电池就好，当然也可以直接充电。英文的磁带去街上娟姐那家买盗版的，那样的话花不了几个钱。

唐青妈着急去上工地干活，唐青临走前问我一句：来姐，考大学有用么？

我发现自己居然无法给他答案。

唐青的学习成绩很不错，只是小时候贴满墙的奖状都会被他爸醉酒后撕碎。一开始他用胶水一点点粘贴起来，到后来就干脆不带奖状回家了。再到后来，他考上了初中，再是高中，一层层往好的学校进去。成绩单偶尔几次交给我看一轮，都是前十名的成绩。

我很是诧异，这样一个在家里受尽委屈、惊恐跟压力的男生，在学校里还可以如此专心学习。

是后来唐青无意间跟我说了一句：来姐你知道吗，小时候大家看《新白娘子传奇》，都笑话我是那个小青。既然小青会法术，于是我假装自己也会法术。

去学校的时候我就当自己是个人，认真听课，甚至比其他同学还要积极发问。特别是到了高中里，好些人都是从乡下考进这所学校的，谁都不知道谁原来的家庭是什么样的，大家拼了命学习，没人管你家里的事。

至于在家里，我就变回那条真实的妖怪，被人唾弃，不认同，以及指指点点。可是没有关系，妖怪是百毒不侵的。更何况只有妖怪伤人，哪有人伤妖怪。我不恨他们，他们都是俗人。

我问一句：那你恨你爸吗？

他答：我没有答案，被选择的人，是不配有答案的。

那一年我大四，在学校里奔波于各种求职不顺的坎坷里，有时候一想到走入社会的冲击，每每夜里总是失望至极。我是在寒假的时候回到家里，遇上了高三补课回来的唐青，他过来跟我请教报考大学的相关事宜，说了这一番话。

那一夜，我辗转反侧无法入睡。干脆起身，反复回念着唐青跟我说的，关于把自己人妖自我身份切换的魔幻处世逻辑。念着念着，眼泪竟掉了下来。

后来的故事，是唐青考上了哈尔滨的一所理工学校。家里没有摆喜酒，唐青妈奔走了很多亲戚，筹够了给唐青开学的学费。

我开始参加工作，唐青家所有的细枝末节都是从我妈的电话里得知的。唐青爸依旧如从前那般酗酒赌钱，并且甚至开始不清醒了，嘴里念叨着听不懂的字句。唯独有人来上门讨赌债的时候，口齿却是伶俐得粗话连篇。

唐青妈换了份工作，是到镇上小学的食堂里做工，顺便喂养学校里养的几头猪，这样可以拿双份工资，只是每天夜里只能睡四个小时了。唐青爸不再打他的老婆，只是张口要钱，买酒，买肉，赌钱。唐青妈一开始也不从，后来知道最后总是要给钱的，只是多一顿或者少一顿打而已。

那个时候我已经是大人了，跟父母说，可不可以找居委会帮忙，协调，或者处理一下。这种家暴家庭，妇女是可以受到保护的。我父母无奈：这个小镇很小，人是无处可躲的。以及这么一个偏远山区，不会有人在意法律这件事情。见得多了，都是家长里短，都是命啊。

大学里的唐青，暑假基本不回家，留在学校里勤工俭学。寒假春节的时候，他也会回来，想要陪他妈过年。

这些年的年夜饭，我们家大年三十，早晨就开始厨房炊烟升起，到了夜里春晚开始的时候，已经是晚饭过后的消遣娱乐了。而在唐青家，他要花上很多天的时间，打扫家里卫生，因为累计了一年的脏，不曾有人理会过。

唐青去折一根柚子树的枝叶回来熬一锅水，这是家乡特有的习俗，寓意着洗去一年的不好的一切。把蒸好的白斩鸡，搭配三碗面条，一杯米酒，一一摆盘。搬到屋顶，上三炷香，放鞭炮，拜祭神明。

这一切他操作得熟悉而稳当，如同一个大人，一个如我平日里见到的那些长辈，把这一系列的流程走得滴水不漏。

唐青大学毕业，在北京找了工作。这一年回家，他先是在家乡县城里租了一套房，劝解他的妈妈，离开这个家。再是去跟过往的邻居道歉，把他父亲从前欠下来的赌债还清，以及说明，从今以后，这个男人的赌债与他再无关系，他需要新的生活。

唐青真的是个大人了，见了我不再是喊一句来姐姐，而是来姐，以及带着点头的敬意。某一时刻很想靠近他一点，拉一把他的手，问问他，还记得我们童年上学路上你怎么也抓不住的那只蝴蝶吗？

唐青打包着他母亲的行李，楼下是他租来的一辆面包车，甚至好些锅碗瓢盆，都准备搬到县城里的房子去。他爸躺在房间的床上，看上去是睡着的样子。偶尔经过的邻居，会探头进来，看看这些年都不想跨入的屋子，如今有了什么新动静。

有人问起唐青在北京的生活，收入多少，感情如何，唐青总是笑着敷衍过去。临走的时候，唐青向我走来：那个来姐……我就走了，安顿好我妈，就回北京去了。

我问：打算在北京待多久？

他回答：那边薪水高，想先存点钱，以后的事情以后再说。

那你爸呢？

我尽力了，以及，这是目前最好的处理方式。

我点头。

临别的时候，他突然问起一句：来姐，还记得我问过你一句，生活会好起来么？我现在有答案了。

我倒是疑惑。

走夜路的人

他回答一句：生活不会给你答案，因为答案就是我自己。我还活着，这就是最好的答案。

面包车开始启动引擎，唐青妈还在跟邻居们道别。

唐青搬来最后一袋行李，把后备箱关上。他耐心地等着，自己那个半是笑意、半是不舍，两鬓斑白，身体开始佝偻、行动缓慢的母亲。看着那一间自己生活了十多年的，没有一夜可以安然入睡的屋子，唐青面无表情。

他站在远远的地方，如同自己不曾属于过这个小镇，以及，确定自己将来也不再属于这个小镇。

后来的日子，我再也没有见过唐青。可是我知道，这个男孩，哪怕是此生在北京都无法买房，哪怕今后的人生没有大富大贵，难免也会遇上无数生活难题，可是就他自己而言，他已经赢得了命运本身。

嗯，这是最好的答案。

他乡之客

小白是我妈常叫的名字，他的全名叫做白林。

白林比我大两岁，三年前来到这个小镇上，就在我家隔壁上班。我家隔壁，从前是我父母上班的水利局，后来国企改革，水利局不复存在。荒废很多年之后，这一栋旧楼被推翻，建起了我们小镇上的政府大院。

白林是政府新址搬迁过来之后，来到的第一个外地员工。这个落后的小镇上，别说是外地人了，就连家里住在县城里的职工，每天上下班也要赶最后一辆公交车，回到县城的家里生活，也不愿意留在这个大院里头本就预备的员工宿舍。

这所小镇上，从前还算是人声鼎沸的，因为是鱼米之乡，所以夜里的大排档极其热闹。小时候的我，一到晚饭结束，最开心的事情便是上街，去吃炒田螺，腌酸菜，夏日里是脆爽的菠萝味儿冰沙，冬日里是一大口涮着各式牛肠猪肺海带串串的小摊，热气腾腾里全是热闹的富足。

小镇的生活很慢，时光很慢，就连人们的笑容也可以在脸上停留很久，慢慢褪去。

后来不知道什么时候，六合彩等一众赌博游戏，从香港传入内地。这所小镇的大人们，夜里忙着探讨生肖跟投买哪个数字，没有人再愿意悠闲谈天享乐生活，也没有人愿意再去摆着夜宵摊挣些小钱。

再后来，年轻人外出打工，留在家乡的人越发的少。

从前那些很慢的日子，渐渐也就留在了回忆中了。今天的小镇上，夜里七点过后，街上再也没有灯光，家家户户大门紧闭，偶尔几家水果店跟药店开门做生意，剩下的人们，都忙着自家的家长里短。

夜里的冷清寂静，白日的落后破旧，这是我的家乡小镇。

白林来到这个小镇的时候，很多人都惊讶无比。

白林就跟他的名字一样，白净，斯文，架一副半框眼镜。不知道是不是语言的缘故，他很是腼腆，想要跟人打招呼，可是并不确定自己要用在这里听起来很奇怪的普通话，还是本地的方言。对了，刚开始的时候，他是一句这里的方言都听不懂的。

白林到底是哪里人，我至今不知道。有些人说他从西北而来，有人说他从江南而来，还有人说他父母去参加援藏，而后在高原生下了他。这些种种，他不曾给一个确定的回答。

他总是温和地烧水，倒茶，拿出纸笔，接待前来办手续的，我们本地小镇，还有各个村里来的各式人家。

乡亲们不懂得说普通话，只是一个劲地跟白林比划着：家里的猪被洪水冲走了；家里几亩地被征用种植树林，可是补贴一直不下来；家里孩子的助学金申请了几次都不通过；村里的桥有些年头了，围栏断了好些，小孩子上学路过太危险；小孩子在小镇上上学，可是因为政策今年要回到村校就读，想要帮忙协调。

白林一边安静听着，一边记着笔记。

对面是炸开了锅的热闹村民，男人们大口大口抽着旱烟，女人们背着一个孩子，手里还抱着一个，孩子哇哇大哭，满脸眼泪鼻涕。

他总是保持微笑，从来也不会不耐心，就好似他的世界里有一面屏障，他看着眼前所有人的表情，却是一键静音。于是他不会被这些吵闹打扰，或者冲击。

小镇上的人好客，也很八卦。女人们叽叽喳喳起来就跟旋转的陀螺，根本停不下来。从前政府大院很是冷清，因为都是公职人员来往，自打白林来了之后，办公室里居然也热闹了起来。

白林至今未婚，白林今年不到三十，白林性情温和，白林是个好男子。小镇上所有的人都这么传着，也有很多妇女前来说媒，想要把自己的女儿或者亲戚家的女儿介绍给白林。

　　白林的一切种种，都是我母亲告知我的。

　　得是前一阵子，白林得了伤寒感冒，奈何无论怎么吃药，总是不够见效，一直就这样病快快着。我母亲是个心善的女人，于是回到村里的老房子的后山上，采了几味草药，回家熬了汤，给白林送了过去。

　　连着几天下来，白林病就真的好了起来。

　　他想要买些水果来我们家里道谢，我母亲说不需要客气。

　　如果你愿意，可以来院子外面走动走动，我们都是很朴实的人，你也不要憋坏了自己才是。

　　他腼腆点了头。

　　白林一天到晚的活动范围基本就在大院里，上班的办公室在大院里，员工宿舍也在大院里。周末的早上也会去集市上买菜，可是就是很短暂的时间，他又躲回自己的那个世界里了。

　　路上遇到熟识白林的乡亲们，他总是微笑着点头，也不多说一句。

　　将近年底的时候，白林找到我母亲，说可不可以帮忙给办公室做一下清洁工作，是有酬劳的。母亲当然乐意，于是就去了几日。

　　问起白林什么时候回老家过年，他回答今年还是不回去了。

那你就一人在这啊？

嗯。

母亲不大会与人说话，回来后就将此事告知了我。家里人商量着，想请白林来家里过年。我给出建议说，我们有我们的心意，可是人家不一定愿意来。团圆的日子，如果对方是有不方便与人说的理由，到了别人家看热闹哄哄，岂不是更显得自己可怜？

家里人同意了。

除夕那一大早，我妈去告知白林，让他不用做饭，晚些时候会给他送年夜饭过去。

下午的时候，家里祭祀完毕，把白斩鸡切好摆盘，匀了一半出来。以及外加其他的各样菜式：芋头扣肉、豆腐酿、酸醋鱼、龙骨炖萝卜、爆炒腰花、各类糍粑，一一装盘。我负责把这些给白林送过去。

我直接到了他宿舍的房间里，他敞开着门，正在擦拭书桌。我敲了门，他转身过来。

那是我第一次看见他，即使从前听母亲无数次提起，尽管知道他来到这个小镇三年有余，这一次却是我们的第一回碰面。

从前我不大相信母亲对一个人的评价。在她眼里，只要一个男人不缺胳膊缺腿，就叫相貌堂堂；但凡戴着眼镜的，就称作斯文模样；只要身高不低于一米七，那就是人高马大，身姿挺拔。可是每一次见到她口里所描述的那个人的真面目时候，全是讶异至极的反差。

时间久了，我就对母亲的这一番审美逻辑表示保持中立了。

而唯独这一次是例外。或者说，白林是个意外。

我从未见过肤色如此白皙的男生。白皙到可见嘴角边上的绒毛在空气的流转中些许颤抖着。他戴着眼镜，着一身灰色的针织衫。南方的冬天很冷，是那种刺骨的阴冷，可是很难从他脸上看到一种狰狞的表情。

或者说，我几乎看不出他的真实表情。

房间的角落里有电暖器，可是他放着不用。而是弄了一个火盆，烧了炭火。火盆边上放了一个撬开了上头盖子的可乐罐，灌了大半杯水，里头放了几片晒干的橘子皮。

我很讶异，因为这是我们家乡一贯的做法。冬日里烤炭火，为了防止火气令人燥气太重，会添加这么一杯橘子皮水。我二十多年来的冬日记忆里都是这般模样。

我问起白林，你怎么知道这个法子来着？

他说他就是知道。

我再问，那你为何还在烤炭火呢？现在连我们小镇上的人都开始用电暖了，这些古老的取暖方式我们都渐渐不习惯了呢？

他腼腆一笑，并不作答。

我才想起自己带来的年夜饭菜，给他一一拿出来，摆在了小餐桌上。小餐桌铺了小雏菊的桌布。旁边有一本太宰治的《人间失格》。我突然有些冲动，于是问起了一句，你是不是想要躲在这个小镇里很多年？

为何这么说？他一边拿出碗筷，一边平静地看着我。

太宰治笔下的叶藏是个不得不封闭在自己的世界里的人，以及为自己是这世间的异类而感到可耻。我小心翼翼地说出了这一句。

他依旧不说话。

我感觉自己有点过于失去分寸了——这是我与他第一次见面，可却是如同我认识了他很久。或许是因为我母亲平日里的唠叨，让我觉得这就是一个我很熟悉的邻居，如同那些与我一同长大的隔壁家的大人们孩子们。

这菜给得太多了啊你们，要不你拿些回去吧，我吃不了那么多。他还给我添了一副碗筷。

我答复：你可能不知道，我们小镇上的风俗，大年初一初二菜市场是不开铺的，得到了初三才恢复买卖。你别指望着就吃这一顿明天再去菜市场买菜，那里根本没有人。再说了，你要是吃不完就留着放冰箱，这么冷的天食物也不会坏。而且有些菜式也是过年才能吃的上呢，我平日里假期回家也很少吃得齐全这些。

你就收下，好好吃，好好过年。

不知道为何，我本是打算来送菜的人。我的任务也算是完成了，我得回去家里跟我的家人过年了。可是我脚步迈不开。我就那样顺其自然地，坐了下来。当然我没有动筷子。

我得留着肚子回家吃年夜饭。

白林说：那你陪我喝一杯吧。

我赶紧摇头：我不会喝酒啊。

那你就用饮料，陪我喝两盅。

我点头应允。

白林喝酒的样子，一点也不像喝酒的样子。他总是温柔地抿一口，而后一点点纳入口中。皱起些许眉头，而后慢慢吞咽下肚。划过喉结的瞬间，我才想起他是个男人。

我当然不是说他不够有男人味，而是一股很奇怪的感觉，带着故事，带着忧伤，可是仿佛又不是什么重大的事情，只不过是个性使然，他本就是这一副跟自己的年纪不相匹配的，稳重的样子。

我并不打算开口问白林过往的故事。我甚至觉得自己不应该过多干涉。生活在这个平凡的小镇，家乡的荒凉跟破旧曾经让我自卑了很多年，也怨恨了很多年。我讨厌这些不够体面的人和事，这些唠叨琐碎而带着庸俗的邻里往来。

可是这些年过去，在我离开家乡飘荡多年后，我越发感激自己还保有着过往的童年的印记。我开始以另一种接受的角度，去重新理解我的父老乡亲，去看待我骨子里的这份淳朴与厚重并存的源泉所在。

白林问起了我的工作，我说自己在广告公司上班。一开始做执行，后来做文案策划。现在可以带领一个小团队做项目了。

有光鲜的一面，可是更多的是甘苦自知吧。

我不知道为何，我就把这一句说了出来。我并不打算让他理解我。在我的理解里，他生活在这个小镇这么多年，应该像很多我的那些留在家乡的同学一样，安稳之中过着平凡而闭塞的生活。

不需要去顾及外面世界的精彩，在某种程度上来说，这也算是一种命好吧。

白林已经喝到了第三杯。他收起了酒瓶，还有酒杯。

我疑惑：为何不继续喝下去？我可以陪着你。

他微笑：不了。我本就不爱喝酒，只不过这个节日里，得去纪念一些人，所以有个仪式就够了。

纪念？是纪念过往的岁月，怀念远方的家人，还是怎样的原因？我一百个疑问在心里，可是依旧不敢开口说出来。

白林坐在我对面，吃饭，慢慢咀嚼，也不说话。他的手指很细长，像是富贵人家里养育出来的一双手。他身上的每一个毛孔都散发着好的教养跟礼貌。此刻我终于理解了我母亲，还有其他邻居嘴里的那些话：白林是个好青年。

这份好，不仅仅是他的外在样貌，在这个小镇上看上去体面的工作。他的好，从骨子里散发出来，带着平和，不争不抢的平淡。还有肉体与灵魂隔离的游走。

对！就是这个点！

我一瞬间恍然——为何刚刚看到白林的第一眼，不是奇怪，而是有些许害怕。害怕不是因为这是一个陌生人，而是在于他看起来空荡，飘零。对，就是灵魂游走在上空，他只是就着这一副躯体跟我说话。

我有些脊背发凉。心里默念着，上午刚刚给老祖宗祭拜，祈求他让我新的一年事事顺利。我可不想这大年三十就遇上这么诡异的事情。

我起身告别。我要回家去吃年夜饭了。

出门离开的时候，我问起白林：你看看你想看什么书，我家里有些。你要的话我给你带几本来。

嗯，好。我很随意，什么书都是可以的。

我才发现，白林房间里没有电视，甚至没有电脑。如果不是看见他用着手机，屋子的气息会让我觉得这是一个生活在我父辈那一个时代的人。带着穿越，跟格格不入，就生活在我成长的小镇上，就生活在我的隔壁。

哦，对了，那你晚上怎么看春晚呢？或者不看春晚，可是没什么娱乐活动也很无聊呢。

他答复：我本就是个无聊的人。习惯就好。

习惯就好。这个词语让我迟疑，疑惑，害怕，可是终究不敢问出口。

打从大学毕业参加工作之后，每一年回到家乡过年，前面几日总是高兴的。可是敌不过几天，我就开始厌烦了。一切都不对劲，一切都不习惯。没有聊得来的人，没有喜欢的去处。

儿时喜欢躲在自己的房间里，可是长大以后我就知道不可以躲了。我是个大姑娘，得去招待前来家里的亲戚，得与他们说话，得关照他们孩子的学习跟就业情况，偶尔提一点他们喜欢的建议。

从大年初二一直到初六，我轮番走了很多趟亲戚。母亲不在意我愿不愿意，只是告知，一年也就这么一次任务，就当是为了我，给我这个面子，可不可以？

我总是妥协。我从来不会忤逆母亲。甚至在童年很小的时候，我就知道要成为一个让所有人都放心和满意的孩子。所有的委屈，不满，甚至反抗，我都是一个人默默消化，以各种方式。最常用的方式，是一个人去到屋顶发呆。从前是父母单位住房的公共屋顶。后来参加工作存钱为父母建起了一栋小楼之后，屋顶就成了我们家自己的屋顶。

我有了更多的安全感。清晨时候，会在雾色当中听着鸟叫声，看着远处的菜地上已经有邻居在浇粪水了。午后时光也基本上是我一个人独享屋顶的时候，看这一片高低错落的楼房炊烟袅袅，心里很快就平静了下来。

在我快要离家前的某个午后，我在看着夕阳。南方的冬日总是很奇怪，夜里冷得刺骨，可是白日里艳阳高照起来也堪比秋日的温暖。落日的前夕总是美得让人惊心动魄，我想过很多年很多个日子，想要用一个瓶子把这艳红的色彩保存下来，装在记忆里很久很久。

我看到了不远处的白林。他也在单位宿舍的屋顶上。他在发呆，背着我。如同一幅画。

其实我知道忧郁这个词语已经离我很遥远了。在我年少时期，喜欢上初中班上的那个穿着白衬衫明眸皓齿的男生开始，我就体验到了暗恋背后兵荒马乱的春心荡漾。春心荡漾过后的无法拥有，就是忧郁。

这也是我从前写日记里最长用的一个词语，甚至渐渐成为了我自己本身的烙印。只是奈何命运不由人，我并没有释怀这份忧郁，反而被其拖入深渊，经历过很漫长的一段抑郁症之路。而后走出来的时候，我会出于自我保护，不去开启这灰色的词语。

时间渐渐久了，我也就忘记了忧郁这个词语的魔力。只是在这一刻的夕阳下，这一刻的炊烟袅袅中，我眼前的这个背影，让我穿越回了少女时候的些许回忆里。

我自知我并没有对白林动心。至少不是喜欢这个男生的那种动心。他身上有着巨大的吸引力，对我而言，像是一个远方的客人，带着神秘而来。他平和地生活在我家乡的这个小镇上，像是一个熟悉的陌生人。

我太想听到他开口说，说一句他从前的过往了。

就在我发呆的时候，看到白林转了身过来。他看到了，先是愣了一下，而后跟我招了一下手。我比了一个手势，说我晚些去你宿舍看看你。

每一次去白林家的时候，我的母亲大人都是很放心的。要知道她是个传统甚至保守的女人，我独身去往一个男人的家里做客，她从前是绝对不同意的。可是这一次，她就如同开通了绿色通道一般，总是叮嘱我，今晚带些菜过去给白林吧。

我问她：为何对白林这么好？

母亲叹一口气：不知道为何，总觉得这个孩子有些可怜。

我疑惑：这是为何？

她答复：你们孩子不懂事，可是我们大人是知道的。这个孩子越是有礼貌温柔，我就越是觉得他命苦。如果不是过早经历了什么的孩子，怎么可能会这般懂事？可是我们当然不可以打听别人。

更何况，也不知道他还打算在这里停留多久。这不是他第一次不回家乡过年了。这些年，几乎很少看到他离开这里。就连节假日也不出去游玩。一个人没有归处，没有朋友，就那样一个人过了这些年，这得是什么日子？不过是活着罢了。

这一段说完，母亲重重叹了一口气。

我给白林带了些茶叶过去。既然他不会喝酒，我也不会，那就不需要这客气的一环了。我带了几本自己爱看的武侠小说过去，心想着他或许会喜欢。

白林在屋里给我开门。他在书桌上写东西，还摆了些许照片。我终于肯定了我自己的判断，他与我一般，喜欢生活在很慢的节奏里，喜欢在用纸笔记录一些东西，喜欢翻看从前的照片，而不是手机上的那些滤镜过后的美食跟自拍。

我跟白林说起，过几日就离开家里，要回去上班了。

嗯，也是。假期总是短暂的。

我继续说话。其实我父母也希望我当初留在家乡，考一个公务员，陪伴在他们身边，安稳地过此一生。可是我没有办法，我自知自己不属于这样的地方，至少我的心安之处不在这里。

嗯，心安之处才是真的家。这点我同意。

他给我倒上泡好的茶。

这些年在外工作，也是艰辛。可是我总觉得，在哪里不是艰辛呢？也不过是想要把自己的生活过得好一些，在报答父母之余，还可以尽可能以自己喜欢一点的方式过一生，这样我就没有什么遗憾了。

嗯，遗憾。遗憾是躲避不开的。如果可以，少一些遗憾，也是幸运。他就这么淡淡地，一句句回应着我的话。

我再问：我下次回来，还可以过来看你么？我的意思是，你还会不会在这里？

白林思忖了一会儿，而后答复：嗯，我应该还在的。

我再说。

我不知道你是用怎样的心态待在这个小镇上这么些年的。如果是尝试一种别处生活，其实差不多也就足够了。大部分人在外漂了好些年之后，也会选择回到家乡。那个有着自己熟悉的一切的地方，会让人很有安全感。

白林不说话。

他给我递来一张照片。是一个穿着紫色碎花裙的女孩，长发飞扬，手里抓一束小雏菊，在路边的人来人往中，恬静而温柔地笑着。

她叫娃娃。这是她的乳名。我也就这么喊着她。

她是我的大学同学。我们相识于大二学院举办的一场舞会上。她负责会场的布置。我的专业是机电工程，于是被拉去负责调试现场的音响设备。我们都是腼腆的人。舞会很是热闹，可是与我们无关。我们只是幕后人员而已。

舞会接近尾声的时候，人们都散去，我们开始清理场地。我就那样认识了她。

我们在一起三年。大学毕业时候，她留在当地的电视台工作。娃娃是江南女子，大学也是在本地上的学。她的专业课很好，加上父母帮忙，理所当然就去了电视台。

我是个西北长大的农民的孩子。一开始所有人都说我是城里出来的孩子。实际上是，我打从出生开始，就被父母当成宝贝一样疼着，从来不需要干家务活，也不爱外出玩耍。父母是种地的人，可是他们给了我绝对的自由，让我儿时候就买书看报。

我是我们村里唯一一个考上大学的人。从收到通知书那一天开始，摆了几天几夜的宴席。全是村民们自发凑起来的钱，说这是山沟里的骄傲。可是这种骄傲，在我进入大学的第一天，看到什么叫做天外有天的时候，我就收敛了从前十八年的自信。

说是自卑也好，说是谦逊也好。总之我不爱说话。如果不是舞会那一夜，娃娃提出让我送她回宿舍。我是万分不敢开口半句的。

娃娃是个懂事的女孩，她从不要求我送礼物，每次吃饭给足我面子，不去大餐馆，偶尔的小奢侈也是 AA 制。当然了，她父母知道我的存在，一开始就知道。她是个事无巨细都会跟父母汇报的孩子。这是幸运的，有人关照你成长生活里的每一秒。

而我却不是，自从走入大学之后，看到我从前不曾见过的世界之后，我就很少跟父母分享我的生活了。不是不愿意，而是他们无法想象，不会想象。当然我不会埋怨就是了。

白林起身，添置了些火盆里的炭火，再给我续了茶。

我看着照片，一直就那样听着。

你一定会觉得，这是一个失恋故事。因为我们没有在一起，所以我受伤不已。于是出走远方，来到这个小镇，一住下就是很多年。直到现在还没有办法走出来。对不对？

我不打算回答。我想要听他继续说下去。

大四那一年，娃娃带我去见了她父母。我很忐忑，可是事后被告知，她父母对我印象还不错。虽然我是个一无所有的穷青年，可是他们家条件不错。他们就只有娃娃一个女儿，只要女儿开心，这样的幸福就是他们最大的安慰了。

我想尽各种办法，终于找到了可以留在本地的工作。我可以名正言顺继续跟娃娃在一起了。

父母打来电话，说起在家乡的县城里找到了熟人，让我回到粮油局上班。我跟他们说了跟娃娃交往的事，还有会留在江南生活。他们没说什么，沉默了片刻，就挂了电话。

就这样过了两年。我跟娃娃准备跟各自父母商讨结婚的事宜。我打算带娃娃回去我的家乡看看。即使那样一个破旧的地方，可是娃娃从来没有计较过我的出身，这些年我也足够肯定，她在意的是我这个人，而不会在意我来自何方。

我们商量好了，我先提前回家乡，知悉一下父母还有亲戚们，顺便布置一下家里。过后几天娃娃再过来，我去接她便是。

大概一周之后，接到娃娃父母电话，说我们娃娃不会去你家了。

我震惊。

思量了很久，还是想要一个答案。尽管我心里已经有了答案，可是还是想要跟她父母沟通一次，也算是给自己一个交代。

电话里，娃娃父亲说：白林啊，你是个好青年，找另外一个姑娘，好好开始新的生活吧。我们家娃娃没有那个福分，对不住了。

挂电话前一秒，我听到了旁边的哀叹跟哭泣声。不是娃娃的声音，是她母亲的声音。

我知道自己本就配不上娃娃，只是没想到了这一关，真的就过不去了。回到江南，我还是想当面找到娃娃，问问是她自己的意思，还是她父母的意思。只是我再也见不到她。问了所有亲人、熟人、朋友，他们都统一口径——你还是放手吧。

娃娃就在我的世界里消失了。凭空消失，来不及半点机会给我消化这一切。

　　我辞去了江南的工作，回到家乡待了半年。父母知晓我心情不好，也不逼我去外出工作。

　　有一天，接到了一个陌生人的电话，说她是娃娃的阿姨。

　　娃娃在准备来我家乡的前一天，跟家里的堂姐去街上准备置办些给我家人的礼物。一辆卡车就那样撞了过来。两人都进了急救中心。堂姐抢救了过来，娃娃没有。

　　我们家人商量了一下，觉得还是不告知你为好。你们两人还没有成婚，你没有义务承担这一份突如其来的打击。还有就是，如果告知你真相了，你的后半辈子可能就走不出来了。你还有你的人生要过，你还可以从头再来。不要责怪娃娃父母，他们已经承受了无法承受的一切了。

　　只是后来听到你这半年的日子，害怕你想不开。我还是决定悄悄告知你真相。或许娃娃也希望你能继续往下走下去。你不要辜负了她才好。

　　我望着白林，他的声音里带着一丝颤抖，可是脸上的表情是平静的。如同在讲述另外一个人故事。

　　这一次，换我去添置了炭火，倒了茶。

　　他摸着桌子上的照片。指尖当然也是颤抖着。

　　我没有跟父母说那个电话里的一切。他们承受不来，我独自承受就好了。

就这样又过了半年，我终于决定去粮油局上班。

那时候已经是夏天，北方的酷暑带着燥热跟辽阔。有天我下了班，母亲打电话让我从县城回家里吃饭。我坐了大巴回家。夜里等父亲从地上收工回家吃饭。

只是迟迟等不来他。天黑了以后，有人来传话，父亲晕倒在了田地上。

心肌梗死。没有救回来。

他从来身体都很好，不曾有过什么大病。我找不到理由，面对这突如其来的失去。

我在家筹备了丧礼的种种。家里有几个弟弟妹妹。可是他们与我不同。他们很小就不再上学念书，然后去城里打工，或者继续成为农民。唯独我一人，走出去这个山沟里。

我是长子，我理应承担这一切，包括安抚我的母亲。

母亲是个脆弱而有些自私的女人。在娘家当姑娘的时候，她就是最多小聪明的那一个。那个年代物质匮乏，她总是第一个在饭桌上抢吃的，去农田干活的时候也会偷懒。嫁过来给父亲之后，她成为了农妇，一个不像农妇的农妇。

父亲承担起了所有的工作，外出农活，以及家里的煮饭照顾孩子。他很爱母亲，所以总是不让她干活。村里所有人都说母亲是个好命的女人——得到一个男人的全部的爱，在这艰难的农家农活里，她算不上娇生惯养，可是至少躲避了很多本该属于她的任务和责任。

母亲哭了几天几夜。一开始颗粒未进，只是偶尔喝水。

神志恢复过后，依旧会以泪洗面。

两周之后的某个夜里，母亲也离世了。没有任何预兆。

心疼致死。

对话到了这里。

空气里只有炭火在冒着火星噼里啪啦的声音。

母亲葬礼的时候，来家里作法的道士告知说，母亲跟父亲连着命。她依附于这个男人而活，她从来没有离开过父亲一日。父亲的全力付出，造就了她的懦弱跟脆弱。

这是他的命，他太过劳苦了。

这也是她的命，她无法一人独立活下去。

这样也好，她没有那么痛苦。她是丢下了你们，可是至少她这一生都在被爱中，也算是圆满了。

过了头七之后的几日，我跟家里的弟妹们商量。他们都劝说着，让我不要留在家乡了。我有知识有技能，本就该外出闯荡。

我自知自己的心安不在家乡，可是娃娃的离去，让我知道要孝顺父母的珍贵。可是这一次，我变成了连父母也没有的孩子了。

我的肋骨，被抽走了一根，再一根，再是一根。

从此以后，每个敬天地的日子，都要给我生命里离我而去的，我最爱的三个人敬上一杯酒。

走夜路的人

嗯，就说到这里吧。

他收起照片，收起书桌上的笔记本。

白林活过来了。

在这个夜里，在他讲述这段过往的几个小时里，我第一次看到他的身体里住着灵魂。直到这一秒讲述结束，他又变回了原来那个，看起来不可怕，但是带着一种道不清说不明的，一声叹息的行尸走肉。

只是这一次，我知晓了这份道不清说不明的答案。

他是永远被丢失了故乡的那一个人。

从今以后，他不再有归处。他行走于这世间的任何一处，可是终究无法找到一处安置心安之处。他不得不外出，离开家乡。

他无处可去。

他就这么无意间来到了我的家乡，来到了这个小镇上。然后有了我们的一场相遇。

我不敢说这是相知，我仅仅只是听到了他的讲述而已。

我不敢哭，也不配哭。

我甚至有些生气：为何这世间那么多坏人作恶多端，可是却得以平安一世；而这个平凡甚至品性良好的男生，以及他朴实的父母，还有那个温柔而有教养的娃娃——为何这些不敢惊扰神明，战战兢兢过着本分生活的人，却偏遭遇这些劫难？

我敬畏神明，家乡的养育，父母的教导，一直都在告知我：人在做，天在看。要去敬畏神明，敬畏良心，敬畏万物有灵。可是为何到了白林这一段，神明偏偏就缺席不在呢？

我不敢开口叩问上苍。或许，白林已经在过往的这些一个人的日日夜夜，叩问过很多次了吧

我起身告别：谢谢你啊，愿意说出来。

他低头不说话。

我悄悄把门带上。

春节假期结束，我收拾行李，离开家乡。跟父母告别。远处的屋顶上，有个身影。白林在向我挥手告别。

恢复常规的漂泊生活，工作上让我偶尔喘不过气来。依旧定期跟父母电话，顺便打听着白林的种种。他还是老样子，一个人上街，一个人做饭。帮乡亲们解决难题，温柔而有耐心。

邻居大妈上门打听，要不要牵线认识姑娘。他总是微笑回拒。

我不知道他还有没有后半生，或者说，后半生的日子，他的灵魂还会不会回来。

某些缺失就是永远的缺失。

他从来都是这世间的客人，在他经历了这接二连三的，抽筋剥骨一般的失去之后，他就再也没有了归宿。他是我家乡的客人。

他是永远的他乡之客。

挂了父母的电话，我疲惫回到自己的出租屋里。窗外对面的公寓明亮而温馨，有些人家在给孩子喂食，有些情侣在

吵架，有些老人在看电视。一切种种，都提醒着我这世间最是平凡不过的幸福。

那天夜里，看日本导演是枝裕和的电影。

"人生路上步履不停，为何我总是慢了一拍？"

我想起了家乡那位客人。

这尘世一场，很多人转身就是一生的告别了。

我们都是无数个他和她擦肩而过的过客，如果可以，珍重一些，或许遗憾也会少一些吧。

自欺欺人

不是我矫情，得是我的运气不好吧。

大学刚入学，被分配到了现在的寝室，四人间。第二天的时候，我从家里带来的零食就全部被吃光了。一周之后，其中有一人女生开始夜夜开着电脑放恐怖电影，时而尖叫，时而颤抖，床架在吱呀呀摇摆。

一个月之后，在我尝试沟通协商无果之后，在我的笔记本电脑被其中一个女生借去查东西，第二天键盘上全是瓜子壳跟发着臭酸味的果汁之后，我决定搬出去。

学校里有很多职工宿舍，大多数都用来出租给学生了。我在校园论坛上发了帖子，不久之后，就寻到了一套三室一厅的房子。我跟父母说明情况，把整套房子租了下来，交了一年的房租。再去发帖，寻到了两个女生合租。

她们大多都是准备复习考研的人，全是我的师姐。我就这么从大一开始，陪同了两批师姐，看她们夜里挑灯看书，冬日里早早出门去自习室，参加考试之后紧张准备复试。这期间，四个师姐里，三个师姐考上了研究生，另一个没有考上，于是回到家乡海南寻工作去了。

她们对我很好，如同关照一个妹妹。

大三的时候，我决定不再寻觅准备考研的室友了。我想挑两个只是为了出来自由生活的女生，而不是每日里除了复习别无他事。

后来只寻到了一个，另一个依旧是需要准备考研的姑娘。她不在我今天的故事里，所以就一笔带过了。

那一个没有考研任务，只是出来寻觅自在的女生，于是成为了我的室友的人，叫做梦瑶。

很美的名字对吧，如同她的性格，恬静梦幻。后来一问，果然，是双鱼座。

梦瑶是本市人，在学生宿舍也不是住得不舒服，但是因为她父母管得太严格，总是跟她几个舍友打听自己女儿的情况。名义上是学习部分，实则是想知道女儿的恋爱动向。

梦瑶是很听父母话的那种孩子，哪想到到了大学以后，什么都锁在肚子里了。父母慌张，不适应，焦虑中只能去买通她的舍友，帮忙随时汇报自己的动向。

梦瑶很头疼，从大一开始头疼到现在。

她之前也在其他教师职工宿舍租了两年的房子，可是奈

　　　　　　　　走夜路的人

何室友们全都被她父母策反了。于是她一而再再而三地搬家，不计较价格，只希望老天赏脸，遇上一个不爱管闲事，意志坚定的室友就好。

可是至今为止，她还没有遇上过。直到后来，遇上了我。

梦瑶在洗漱间刷牙，我在客厅整理衣服。

这个中部城市的气候很是奇怪，一夜之间的气温可以横跨冬夏两个极端。我是江南人，一开始并不习惯。后来他们叮嘱我，不要把衣服分四季放在衣柜里，要时刻准备着，上午穿短袖短裙，到了傍晚就要套上毛裤跟羽绒服的节奏。

这是我在这个城市这个大学的第三年，我是经验满满的人了。于是我干脆把房间里的衣柜移到了客厅，另外再去校园门口的二手家具店再入手了一个衣柜。我把全部的衣服如同商场的展示台一般，全部都挂了起来。这样就可以对抗这个诡异的天气小恶魔了。

那个考研的姑娘，跟从前的租客一样，两耳不闻窗外事，也从不在意这些细节。倒是梦瑶，她也同我一般。于是客厅里如今林立着四个衣柜。活脱脱一个小型版的衣帽区间了。

梦瑶的衣服款式，大多偏暖色系。天蓝，鹅黄，粉红，蕾丝，蝴蝶结，以及各式各样清新的围巾，细条纹的腰带，以及可爱的背包。我则是完全相反，衣柜里清一色黑跟灰，偶尔一两件深蓝色的大衣。至于围巾，全是纯色系，颜色倒是明亮，主要就是为了搭配暗色系的衣服，这样可以提亮肤色。

每个夜里在客厅的"衣橱时光"，是我跟梦瑶相处最多的时候。女生之间聊起穿衣打扮，那是一个永无止尽的话题。

这会儿，梦瑶敷了面膜从洗漱间出来。

你知道我当初找租房，找到你这一套的时候，我第一眼就看上了嘛。她撅着嘴，面膜的缘故，不好作表情，于是慢悠悠的，一个字一个字地从嘴里蹦出来。

为什么？是这套房子宽敞舒适干净嘛？

不是。她果断摇头。

那是为何？

是你。她一边整理她的衣柜，也不转过身看我一眼。

我？我讶异。

嗯，那个冬天，我看了很多房间，主要是为了感觉室友的风格。尤其是你这样的二手房东。你整租下了这套房子，你还得寻觅另外两个合租的室友分担房租。

一开始我去看其他的房子，那些二手房东，就是跟我们一样年纪的女生，从来就不管你是哪个学院的，你从宿舍搬出来是为何原因，你有没有男朋友，爱不爱卫生，喜不喜欢做饭，夜里听不听摇滚乐。这些，她们都不管。好像只要来一个人，跟我分摊这套房子的租金，就成了。我甚至觉得，要是一个有精神病或者一个杀人犯住进来，她们也不会察觉到的。

我依旧听着她往下说。

可是你呢，就不一样了。你的招租广告很有意思。

想要寻觅合租室友。我好干净但是不至于强迫症。我不是考研党所以不会夜里焦虑无法入眠，甚至情绪起伏而导致神经衰弱。我偶尔做饭但是厨艺不精。大部分时候混图书馆。闷骚话不多。夜里看美剧不会干扰别人。

从宿舍搬出来住实属无奈，遇见好舍友跟买彩票差不多，是运气的事。我没那种命，所以只能尽己所能创造一片相对舒适的大学居住回忆了。如果你跟我一样平庸以及没出息，欢迎你跟我成为室友。

论坛上的招租信息层出不穷，唯独是你的这一通知，我知道我连夜都得敲你家门看看。当然了，像我这样的奇葩不多，遇上一个就够了。你不能太贪心，为了尽快把另一个房间租出去，也只能接受另一个依旧是考研大军的室友了。

梦瑶依旧没有要停下来的意思。

所以啊，当我敲开你家的门，看到你穿一身江南布衣外套的时候，我知道，我认定你这个房东了。

外套？外套是什么鬼逻辑？

你一身灰色大衣，还有客厅里你的衣橱，清一色黑灰蓝。心理学上说这一类人心里特有主意，但是不爱管他人闲事，会有自己的世界，也不轻易去打扰别人的生活。这就是我要找的舍友啊，任凭我爸妈怎么贿赂你，你也必将宁死不屈，坚持到底，不会出卖我，对不对？

我恍然。

即使梦瑶这一套心理学推论让我在云里雾里，可是无法否认的是，她的判断是正确的。

在梦瑶住进来之后，她父母来看望过几次。带了水果零食，问我要了电话，说是有什么事情可以多多关照到我，其实是为了在后来每周给我一个电话，打听梦瑶的情况。嗯，是恋爱情况。

我不吃这一套，不是因为我不爱管闲事，而是梦瑶一开始也没有告知我她的情感状况。我也不爱去打听，女生之间的所谓交换秘密那一种小友谊不是我的打开方式。更何况我只是把梦瑶当成舍友，我们不是朋友，所以我并不感兴趣。

几个月下来，梦瑶父母妥协了。电话再也没有打来，也几乎很少来看望梦瑶。因为她父母每次电话过来，她都说周末回家吃饭就是了。他们要是电话给我，我照旧回答说我在上课，不方便。他们是识趣的人，于是也就不再打扰了。

至于跟梦瑶从室友升级为朋友，得是半年以后的事情了。

那一夜她夜里肚子疼痛得难受至极。本来以为是大姨妈的前奏，于是我起身给她煮了红糖水。她喝了下去，可是依旧无用，还是疼痛得厉害。我意识到了不对劲，于是打了电话通知我的男友孟白，让他从宿舍赶过来，一起把梦瑶送去了校医室。

幸亏我做了这个决定。梦瑶患了急性阑尾炎。

手术过后，我才想起得要通知梦瑶的父母才是。可是被她拦了下来。

求求你，不要告诉他们。他们管我管得很严厉，这一次如果他们知道了，一定逼着我回去住在家里，那就永无自由了。

我在犹豫：可是我还要上课，不能一直陪着你，总得需要有个人跟我轮流在这看着啊？

嗯，我知道。我男友一会儿就过来了。

她刚说完，门口进来一个男生。高而瘦，清秀，乌黑的头发，是很乖的少年的模样。他提着校园门口很多人排队的那家粥店的打包盒，还有在水果摊上让阿姨切块好了装盒的苹果跟橙子。

是细心的男孩。我心里想着。

他走了进来。

万凌你好，我叫周扬。很早就听梦瑶说起你，没想到我们第一次见面是这样的地方。总之，谢谢你一直照顾梦瑶了。

他的声音很好听，以及很是熟悉。

梦瑶的表情很复杂。周扬打开那碗小米粥，倒入自己带来的一个陶瓷碗里，左右摇晃，吹了吹，确定温度合适，于是递给了梦瑶。

我想起来了，他是校园广播站周五下午电影推荐栏目的播音员。难怪这么熟悉的声音。我心里又是一阵嘟囔。

看着周扬来了，我也该去上课了。以及现在是他们的二人世界，我也不方便打扰。

离开病房门口的时候，梦瑶叮嘱了一句：万凌，晚上下了自习早点来看我，好不好？

我点头，然后离开。

那天下课，我到了病房，周扬已经不在了。

你们是吵架了吗？就在给她整理要换洗的衣服的时候，我小心翼翼地试探一句。

唉，也不算是。至少不是那种小吵小闹。

那你说说？

周扬跟我们一样是三年级的，我们是在广播站认识的，大一的时候。我们一起进了电影推荐小组，我负责写稿，他负责播音。我在的工商学院是个大院，男生也很多，可是唯独遇不上喜欢的男生。周扬是英语专业的，可是偏偏喜欢看哲学。

一开始在广播站我们只是同学，差不多是在大一即将结束的时候，在广播站的年度晚会上，他表演了《罗密欧与朱丽叶》的话剧，台下的我看得泪流满面，动容无比。

我知道，那一夜我就喜欢上了周扬。我是乖乖女，填鸭式的中国教育下的产物，保守的父母，他们从不让我跟男同学交往，从小学到现在，把我锁得很严。我知道他们是为了我好，所以也从不忤逆。

可是这一次，关于周扬，我不是为了反抗父母，所以刻意叛逆找人恋爱。我是真的爱上了周扬。我顾不上自己的内敛清秀做派，第二天就跟他表白了。我害怕错过他，我更害怕失去他。

周扬听到我的表白，并不惊讶。他本来对我也有好感，但是奈何没有契机，也就一直放在了心底。我很庆幸，我做了那样一个连我自己都不敢相信的大胆举动，可是我从不后悔。

你很勇敢，真的。

听到这里，我想起了我跟孟白，得是他千辛万苦才撬动了我这个千年冰霜之心。我也很感激他当初那么坚持跟用心。比起梦瑶，我觉得自己的瞻前顾后简直就是对青春这个珍贵词语最大的亵渎，真的。

梦瑶挪了挪病床上的枕头，想让自己靠得更舒服一点。

就这样，我跟周扬开始了恋爱。都是彼此的初恋，我们什么也不懂，可日子就跟蜜一样甜。偶尔也有吵闹，可是很快也就和好了。你知道的，我一个双鱼座，情绪来得快去得也快，他一朵小花，画一幅画，发几条甜言蜜语的短信，就能把我哄服了。

大概一年之后，得是大二了，我父母才觉察出我谈恋爱了。我一开始也会每周回家一次，可是后来就变成一个月一回了。有时候半年才回家一次。暑假也找借口在学校复习，就是为了多些时间跟周扬在一起。

我父母有去向我以前合租的室友打听，她们一顿说，有的没的添油加醋一一告知我父母，就是为了那几袋水果，那几箱牛奶，就那样被贿赂了。我父母当然生气，因为我隐瞒了这么久，并且依旧没有要告知他们的打算。

尤其是我妈，简直气坏了。夜里追命连环 Call，问周扬的家境、专业、学习成绩、性格，以及恋爱史，甚至是疾病史。最后这一样，算是触碰到我的底线了。为表抗议，我跟他们冷战，一直至今。

周扬是过意不去的。他说因为他而导致我跟父母的关系变成如此境地。我回复他说，这不是他的问题，即使是另一个人跟我谈恋爱，我妈那见风就是雨，半点儿风吹草动就惊天动地的劲儿，也一样会把我逼成这样。

我跟他们冷战，是可以保全我这份爱情唯一方式。我不能让他们入侵我的私人战场，至少在走入婚姻一起以前，都不可以。

我点头：我理解，每个人的父母跟教育方式不一样，我的父母虽然对我关心，但是至少还是有一个度的。

你父母得是那种以爱之名而害怕你受到任何一丝伤害的一类了。我补充了这一句。

我不害怕受伤，如果要害怕，我也得先知道什么叫受伤才是，而不是一直被他们关在温室里圈养。

那后来呢？我继续问。

一晃而过，我们都大三了。我不打算考研，毕业后会留在本市找工作。周扬家是北方的，家里还有两个弟弟，家境不算富裕。他说想要考研，我也支持。只要他还在我身边，我就愿意一直等着他。

是有天夜里，我突然问起一句：周扬，要不我给你生个孩子吧？

他震惊，喝到嘴里的水一下子呛了出来。是那种很恐惧的害怕，而不是被开玩笑之后的正常应激反应。

我本来只是说说而已，可是看到他那般反应，心里有了些芥蒂。于是我干脆就顺其自然往下说。

我的意思是，反正我们将来也是要结婚的，我现在就可以帮你生个孩子，我申请晚一年毕业，在家待产。我家就在本市，我爸妈帮忙照看，也不需要我们有什么负担。更重要的是，有了孩子，我父母必定会同意我们的婚事的，这样不是一举两得吗？

这一段说完，周扬沉默了很久。

那一日在学校食堂，我们面对面坐着，我感觉他一直在发抖。

那是我第一次意识到，我的周扬，我眼前很爱的这个男人，或许并没有我想象中那么无所不能，那么唯我不可取代，那么视我如掌上明珠，如同他在我生日那一天许下的，为你赴汤蹈火的信誓旦旦。

别说赴汤蹈火了，我只是说，假如现在为他生个孩子，他就像是撞鬼了一样惊慌失措。他一直在假装镇定，可是我知道我的周扬，我了解他每一丝表情背后的话语。我知道，他是真的在害怕。

那一次后来就不了了之了。

一个月之后，我的例假来晚了几日。于是告知了周扬。他惊慌：我们每一次都有带套的，不可能那么不走运吧？

我委屈：什么叫不走运。我怀上你的孩子，就是不走运吗？

他满头是汗，解释道：不是这个意思，而是现在不合适；我还要考研，还要出去找工作；我甚至都不知道我们的将来还有没有将来……

都说关键时刻可以测试一个男人，从前我怎么也不相信。可是那一次的慌乱中，周扬那一句"我甚至都不知道我们的将来还有没有将来"，几乎是脱口而出的，如同在心里沉睡了很久，就那样顺其自然从他嘴里跳了出来。

那一夜，我们吵得很凶。我第一次感觉，这个男生不是我期待中的那个另一半。我不是给他压力，我只是喜欢把事情做假设，到了后面可以提前做好准备。这是我父母教会我的处理方式。

可是周扬不是，他不允许一点犯错，甚至是一点偏差。他说他身为长子，要出人头地，要照顾兄弟，要为父母尽孝。他爱我，可是他更爱他的家人。用他自己的话说，"这是我的命，我的枷锁。"

那一夜，他说了很多对不起。不是因为害怕我怀孕，而是为那一句，"我甚至都不知道我们的将来还有没有将来"。

后来呢？我给她削了一个苹果。

后来，我的例假来了。我告知了周扬。他如同死而复生。那种复杂的表情，我永生难忘。

再后来，就是这一次，我急性阑尾炎，我第一时间并不打算通知他。我甚至觉得他没有你沉稳，果断，会处理一切事宜。他很好，可是好得有些软弱，那种无法承受大事的软弱。

我恍然。

终于明白，为什么此前梦瑶一直不跟我引荐她的男友，也很少提起他。甜蜜的过往，梦瑶在前两年尝到了，体验到了，甚至不惜跟家人冷战。可是在这个阶段，她开始有些动摇了，有些感觉父母过去提到的那些啰嗦的道理了。

一周后，梦瑶出院了。

回到我们合租的家里，我给她换洗了床单，给她做了一顿火锅。因为刚出院，她不能吃辛辣刺激的，所以我就熬了排骨藕汤当作锅底，再去学校东门的菜市场买了些丸子跟蔬菜回来。

那阵子，我们的另一个室友，复习考研的女生，早出晚归，悄无声息。她不知道，也不需要知道，隔壁房间住着的这两个女生，在这些日子里，经历了这么些有趣的过往，以及成了拜把子的姐妹花。

后来的日子，梦瑶和周扬，我和孟白，我们四人会经常一起吃饭。大三的课程本来就不多，我们一起约着去看校运动会，校园篮球比赛，还有话剧社的演出。

樱花会堂每周一三五的下午，会有外面的电影公司来放电影。两场电影五块钱。我跟梦瑶总是下午五点就去占位子，六点的时候，周扬跟孟白就带着打包好的炒饭、鸭脖、薯条、柠檬水进来，活脱俩外卖小哥。

电影大部分时候都是喜剧片，唯独有一次，是一个恐怖电影。我们占了第一排的位置。本来是为了体验最大化，结果从开场第五分钟以后，我就再也没有睁开过眼睛。

梦瑶同我一样，只是我随着恐怖密室的音效发出阵阵冷汗，她是直接就大叫了出来，然后扑进周扬怀里，要生要死的。

我跟孟白牵着手，他偶尔估摸一下我的头，然后"剧透"一句：嗯，女主角已经进入精神恍惚第三阶段了，差不多就真相大白了……你再等等就可以睁开眼睛了啊。

这样的日子，一直持续到大四。靠近毕业季，我们除了论文事宜，都在忙碌着找工作。周扬在准备考研，夜以继日泡在图书馆里。梦瑶偶尔过去给他送饭，送水果，倒是很少陪同。

"他说不想要我在旁边，不然压力会很大。我也知趣，所以就只能来找你当饭友啰！"

每一次梦瑶出现在我上自习的教室门口，我就知道她刚从图书馆处"探监"回来。也是，考研党就是监狱党，这一年把自己的苦其心志劳其筋骨都集中在了这个阶段，甚至比高考的千军万马还要压力重重。

我跟孟白理所当然地分开了。所谓理所当然，并非我的本意。可是奈何我们再是努力，也抵抗不过毕业分手季节这个魔咒。

那阵子我哭得很伤心，每天夜里失眠，第二天还要在暗

　　　　　　　　　　走夜路的人

淡无光的脸上抹上粉底，换上职业套装，镜子里暗示自己微笑，提着文件袋，奔赴于各个校园招聘宣讲会的现场。

梦瑶很幸运，或者说本在她的预料当中。她收到了本地一家外企的录用通知，岗位是管理培训生，大四下学期就要去报道上岗实习了。

我确定自己的工作机会，也差不多是接近大四下学期了。我要回到我的家乡，一个江南水乡的城市。我本来想跟随孟白的脚步的，可是既然我们没有了后来，我就按照自己的规划来安排了。

我得到了家乡一家广告公司的文案专员的岗位录用，虽然跟我的本专业中文系不是完全匹配，但是比起很多人，算得上有所关联，所以也算是努力之后的幸运了。

孟白是北方人，他签了北京一家律师事务所的工作。在我们分手后，他就去北京了。说是过去提前实习，其实是为了躲避我。我不觉得那是他的错，得是我们就这样走到了这一步。我接受它，只是我需要时间。

那阵子，梦瑶是我唯一的朋友。夜里陪着我哭，白天帮我打听招聘会的消息，还陪我去了其他几个大学校园里举办的招聘会。剩下的时间，我们逛着夜市，她带我去吃她从小吃到大的，这个城市的很多巷子老店。

有时候我们踩着夜色回家，回到我们合租的那套房子的路上。梦瑶问：万凌，你说如果不是你在论坛上发了招租通告，如果不是我连夜敲门去看房，然后立刻签约合同，如果不是那一夜我犯阑尾炎，如果不是你跟孟白分开，你说，我们会经历这么多一起同哭同笑的日子吗？

我回复一句：人世间的事很难说，缘起缘散，由不得我们自己。

那毕业之后呢？我可以去江南看你吗？

当然，我也想经常回到学校看看，也看看你，看看你生活的这个城市里的过往痕迹。

毕业季，我们即将各奔东西。

收拾行李花了一些时间，我们把不要的衣服，带不走的其他物品，喊来周扬，帮我们搬到校园南门的跳蚤市场。几天下来，很快就卖光了。拿了钱，我们一起去西门的那家很火爆的音乐餐厅吃饭。

这一次，只有我们三人，孟白已经是过往了。周扬考上了本校的研究生，三年学制。梦瑶很高兴，他们还在一个城市，他们带着圆满完成了本科的毕业典礼。为了照顾我的情绪，他们尽量不提孟白。

可是气氛依旧难过。

我的难过，一半是因为孟白，另一半，也是因为要跟他们二人告别。虽说未来的日子里还可以相聚，可是毕竟要走入社会了，毕竟大学时代真正画上句号了，毕竟我的青春在某种意义上算是告一段落了，由不得我不舍。

梦瑶依旧安慰我：万凌，你放心，我一定会去看你的。

嗯。我默默点头，尽量不让眼眶里的泪掉出来。

我们干杯。

嗯，干杯。为了我们的友谊，也为了明天的新征程。

转眼是五年之后。

我依旧在我的家乡工作，我依旧单身。在孟白之后，我也有过恋爱，可是奈何曾经的全力以赴太过伤痕累累，我始终走不出来。偶尔也会收到孟白的节日问候，除此之外，我们就没有更多的话了。

明知道没有以后，所以也就不去奢望什么。我总是在很多个失眠的夜里，这样提醒自己。

这期间，从校内网到微博，从微博到朋友圈，梦瑶一直在我的世界里。我看她养宠物，学画画，去旅行，下班路上被大雨淋湿了一身成落汤鸡，还要对着镜头自拍一张鬼脸。看到她很幸福，我为她开心。

嗯，是为他们开心。

至少那个时候，我以为，她跟周扬还是好好的。

这期间我跟周扬也偶尔联系，大部分时候能谈论的是电影跟美剧。这是我跟他从大学时代就开始形成的交流话题，遇上新鲜的片子，会彼此推荐，也会分享评论一番。

周扬研究生毕业之后没有回到北方，而是留在了大学所在的城市里。他很勇敢，梦瑶很幸福。他们快筹备婚礼了，听说。

不久之后，我收到了梦瑶的图片消息，是她跟周扬去马尔代夫拍的婚纱照。阳光沙滩，美人美景，即使多年过去，他们依旧还是从前我认识的那个青春模样。

我打从心里羡慕他们。

一周之后，周扬给我电话。他来到我的城市出差，约我见面。

我挑了日常爱去的一家江南菜馆，那里有我最爱吃的卤凤爪跟腌黄瓜。

周扬风尘仆仆，有些疲惫。饭菜还没上来，周扬要来了一大扎啤酒。本来他要的是白酒，被我拉住了。这个架势，不像是好友重聚的欢畅，反而是心事重重之下的想要发泄一场。

果然，他没打算跟我寒暄，就进入正题了。

我是要跟梦瑶结婚了，这是你现在得知的最后结果。而在这个结果以前，我们经历了两次分手。

我回复，恋爱难免总有坎坷的，好在你们修成正果了，这就很好了呀。

周扬放下手里的啤酒，突然就哭了出来。

不是那种大哭。本就有泪不轻弹的男人，加上这一刻热闹的餐厅，他已经很收敛了。可是即使这般，他竟然如此情绪激动，那是我猝不及防一万倍也无法形容的时刻。

他冒着青筋，攥着双手。点了烟，一直在颤抖。

我开口：虽然我是梦瑶的朋友，可是与此同时我也是你的朋友。这些年你应该了解，我不是那种传话的人。所有的所谓秘密，在我这里就是终点了。只会烂在我心里，不会再去到另一个人耳朵里，长出新的花样。

　　　　　　　　　　　　走夜路的人

他熄了烟。我这次不是来出差的，我是专门过来找你的。

到了这一刻，听到这个答案，我也不讶异了。

在我研究生三年级的时候，得到了继续读博的机会，但不是我们学校的研究生，而是南方的一所大学。他们提供了优厚的奖学金，科研项目也是我感兴趣的。

我告知了梦瑶，她没说支持，也没说不支持。

我就这么筹备我的读博事宜。是差不多快要出发南下的时候，梦瑶跟我说她怀孕了，还拿了B超检查报告单。这一次我不再震惊，毕竟经过从前的风波，加上我的心理成熟，我也可以接受了。

梦瑶父母找到我，说既然这样，就该把婚姻的事提上议程了。我也答应，可是想到我还要去南方上学几年，这些事情我现在都没有办法去处理，所以一直在犹豫。

思虑前后，我选择放弃读博的机会，跟梦瑶成家。这些年他父母对我很好，虽然一开始也对我各种考核检验，但是好在我对待梦瑶是真心的，时间久了，他们也自然懂得。

筹备婚礼的时候，夜里我无意中看到了梦瑶的手机。怀孕是假的，B超检查报告单是向她的同事借来的。以及得知，他的父母也知道假孕事件，并且默默允许了。

我震惊，提出暂停筹备结婚事宜。我拿着自己的户口本，连夜回到了老家。梦瑶第二天就赶了过来，泪流满面道歉，以及，说是因为爱我，所以不舍得放手，不愿意我离开她去读博士。

这样的爱，我不要也罢。

事情大概过了半年，梦瑶一直在我的老家里住着，给我父母做饭，陪同他们说话，散步。我的两个弟弟也考上了大学。梦瑶父母知道后，帮忙安排接送我的两个弟弟入学，照顾有加。

他们是诚心实意道歉的，可是我的心已经被伤了。伤了之后，是不会真的变好的。

梦瑶跟我说，大学那一次，"我甚至都不知道我们的将来还有没有将来"事件，是我欠她的。那么这一次假孕事件，是她欠我的。算是扯平了。我们两不相欠，或者说，是相互亏欠。

我承认，大学的时候青春年少，自然对于未来没有底气。被梦瑶故弄玄虚喊着那个时候就要跟我生孩子，我承担不起，当然那一句所谓的负心汉的话就是我当时的心里话。

可是现在我成熟了，取舍之间，我愿意放弃读博的机会，放弃回到我的家乡，跟她生活在她的城市里。我是真心实意想跟她过后半生的。

我接受不了这样的骗局，即使是因为她爱我。

一扎啤酒已经喝完，菜也上来了。奈何我早就没有了胃口，全是周扬的过往故事，让我在一种复杂的情绪里进进出出，并且要尽量保持我的冷静表情。

那么后来呢？我问。

我说我需要时间消化一下。梦瑶就回去了她自己家里。

那段时间，是最痛苦的时候。放弃读博，没有找到工作，被爱人下套，好似所有的灾难都在那一刻集中而来。夜里睡不着，抽了很多烟。我父母也不多问我，只是照顾我的饮食起居。

有天晚上，看到我妈在厨房里一边洗碗一边抹眼泪。我一个大男人，也忍不住哭了出来。我妈说，婚姻总是磕磕绊绊的，没有一桩完美的婚姻。可是还是不希望他的儿子受了委屈。

她问我：你是不是真心爱梦瑶。我思索片刻，回答：是爱的。

她说：那就记住这份爱，再去对抗其他的那些客观性因素，以及其中的尴尬跟不堪。

不久之后，我就回去找了梦瑶。我拥抱着她，如同拥抱一个孩子。她瘦了很多，必定这些日子过得也不好。我的怨恨瞬间就变成了愧疚。

我找到了本市的工作，开始跟梦瑶一样朝九晚五上班。我没有多少积蓄，父母给了些存款，在市里贷款买了一套小房子。梦瑶父母帮忙买了车。新房子还在装修，所以暂时跟她父母同住在家里。

半年之后，在一次跟梦瑶亲戚碰面的饭局上，我才被告知，在我回到家乡的日子里，梦瑶跟着父母一同去相亲了好几个男人。全是非富即贵，梦瑶邻居家的，亲戚家的，父母同事家的。甚至在我回去跟梦瑶复合的前一天，梦瑶跟一个男人是第四回约会见面了。

我去找梦瑶对峙。她说，那是她父母的安排，她不愿意，可是也不好忤逆，于是就顺着去赴约了。

　　我问她，那么后来约会好几次的那个男人，是什么意思？备胎吗？如果我晚一些日子回去找你，是不是你就已经嫁给别人了？

　　梦瑶委屈，大哭，说我不理解她，不体谅她。

　　我无法评判这件事情的对错。也就是说，我觉得我们都没有对错，可是，事情为何会走到今天这个样子？

　　我开始有些摸透了周扬这一次专门来找我的目的，于是开口问：你是不是发现了一些本质问题？

　　他点头。

　　从前我以为梦瑶是很有主意的人，她为了我们的感情不惜跟父母冷战，反抗，以及在后来的日子里为我说好话，于是她父母也认可了我。这一点我很感激。

　　可是，让我发现的是，她并不是那种真正的独立人格之人。她依旧还是父母养育之下的乖乖女，听从工作安排，一直跟父母生活。因为家境殷实，她工作上也从来不给自己压力，更不会让别人给自己压力。不开心，她就不干了。反正在家父母养着，不怕。

　　骨子里，她还是温柔而追求浪漫的双鱼女生，她有父母为自己遮风挡雨，所以她可以一直这么任性下去。可是我不一样，我要的，是相互理解，相互尊重，相互磨合的爱情。

　　每一次吵架里，只要不高兴，她就以泪洗面，不打算解

　　　　　　　　　　　　　　　走 夜 路 的 人

决问题。眼泪是她最大的武器。再后来，她就搬出父母。让她父母跟我说话。

我们两人之间的事情，我们自己尚未达成沟通，大人再横插进来，很尴尬，也解决不了根本问题。可是每一次，我为了尊敬老人，只能好脾气应对。

过后呢，梦瑶就以为，我们又和好如初了。可是我自己知道，本质问题没有解决。这个本质，就是她从来没有真正站出来面对过。那个大学里勇敢而大胆到狂妄的梦瑶，在毕业之后，一夜之间就变回去了，躲进父母的贝壳里了。

一想到我们将来几十年，都要在这种出现问题——她父母出面处理——她自以为和好——完全错位的解决之道里，度过一生。我夜不能寐。

我问：你有跟她提过这个观点吗？

提过，她无法理解。她甚至觉得，只要有爱就好，其他都不重要。

那么你认为呢？

有爱很重要，可是婚姻里仅仅有爱，是无法走下去的。

所以，这一次，你选择了第二次分手。

嗯，我需要时间跟空间冷静，真的冷静一下。

此刻我的心情很复杂。坐在我面前的周扬，不再是当年那个对梦瑶呵护到有些唯唯诺诺的，带着阳光温暖气息的大男孩。岁月赋予了他成熟稳重，以及有条理的冷静。

可就是这份理性，把他带入了一个深渊。

他开始从时间长河去考虑婚姻这件事情了。而那个他身边的伴侣，我的好朋友梦瑶，还是从前那个天真的少女。因为得以被父母庇佑，不怎么吃苦，也不需要吃苦，依旧是从前那个想要一个全意全意对自己好的男人的懵懂少女。

或许除了爱上周扬这一件事，在她其他的生活范畴里，她从未做过自己的主人。

故事说到这里本就该结束了。我自己很惊讶，本来以为这会是一个关于我的好朋友梦瑶的爱情故事。我也不曾预料，最后的走向到达了周扬这一边。

于我而言，大学校园的那些喜怒哀乐的初恋回忆，已经离我很遥远了。这一次周扬的到访，一方面我是为他们祝福，从学士服到婚纱礼服的完美结局，是我想要而不得的。于是在梦瑶和周扬身上，他们延续了我的梦想，我为他们高兴。另一方面，我却是又有些庆幸。

我跟孟白各自分开，虽然经历过艰难的时刻，可是我已经走出来了。我不曾恨过他。我们都留在了彼此最美好的回忆里。

对比起梦瑶他们后来的相互亏欠，种种坎坷，一地鸡毛。看着眼前的人逐渐不再是从前的那一个，又或者很多年后才发现眼前的这一个本就不该是自己的同类人。可是投入了这么漫长的青春，时间，心力，在接近第十个年头的这份感情里，是去是留。

周扬得是多么挣扎啊。

一想到这，我觉得自己很不堪，把自己的庆幸建立在别人的痛苦之上。可是我也为周扬挣扎，以及为梦瑶这份无知是福还是祸的千百般滋味挣扎。

那一夜的见面，没有后续了。我不会给出我的答案，也没有资格给出他建议。

一个月之后，周扬结婚了，新娘是梦瑶。

收到请帖之后，我提前订了机票，调好了假期，要去参加他们的婚礼。

夜里，周扬来了电话：你可不可以不要来？

这是为何？

不要过来参加婚礼，拜托了。

我要一个足够充分的理由。

好，那我给你。

跟你告别之后，回到市里，我跟梦瑶提出分手。梦瑶死活不同意，大哭大闹。

她要理由。我说我爱你，可是我们不能生活在一起了。

她惊愕。我知道的，她始终不明白我说的是什么。

她听不懂。

我心如刀割。我心如死灰。

这一次我铁了心，不能拖泥带水，这样对她才好。

几天后，听到消息，梦瑶割腕自杀。幸亏被发现得早，抢救了过来。

我知道她父母一定会来找我，我不等他们过来，我就去了医院看她。

她很憔悴，一种视死如归之后，求死不能的憔悴。可是见到我之后，她突然就坐了起来，什么也不问，愿意吃饭了。

梦瑶出院之后，我们就决定筹备婚事了。

说到这里，你可能还不知道我想要表达的含义吧？

我回答：不，我知道。

我知道你的表达核心。

于梦瑶而言，你是她的命。你的一切行为，决定着她生活里所有的秩序选择，包括喜怒哀乐，以及生死。

你不得不结婚，不得不跟她结婚，否则她会死。

她很脆弱，是那种说真的挺不过去就倒下的脆弱。因为她从来不曾经历过爱别离，想要而不得。她一直活在幸福的假象里，无知也变成了一种福气。一种她父母，包括你，为她承担的福气。

我知道你要说的是，我跟孟白当年分开，虽然我也经历过肝肠寸断的悲伤、绝望时刻，可是我有那种走出来的命。而梦瑶没有。

梦瑶是那个会哭闹的孩子，她一直有奶喝。而我不是，我活该坚强。

电话那一头，沉默了很久很久。

周扬最后还是出声了：嗯，你全说出来了。这一次，你可以不要过来了吧？

我还是犹豫：我还是想要去看看梦瑶，想要祝福她。毕竟，她是无辜的。

不要了。我在所有人面前都可以演戏，唯独是你。

你知道我的一切，你知道这只是一场戏，你知道从此以后我将要带着面具跟这个女人度过下半生。你知道我进入的不仅仅是围墙，而是一场地狱，一场我不得不去的地狱。

你要是还要过来参加婚礼，我不敢保证我是否可以承受的来。

给我最后一丝体面吧，万凌。

这一次，我终于回复：嗯，好。

我去商场挑了一套首饰，一组花瓶，还有一套香氛礼盒。当作婚礼礼物，给梦瑶寄了过去。也为自己因为出差在外无法赶赴婚礼现场而抱歉。

梦瑶在电话里回复：死万凌，下次记着过来看我，把饭局补回来……我要去做护足跟美甲了，先不跟你说了啊……拜。

拜拜。我挂了电话，发呆片刻。

想起很多年前，在一部法国电影里的台词。

那些在婚礼上彼此宣誓不离不弃，感动自己到泪流满面的人，那些看着这一对主角泪流满面的旁人，我们都心知肚明，这不过是一场仪式般的逢场作戏。

我们大声宣誓，不是因为我们真的愿意彼此承诺，而正是因为我们不够相信彼此，所以才要借用宣誓，给自己假装铐上枷锁而已。

当年的我把电影推荐给周扬。几天后周扬回复里评论道，我才不干这样傻了吧唧的事呢。

我要结婚，我就闷声低调地把这事给办了，真心对我的梦瑶好，这就够了。

转眼十年后。周扬错了。

周扬错了，仅仅默默地对她好是不够的。这一场通向婚姻的道路上，如果不给自己一次呐喊的机会，可能连走入明天的力气都没有。

哪怕一场荒谬的宣誓，也要把这一份宣誓走完。愿你将来有一天，在心里告诉自己，我配得上这份一生的欺骗。我的身份不再是一个丈夫，我是来以命抵命的人。

救人一命，值得捱过下半生。

哪怕是行尸走肉。

这是宿命，是周扬的宿命。

大雪一夜

得是从好些年前说起了。

这是我到北京出差的第七次，这一次一住就是大半个月。新项目上线，北京分公司缺少人手，他们知道我在北京生活过四年，于是就派我过来了。

这不是我的家乡，我的家乡在上海。上海人是不轻易去外地的，那一片小天地足够让我过上滋润，舒适的生活。可是我没那种命，抑或是某种召唤，偏偏来到了北京这个城市。

因为爱上一个人，所以爱上一座城。这是我从前的理由。

现在呢？因为恨一个人，连带厌倦一座城？

我还没找到答案。

北京不是我的归属，可却是他的归属。我们一同在北京上学，他本不是我的同学。他是隔壁大学土木工程系的，然后大二转学来了我们这个学校，以及我所在的学院，工商管理专业。

很奇怪是吧。我一开始也是这么想的。后来知道，他父母是我们学校工商学院的老师，学校是有名额分配给员工子女资格的。他本来是为了脱离父母的管辖，以此寻觅自由。于是上大学坚决不留在这所学校。

他父母同意了。于是他去了隔壁的大学。

至于大二转学回来，也是因为他对土木工程不感兴趣。本想着奔建筑师去谋划未来的，可是发现自己只是喜欢欣赏高楼大厦的设计美感，可是对于枯燥的专业知识并不感兴趣。

罢了，于是他妥协了。回到了父母所在的大学，回到了父母任教的学院。

他的到来，学院是轰动的。因为第一天上课，是副院长将他带入教室。大家心知肚明，这是个有背景的人。我向来不爱凑热闹，可是奈何也招架不住课间女同学们的八卦，于是才知道了这种种前奏。

他叫楚明。

跟他的名字一样，他一到来这个学院，就出名在外。

先是学生会主席邀请他加入学生会，然后是学院篮球队邀请他加入院队。就连平时大家都不屑于参加的"挑战杯"，女生们都开始热火朝天了起来，因为想要跟他参与同一个项目。

他自带光环。一种与我无关的光环。

楚明拒绝了所有的邀请，女生们的邀约。不过唯独应允了学院篮球队。这是他本来的爱好。

楚明身高一米八，长相是流川枫那一挂的。他很酷，酷到骨子里的那份邪气，让人觉得高高在上，不可触犯，以及与你无关。这下你知道，为什么他如此吸引人了吧。

大二是我最孤独的时段，本来父母就不同意我考外地的大学，上海的学校我都可以去。可是我偏偏骨子里倔强，也想要逃离父母，于是偷偷把志愿改成了北京的学校。

于是我妈整整一年没有跟我说过话。

我知道她的伤心跟失望，但是结果已经这样了。后来回家给父母做思想工作，得出最后结论，我在北京念完四年书，然后考回上海的学校读研究生，或者回上海工作。

于是延伸出来了另一个议题，本来上海人去外地上学的就少，我们学院，甚至我们学校，也很少遇上上海人。我妈说，大学里你就不要谈恋爱了，到时候人家男生是不愿意来咱们上海的，既然这样，那就不要做这样的事情了。

你先回来上海，回来再谈男朋友的事。

我答应了，大二那一年，我妈终于愿意跟我说话了。与此同时，我也开始准备考研的事宜了。于是推掉了所有的学院活动，也退出了所有的社团。渐渐地，能够跟我玩到一起的同学也就没有了。她们喜欢热闹，青春热血，投入恋爱，活力四射。

我一个人上课，下课，吃饭，去图书馆上自习，回宿舍。夜里的校园很美，树荫之下，路灯下面，体育场边上，荷花池边上，全是成双结对的人儿，甜蜜到如满月。夜色里那些女孩的脸庞都是发亮的，很美很动人。

楚明那天是故意经过图书馆的，还是无意的，我至今不知道。

那个冬天，下了很大的雪。我结束了晚上的复习，穿着雪地靴，准备离开图书馆回宿舍。我就那样在下楼梯的时候摔跤了。我就那样狠狠地扭到了脚。我就那样疼痛地喊了出来。

顾不上地上的积雪，我直接一屁股就坐到了阶梯上。天空飘雪，人来人往，他们撑着伞，行色匆匆。我还没来得及回过神来，一把雨伞就撑到了我的头上。是楚明。

我认识他。可是我觉得他并不认识我。

可是我当时疼痛到没有办法起身，只能任由他扶我起来。一级一级走下楼梯，一步一步走到校医院。这段路程本来也就十分钟，可是奈何风雪太大，我们整整走了快半个小时。

这期间我们没有说上一句话。

校医院夜里有值班医生。看完脚伤出来，楚明还在走廊的椅子上坐着。我不得不开口了。

谢谢你啊。

不谢。

　　　　　　　　　　走夜路的人

你应该不认识我吧……虽然，我们是一个学院的。

我知道是你，万凌。

我惊讶。

你总是坐在教室最后一排，从来不说话。交了作业，下课就离开。不过你一直在左边最后一排，我总是坐在靠近教室后面右边这一排。这样如果老师上课不好听，我就从后门溜走了。

我"噗嗤"就笑了出来。

你笑起来很好看，为什么平时神情总是那么严肃呢？不，不是严肃，是哀伤。是有什么心事吗？

我惊讶。但是并不打算回答他的提问。他居然认识我，他居然知道我上课的习惯，他居然看出我的眼神里有哀伤的底色。

我有些害怕。

楚明照旧送我回了宿舍。只是我强忍着不让他搀扶我，我就那样一拐一拐的，他就在旁边跟着。好像我随时要摔倒，有时候一个趔趄，他差点扑过来，但是又马上克制住了。

你呀你呀，为什么像个孩子一样，我不得不对你放手，可是又害怕你摔倒。左右为难，矛盾至极，带着担忧的期盼，想要你好起来，走得稳一些。可是另一面又期盼着你不要那么快好，我就可以借口"吃你豆腐"了。

你滚开！我忍不住顶了他一句。

他摆摆手：我就说吧，你生起气起来，都要比你平时面无表情的样子更加好看。

我不再同他说话。

校医院回到宿舍的路有些长，我们走了小路，可是依旧路程不短。来往的人不多，刚刚的大雪飞舞已经平静下来了。地面的雪不厚，但是还没完全融化。脚印一深一浅，是我很爱这个北方城市的理由。

路灯有些昏暗，把我俩的影子拉得很长。

第二天我去上自习，楚明就出现在了我旁边的座位上。有时候也是后一两排座位。我起先生气，可是奈何我没有朋友陪伴，加上行动不便的脚伤，他于是担负起了那段时间帮我打饭还有打开水的任务。

上自习的时候，我是安静不想要被打扰的。可是不知道为什么，那么大的一个教室里，那么多的人在安静看书。楚明自己也会拿着从图书馆借来的武侠小说或者国外文学，在那一声不吭地看着，甚至从来没有看过我。

可是我清楚地听到自己的心跳声，一日要比一日隆重。轰隆隆的，嗡嗡响地，我的心脏就要跳出来了，就要跳到我前面的这一堆考研复习材料上了，就要跳到我永远素色的外套上了。

大概一周之后，我的脚伤恢复得差不多了。为了感谢楚明，我请他在留学生餐厅吃饭，点了几个炒菜，外加一屉小笼包。留学生食堂的上海菜还算正宗，这也是我对这个学校眷恋之一了。

等菜的时候，我就开口了。

谢谢这段时间的关照，我们的自习时光就到这里了吧。你得回去练习篮球了，比赛就要开始了。还有啊，学院的女生们本来就不爱跟我说话，现在倒好，每次去上课，我感觉她们的眼神都能杀死我了。我还想多活几年，不想被别人的嫉妒之火诅咒，那样会折福寿的。

他回答：我不是在你崴脚的那天才喜欢上你的。我一开始就喜欢你了，差不多是我来到这个学院的第一周。闹哄哄的教室里，你是个异类，在那个角落里，周围仿佛筑起了很多层寒气，无人敢靠近。

后来男生里传出来，说你是个富二代，家里要求毕业回到上海嫁给另一户富人家的儿子。他们说你不好惹，要敬而远之。

这下我着急了。为了以示清白，以我此生能够运用到的最快说话速度，把偷偷改了志愿来到北京上学，跟父母闹掰，后来协商回去上海，答应这四年不谈恋爱，一口气全说了下来。

这时候菜上来了，是我最爱的蟹黄包。可是我忍着流口水的间隙，也要先把这个误会解释完毕。

我挡着那一笼冒着热气的小笼包，然后理直气壮：你听明白了没？这就是经过，就是我被别人敬而远之，其实是被冷落的真相。

"我不是富家女，我也不会嫁给富家男。我只会嫁给我爱的人。"

楚明哈哈大笑：我懂，我懂。你赶紧吃包子，你的哈喇都要掉下来了！

那顿饭过后，我们并没有确定关系。当然他也没有来自习室陪同我了。

得是接近期末考试了，又开始一轮暗无天日的复习。我因为忙着考取很多的证，一边搜集考研信息，外加为了提前修满学分，这个学期的课程几乎全满，考试也要比其他人多出很多。

我觉得自己快要窒息了。每日待在自习室，图书馆。有时候抢不到座位只能去学校门口的咖啡馆，花钱买上一杯咖啡，可以坐上一整天的时间。

楚明这时候又冒出来了。在我最需要的时候。他打饭，装水，间隙帮着去打印店打印资料，顺便带回几串关东煮，有时候是煎饼或者肉夹馍。

那段时间我吃得很多。一方面是冬天，本就是进食的季节。一方面是复习消耗太大，持续低血糖，感觉精力正在被掏空。我几乎一天吃七八顿，全是楚明给我弄来的各种花样，几乎没有重复。

他总是说：你们上海人就是矫情，什么东西都是小样小样的来，在我们北方，一大碗面下去，管饱一整个下午绝对没问题。

说归说，他总是帮我打包好几样的小点心，最后留学生食堂，上海菜那一栏的厨师都跟他成了兄弟。

我的初恋，就这样开始了。在我吃到已经记不清第几顿的点心过后。

都说想要管住一个男人，就要先管住他的胃。这一次反过来，是我的胃，被楚明的细腻征服了。

楚明从小就是在教室职工大院长大的。职工大院就在大学校园的东边。于是他带我过去那一片，看他小时候住过的房子，全是爬山虎围绕，翠绿青葱。

一楼有一户人家，据说是外语学院的教授。把房子修砌成一个小院，养了很多植物，还有几只鸟。另外设计了一个流水循环的风车桥，有风吹过，挂在风车支架上的风铃清脆地响。在北方这样四季分明的城市里，这小片天地却是犹如热带雨林一般，静谧中养育着森林的原始声音。

楚明说：这位教授从前经常去他家里串门。后来楚明父母在市中心买了房子，搬出职工大院。临走前家里的盆栽还有很多花瓶，全部送给了这位教授。

你看。他指着角落里的那一排陶瓷花盆。那上面还有字呢，我小时候用刀片划的。

我凑近去看，果然，"我是盖世英雄"扭扭歪歪地呈现在其中一个花盆上。褪色的痕迹，看得出是经过好些年岁了。

我白了他一眼：就你还盖世英雄呢，你连你妈估计都征服不了！

你不要不信哦，有本事你来我家看看，我英雄给你看。

他就那样游移过来，抱住了我。他的手臂很长，紧紧地圈住了我。他的唇轻轻地落下来，温柔而清香，就如同他这张不算帅出天际，但是自有另一番俊美的脸庞。

我的青春啊，在这一刻，才开始真正属于我。

我还没有跟父母告知我恋爱的事。

一来觉得我跟楚明的感情虽然已经稳定，但大家都是学生，还没有到谈婚论嫁的地步，也还不需要那么快跟他们汇报。二来我是害怕，我害怕我妈在电话里带着怨气的抽泣，我害怕我爸看似平和话语气息背后的威严跟生气。

我不敢开口。

不久以后，楚明带我去他家里吃饭了。

忘了说一句，楚明因为家里离学校近，所以很少住在宿舍里，天天回家吃饭睡觉，跟我们这些外地学生是不一样的生活方式。前些日子他为了陪我复习，一直住在宿舍里，也很少回家吃饭。这些他父母都是知道的。

第一次去他家里吃饭，我托上海的高中同学帮我去了我爸妈平时就爱光顾的店，买了我要的东西寄过来。给楚明爸爸送了一套茶具，给楚明妈妈送了一枚胸针，把接下来几个月我的伙食费基本上全都套进去了。

楚明妈妈提前问了我的口味，清蒸了一条鱼，准备了很大一份白灼虾，还炒了两碟上海青。我不吃辣，不吃葱姜蒜，所以那一顿饭里都没有这些东西。

我不怎么夹菜，只是把离我最近的两碟青菜吃光了。

楚明父母很年轻，尤其是他妈妈，保养得很好。因为我也有选修他们两人的课，所以此刻眼见是讲台上的老师切换成自己男友的家长，我还没有适应过来这个角色变换。

那顿饭也没有聊起什么话题。他们知道我从上海来，不约而同说了一句：嗯，是很少见你这样的。再是楚明妈妈发问：那你将来是打算回去上海发展的吧？

我轻轻"嗯"了一句。

我跟楚明说，后面不去他家里吃饭了。不是他家里不好，而是觉得，既然是校园恋爱，那就主打校园风格吧。暂时不去谈将来，只说当下就好。

楚明也同意。于是带我去见了他很多儿时的朋友，大部分也都是学校教职工的子女。我很羡慕他们，或者说是羡慕楚明。他一直都在父母的呵护中，有熟悉的朋友。他几乎没有过孤独的时候，他也不需要刻意制造孤独。

而我却不是，我常常觉得自己是孤独的。不仅仅是离家去外地上学的孤独，而是一种与生俱来的孤独。有时候跟楚明坐在足球场边的座椅上，我经常发呆出神，思绪会飘去很远的地方。楚明喊了很多声都叫不醒我。

一开始他很苦恼，觉得我很奇怪。后来他明白了：我终于知道你身上那股清高之气来自于哪里了，你总是不在当下的情绪里，你的眼神里是其他地方的故事。因为遥远，于是即使你的身体在我怀里，可我还是有种距离你很远的微妙感。

你不会是女鬼来勾引我的吧？

我捶他一粉拳：喂，你讲点道理好不好，是你先勾引我的好吗？

他假装被打得很疼的样子，你看你看，这个时候你才是活的，我才能把你的魂喊回来。"归来吧……归来吧……"他居然就唱了起来。

我又是一拳朝他打过去。然后再去亲上一口，表示安慰。

他总是拿我没办法。

眼看大三接近尾声，我要进入全面紧张的准备考研拉锯战了。楚明说，我也跟你一起考研吧。就当是陪同你，考不考得上另说。

一开始我不同意。我是必须考上研究生的，而且得是，必须是，只能是上海学校的研究生。我是没有退路的。楚明不一样，他太多退路。有退路的人，是没有耐性的，并且还会拖垮我。

楚明听完我的话，想了一会儿，然后说，你对我也足够了解了，我不爱参与学院的活动，篮球赛坚持训练直到拿下校园大赛的第二名，我是有韧性的人。我从前跟着你上自习，几乎就是近似透明的，不会给你任何干扰。这一次，我也一样可以的。

罢了，我也不舍得离开他，我也需要依赖他。我应允了。

准备考研的过程是痛苦的，痛苦到此刻我敲下这些文字的时候，还是不愿意回到那段回忆里。那就这样一句话带过吧。

考研结果出来了，我落败了。是上海的学校落败了，其他城市，甚至本校的研究生我都考上了。可是于我而言，只有上海，我必须回到上海。

楚明考上了本学院的研究生。

我哭了很多个夜晚，电话里跟父母道歉，顺便全盘托出跟楚明的恋情，以及请求他们再给我一年试试。很奇怪，这一次，我妈没有哭闹埋怨了，我爸也没有很生气的样子。他们只是问了一句：男朋友的事是当真的了吗？

当然啊，我不是三岁小孩，怎么会乱来玩玩。

唉，倒希望你是玩玩高兴一下就算了。我妈叹气，挂了电话。

我在学校门口租了个房间，用来复习考研。楚明也开始上研究生一年级了。那是我暗无天日的一年，即使有楚明陪伴安抚，可是我依旧无法释怀压力。夜里做梦会惊醒，白天精神不集中，脸上全是痘痘，我已经很久没有在意过护肤这件事了。

我一心一意，想要完成这场战役。

楚明说研究生导师比较严格，布置了很多阅读书单，他得花些时间在图书馆了。

那也好，我有我的复习任务，我也顾不上他。爱情的事，就暂且搁在心里吧。

楚明一开始每天来看我一次，后来渐渐的是一周来一次。最近一次我有记忆，是快三个月之后他才出现在我的眼前。

他的眼神是闪烁的，至少那个时候，敏感如我，的确捕捉到了什么。可是我不能想，我也没有时间去想。我就要进入冲刺阶段了。

那个冬天很冷，租来的房子暖气设备不是很好，白天是冷热交替，夜里经常被冷醒。很多年后我回忆起来，惊醒我的不是冷气，是夜里的梦境。

我一个人在森林里走着，大雪纷飞，我找不到出口。旷野中没有人看见我，我大声嘶喊，爸——，妈——，楚明——楚明——。

直至声音沙哑，没有人回应我。

考研成绩公布以前，我先是给父母打了电话，这一次无论结果怎样，我都会接受。我也会回到上海去。楚明那边还不确定，得跟他商量一下，他说他愿意跟我去上海试试的。

爸妈在电话里没有意见，只是叮嘱我要好好休息，把缺失的觉补回来。

分数线出来了，我考上了。我可以光明正大，而不是狼狈至极回去我的家乡了。父母很高兴，我也很高兴。楚明不怎么高兴。

那一夜的饭，本来是要庆祝我考上研究生的。楚明的兄弟们都来了，也带来了他们各自的女朋友。一开始是很开心地喝着啤酒，我一个滴酒不沾的人，作为当晚的主角，加上心情很好，当然也就开戒了。唯独楚明，人群闹哄哄中，他就在我旁边，可是我感觉他是冰冷的。

我伸手去拉他的手，很温暖。嗯，他的气场于我而言是冰冷的，我终于确定。

聚餐过后，跟楚明在校园里散步。不知道怎么的，走到了我们第一次，我扭伤脚，从校医院回到宿舍的那条小路。那一次之后，我们再也没有经过过那里。这一次再来，居然是四年后了。

那盏灯还在，依旧很暗。路灯下我跟楚明拥抱。

就这样过了十分钟。他终于开口：我可能会继续读博士，留在北京。上海就不过去了。

那读完博士了呢？可以到上海找工作的啊？

他沉默。

我明白了。我很早就明白了，从他渐渐很久才来看我那时候开始。我知道事情不对劲了，我以为是因为我的压力太大，呈现了幻觉。可不是，就是真实的不对劲出现了。

我理解你的难处，也不会去责怪你父母。他们为你筹谋这条路就是对的。你是北京人，我是上海人。我们一开始就是两个世界里的人。我们彼此高傲而瞧不起对方，总觉得自己的地盘最好。我们没有说出来，可是心里就是这么想的。城市文化属性这是这么呈现的。

"可是我啊，还是奢望着，爱，是不是可以弥补这一切的。"我开始忍不住抽泣了起来。

我很少在楚明面前哭，一是觉得不体面，二是我从前哭过一段时间，他很厌恶地跟我说，我不喜欢哭哭啼啼的女生。那时候是我们的热恋期，我以为那是他的底线，我触碰到了，他就是不喜欢动不动就哭鼻子那一挂的。从此以后，我就很少在他面前哭闹了。

那现在呢，这个阶段又算是什么？

本来你第一年考研的时候，我就应该同你说清楚了。但是当时你没有考上，开始第二年的备战。我不敢，也不该同你提这一档事。于是也就暂且陪着你过来了。

你的意思是，现在我们得正式告别了？

嗯。

我不愿意。

对不起。

我知道你从前有过几任女朋友，我也从不过问。毕竟遇上我的时候，你就是单身的。我也从不过问你之前的恋情，只要你全心全意对我就好。可是楚明啊，你是我的初恋啊。

我不管你几番恋情之后，在我身上投入的是百分之七十，五十，甚至不到三十也好。可是我不在乎。于我自己而言，我对你是百分之百，我对你是掏心掏肺，我对你是全力以赴。我对你就是海枯石烂，至死不渝。

"你别这样，这样我会更愧疚。我承担不起你的这份重。真的。"楚明说着话，可以依旧面无表情。

他是情场高手，他收放自如，他清醒对待。比起他，在这段关系中的我，就连半件武器抵挡也没有，我输得一塌糊涂。

你是我的朱砂痣，你是我的心头肉。楚明，楚明，楚明，你是我的命啊。我终于崩溃大哭。

我哭了三天三夜，几乎没有吃饭。我身边也没有朋友，

走夜路的人

即使我死在这个租来的房间里，估计过了好几日也不会有人发现的。

电话是我妈打来的，我必须接听，否则她会持续地拨过来。我留着唯一一丝气息，跟她说话。不久之后，楚明带着吃的喝的过来了。是我妈打电话给了他，说我出事了。

他是一路飞奔过来的，脸上全是汗。可是我更伤心了。这飞奔的急迫，这送饭送水，亦是如同那些他陪同我上自习的日子，关怀备至，呵护有加，外加调皮温柔。只是这一次到来，竟已是沧海桑田。

我随意吃了几口，还是无法下咽。这是我人生里第一次体验到，什么叫做食不下咽。棉花卡在嗓子眼里，吐出不来，吞不下去。

我放声大哭。

楚明眼神里全是冷漠，没有一丁点儿心疼。

我觉得我好像从来没有了解过他。眼前这一个是陌生人，我从来不曾跟他有过任何关系，我的拥抱，我的初吻，我的甜蜜，好像是来自另一个人，而不再是他，也从来就不是他。

是我的错，我知道你是要回去上海的。你一开始就说了。可是我以为我们的校园恋情不会长远……

就如同你从前的那几段恋情？我打断了他。

嗯。他点头，这一次终于带着愧疚了。

我不再说话。我送了他出门。然后轻轻关上门。再一次放声大哭，如同前面的这几个日夜。

我消瘦了多少，我自己并不知道。我妈从上海赶来接我的时候，刚走进门，她就哭了出来。房子很狭窄，东西不多，全是我的考研复习资料。这几日顾不上打扫卫生，房间跟乞丐的住处几乎没有分别。

回到今天，我悔恨至极。这是我妈第二次来到这个城市。第一次是大一开学来送我，虽然不愿意同我说话，可还是一路跟了过来。离别的时候哭了一会儿。这一次到来，是接我离开这里，而我带给她的，却又是更重的一次失望，以及心疼的哭泣。

我知道此生亏欠这个女人的已经够多了，可是我不知道还可以这样无情。我的脆弱，我的失恋，我的心碎，我承受的肉体上的折磨，于她而言，何尝不是加倍的钻心跟难受呢？

我回到了上海的家里，睡了几天。我妈定时送饭到房间来，我爸从不说话。上洗手间的空隙，看见他在客厅里大口抽烟。

就这样过了半个多月。小时候的玩伴来找我聊天，我拒绝。阿姨们找我逛街，说要带我去吃我最爱的那家灌汤包，我拒绝。最后我愿意接的电话，是研究生学校教务处打来的，说是让我准备些材料，开学的时候需要。

转眼又是一个月过去。研究生要开学了。学校离家里很近，可是我还是要求住到宿舍里去。我想躲开他们，他们也

　　　　　　　　　　走 夜 路 的 人

知道。

研究生宿舍是四人间，舍友分别来自青岛，武汉，还有杭州。杭州的那个女生跟我还算聊得来，于是经常约着去吃饭。

我不敢再去碰上海的任何点心了。点心里，全是回忆。我回到家乡，可是从来不去吃本地菜。寻觅着其他地方的菜系，甚至还逼自己吃辣。结果辣到心肝颤抖，眼泪鼻涕一通掉下来。

于是杭州女生也不同我吃饭了。

你很奇怪，你明明就属于这里，偏要逼迫自己不像本地人，要学北方人吃馒头，大葱，还吃麻辣火锅。我们是吃糯米藕长大的，为什么要逼迫自己去喜欢不属于自己的东西呢？

她说完这一段，而后离开。我又是一顿大哭，就在宿舍的床上，对着天花板。

从此以后，我真的要孤独终老了。我已经不会去爱了，我也不配再得到爱。此刻如果我就死去，也没有人会为我哭泣吧？嗯，是这样的。

眼泪依旧无法停下来。

我妈知道了杭州女生的事，知道我又变回一个人了。她知道我经常一个人待在宿舍的时候，几乎是哭泣着求我，你回来家里来住吧。我怕。

怕？怕我想不开？

我妈泪如雨下。

我想要心疼她，可是我自己的心已经疼到没有知觉了。

有天下午，我爸第一次开车过来接我。回来吃饭吧。

我点头。

晚饭过后，我回到房间。继续发呆，掉眼泪。

那天半夜又是惊醒了。又或者说，我几乎没有真的入睡过，总是半梦半醒着。

还是那个同样的梦。我一个人在森林里走着，大雪纷飞，我找不到出口。旷野中没有人看见我，我大声嘶喊，爸——，妈——，楚明——楚明——。

直至声音沙哑，没有人回应我。

我去客厅喝水，才看见我爸还在客厅。关了灯，黑暗中他在抽烟。烟火缭绕，星星点点中，我看不清他的表情。

我过去同他坐下。

爸，抽烟多了对身体不好。

我知道。哭多了对身体也不好。

我羞愧低头。

我试着说些什么，想要缓和这个氛围。没想到，我第一时间想要说的，却是几分钟前惊醒我的那个噩梦。我于是把这个梦告诉了我爸。

他静静地听着，面无表情。等我描述完毕，他开口，我倒是有一个真实的，关于森林跟雪夜的经历。

于是，他给我讲述了下面这个故事。

大概十多年前吧，我去东北出差做调研。我进到一处深山老林，是那种很遥远而偏僻的森林。一户守林的夫妇接待了我。他们比我大十多岁的样子。那几日不巧下了很大的雪，出去的山路被堵住了。我于是就在那户人家里住了将近一个星期。

夫妇俩话不多，大部分时候是做饭。屋里没有电视，这个我理解，但是就连收音机也没有。

我问他们平日里拿些什么消遣，他们说没什么。

我一开始以为只是敷衍，可是那几日下来，他们真的没有任何消遣活动，屋里也没有书，他们之间也很少说话。

我总觉得估计山路通了，他们可以轮班回到城里住几日，所以现在就当是度假休息了。

后来山路通了，那一夜，他们拿出了腊肉招待我，以表送别。跟男人喝了些酒，女人在一边弄着肉，依旧不说话。

我开口问：你们何时轮班，有空了去上海走走，我招待你们。

男人开口：我们没有轮班。这林子我们老两口守了十多年，一直到现在，估计将来还是我们。

我疑惑：可是你们的家人呢？你们的社交生活呢？

谈话就在这一瞬间停滞了。我知道自己问了不该问的话，可是已经收不回来了。

我还在想着怎么换个话题。是男人先开的口。

"我们有过一个女儿，她二十岁那年，第一次恋爱，然后失恋。我们没上心，以为过段时间就好了。后来她趁我们去上班，服了安眠药。等到我们下班回家，已经来不及了。"

"居委会来劝说我们，计划生育没办法，但是现在人没了，是可以再生一个的。"

"他们不知道的是，女儿没了，等于我们的命也没了。你看到的是我们的躯体，我们其实已经死去了。"

"后来，我们就申请来这里守林。前几年先后送别了我们各自的父母，我们就再也没有离开过这个山林。定期会有运货的卡车送食物进来，我们就这样活到今天。"

"其实也可以不活的，只是奈何我俩都不愿意这般离开世间。我们害怕死后万一也不能跟女儿相会，那么就苟且这么活着吧，至少我们的回忆里还可以拥有她。"

屋里很安静，刷了油的烤肉在火苗上头滋滋地响。

"生与死于我们而言，无所谓有，无所谓无。我们在她离开之后，我们其实也算是离开人世了。至于这些剩下的日子，于我们而言，没有任何意义。没有意义的日子，不是人过的。我们非人非鬼，也不配活在凡尘俗世里，所以只能躲进山林里，度过余生了。"

最后一段，是那个女人说的。

后来我出了山林，从此以后再也没有回去过。

故事就说到了这里了。我爸抽到了第五根烟。

那时候你还不到十岁。我出差回家，紧紧抱着你。我知道未来有一天，你也要经历同样的爱恨别离，也避免不了要被受伤。我不敢想象那一天。

可是那一天还是来了。我让你妈守着你，心想着，只要你活着，我什么代价都可以去承受。

我可以去教训那个男生，甚至可以让他后来的人生没有出路，彻底被毁掉。可是那样是不道义的，你将来也会恨你的爸爸这样做，对不对？

我还未从那个故事里抽离出来。我还沉溺在千万种复杂情绪而无法表达一丝的漩涡中。

我只是机械地点了点头。

那一夜就没有后来了，我回房间入睡，我爸还在抽烟。

第二天一大早，刚天亮，我就陪同我妈买菜去了。菜市场都是儿时就认识的叔叔阿姨大哥大姐。男人们在把一大箱一大箱的蔬菜卸货，秋日里天气很凉，他们满身是汗。女人们戴着袖套围裙，把蔬菜分门别类，摆放整齐，浇水摘枝，如同呵护一棵棵生命。

后来的很多个夜里，我再也没有被那个噩梦吵醒。

我开始按时回家吃饭，睡觉，遇上赶论文的时候，就告知父母留在学校。起初我妈还会来几次，因为不放心。后来看到我们的确是在一起商讨论文，她放下饭菜跟水果，就回家去了。后来也没有再来学校宿舍。

三年后我毕业，进了上海一家外资企业。另外租了一间公寓，也是离家不远。周末经常回家吃饭，陪我妈买衣服，陪我爸看电影。我妈很少买衣服，我爸每次都嫌电影不好看。可是他们就吵着要我陪着去买衣服，去看电影。

这些年，我再也没有谈过恋爱。有过喜欢的人，可是每一次在心动以前，我就被心里那个冒出来的恶魔给遏制了。也有过喜欢我的人，我总是冷若冰霜，时间久了，对方也就知趣退场了。

第一次被公司派去北京出差的时候，我是很不情愿的。我不愿意再回到那个城市。可是没有办法，我是个菜鸟，只能服从安排。

我只是不去经过那所大学的校门，东南西北四个大门，以及远远能够看得到校园风景的街道，我也全部躲开。除了去北京分公司办公室上班，其余时间，我就躲在酒店里，点餐服务，看落地窗外灯火闪烁，车水马龙。

我不属于这个城市，我只是来这里工作的。我很快就会离开了。我在心里安慰自己。

这些年，陆陆续续来，陆陆续续走。这一次，是第七次来了。

正逢暑假，校园里现在应该人不多。那就回去看看吧。那天项目结束的午后，我脑海里突然冒出了这个想法。

打了车，到达了那个我熟悉的西门。很多年前的回忆，瞬间涌上心头。脑海里想起老顽童王朔说的那一句，真想在电影里过日子，下个镜头就是一行字幕：多年以后。

我以为自己会哭的，可是我没有。这些年的职场生涯，我知道眼霜很贵，眼泪不能随便流。

校园里很安静，夏日里酷暑难耐，篮球场上居然还是有男生顶着烈日打球。看来得是真爱的。真爱，也必定是 NBA 的球迷吧。我想起了这个熟悉而又遥远的名词。

那个时候，那个他，经常守着电脑看 NBA 直播，也混迹于各大体育论坛，尤其是虎扑。

记得有一次我无意间提过一句：抽个时间，你跟我回去上海看看吧，就当是提前考察了。

那一夜我无意间瞥见他的电脑，他登录了虎扑网，论坛里发了一个帖子：即将去上海看望未来的丈母娘跟岳父大人，该送什么礼物好？在线等。

我心里一惊。他心里是真的有过我的，他的未来规划里也是有过我的。

楚明，我终于在心里喊出了这个藏起来很深的名字。

不知不觉就走到了校园东边的小路，职工大院，那是他小时候的家。外语学院教授的森林小院还在。多了几只鸟。还多了两只猫，慵懒躲在树荫里，眯着朦胧的眼。流水风车桥还在，风铃还在清脆地响。

在这片狭窄的世界里，一切好似什么都没有变。

可是，一切都变了。我很清楚。

身边偶尔走过几个学生，他们望着我，着一身名牌衣服，提着低调但是价格不菲的包。兴许他们是在羡慕我这样的身份，以及看起来的光鲜吧。可是如果有的选，我愿意丢弃这一切，穿越回到从前那些岁月，回到一开始的开始，并且永远不要有后来。

我不想要后来。

我走近森林小院，看边上那一排排陶瓷花盆。嗯，还是原来那一批，楚明家送的那一批。只是很奇怪，一种诡异感在我脑海里冒了出来。我来回走了好几次，终究没有想清楚。

这时候，院子里的房门开了。是位老人。估计是那一位教授了。

我自我介绍，说我是零七级工商学院的学生，从前是楚明的班上同学，他带我们来过这里，说过这一排花盆的事。

教授微笑点头：哦，这样。

他邀请我进屋里，我回复：这次出差要结束了，一会儿要去赶飞机回上海。下次吧。

我跟教授告别，那一刻突然想起了什么，我径直走入院子里，摸遍那一整排花盆。嗯，当年楚明刻下的那一排字，全部不见了。

教授问我寻觅什么。我回复：没什么，都是过往的镌刻。时间走了，痕迹也就退场了。

那一排歪歪扭扭的字，"我是盖世英雄"，我确定真的是消失了。

我转身离开。一阵风吹过，身后的风铃声清脆响起。

再见了，我曾经的盖世英雄。

求仁得仁

大多数故事是从夜里开始的。

这次也一样。

接到了何云凯的电话：时来，我得了一个女儿。昨天夜里出生的。六斤多一点，哭喊得很大声。就是跟你说一声。

他的语气很平坦，完全不像是刚升级当了爸爸的人。可我知道，那就是一贯的他。不是因为过于沉稳，或者是刻意掩饰自己的激动。他在我面前根本不需要任何做戏。

他就是那样的人。不声不响，不喜不怒。很难相信这是一个不过比我大了一岁，刚三十而立的男人。

我问：嫂子还好吗？

嗯，还在休息中。护士照顾得很好，我爸妈同她爸妈都在。不用我操心。

我揶揄他一句：你也不懂何为操心好嘛！

他不语。

我转移了话题：宝宝取名字了吗？

嗯，很早就确定了。他答复。叫何丽君。

什么？我生生吃了好大一惊。

不是这个名字不好听。这个名字很美。

可是，却是像我们父母那一代人起的名字啊？我说出我的疑惑。

他答复：嗯。是这样的。

什么叫"是这样的"？一个人的名字是要跟随自己一生的，而且大部分人都不会改名字，因为很烦琐。而且名字对一个人的命运很重要的，这其中的韵味，含义，加上父母的期许，都会为她将来的生命增添光彩的。你们要不要再商讨一下，现在也没上户口。要重视起来，宁可先给她一个小名，正式的名字要认真考虑一下，好不好？

我一口气不停歇把这一段倒豆子一般冒出来。

对方还是不语。

我有些担忧。云凯哥哥，你是知道我的。我很在意你，所以当然也连同在意你的孩子。我希望她可以收获一个有趣的，或者未来她自己不会埋怨的名字。人生本就好运难得，一开始我们用些心思，她将来也成长得顺利一些不是？

你别说了。他终于发声。我不怪你。我很感激你。

可是。他停顿了一下。名字是孩子爷爷奶奶取的。

他们喜欢听邓丽君，所以觉得这个名字很时髦。他们就定了。

哦。我恍然。

我再问：那你跟嫂子怎么看，你们也觉得很时髦吗？毕竟是不同年代的风格了。这个名字在他们那个时候是个好名字，可是放在现在，算不上老土，可还是缺了一些特别呢。

他答复：我没多想。

我问：那是你的意思，让他们做主，还是他们的硬性要求？

你知道的，从来都是他们做的主。

可是这一次不一样啊，我云凯哥哥。我有些焦急。好歹你们可以有商有量，你这样一推开，事不关己的样子。那可是你的女儿啊。

她是我的女儿。可是仅此而已。我不敢，也没资格赐予她一个名字。

为何？

你问我为何？我不配。

他挂了电话。

何云凯是我的邻家哥哥，童年时候我们住在一个单位大院。他调皮捣蛋，无所不能，每天都爱闯祸，需要爸妈帮忙收拾。好在他是个聪明的顽童，平日里从来不认真上课，可是考试成绩总是处于中上。于是老师跟家长也就将就忍耐了。

他比我早一年上学。在我进入小学的时候，他来到我教室门口，说一句，小时来，我就在你旁边的教室，要是有谁欺负你就跟我说，我必定打得他屁滚尿流的！

他仰着头，睫毛很长。秋日的阳光洒在他的脸上，身上，如同一张透明的纸张，穿越那层浅浅的膜层之后，可以看得到他心里跳动着的韵律。他的身上很香，那种香皂外加洗发精混合的香气。

他的骄傲全部写在脸上啊。我心里啧啧惊叹着，却忍着不敢夸奖他。

我只是点头，然后走进了教室里。老师在讲台上说话，我身边的同学张茉莉问我：那人是谁？怎么那么好看？

哈？你也觉得他好看啊？为什么大伙儿都这么说，我怎么就没有感觉呢？他是我隔壁家的哥哥，我们的父母在同一个单位。

张茉莉剪一头齐刘海，外加齐耳短发。加上有些肥胖，是个肉嘟嘟版本的樱桃小丸子。这是我小学第一天认识的第一个朋友。说话总是一惊一诈的，面部表情尤其丰富。

你是天天看人家的脸，所以不觉得他好看。可是你放眼望过去，我们班上的男生，一个个看起来真是幼稚！

我惊讶：张茉莉，我们本来就是小学生，这种话你怎么说得出口？

她回我一个鬼脸：反正我就喜欢你哥哥那个样子的。

后来，张茉莉就一口一口地喊着，你的那位哥哥今天又跟你一起回家啊，他晚上教你做作业嘛，你们周末都做些什么呢……我的邻家哥哥何云凯，就直接变成了我的小哥哥了。

三年级的时候，何云凯被破格加入鼓号队，负责吹小号。这在我们低年级的眼里，可是一件天大的荣耀。因为鼓号队的成员都是至少四年级以上的同学才可以加入的。

那天夜里放学，我们在学校门口排队。我可以直接回家了，可是何云凯要留下来训练吹小号。我总是在操场一旁的大树下坐着，拿出我收藏的小石头，自己在把玩。有时候也会撕下几页纸，折各种各样的玩意：星星，千纸鹤，花篮，东南西北，小人头。

大部分时候，我已经写完了当天的作业，这个时候，何云凯的训练也结束了。我们一起回家。

回家的路程不长，可是我们总是慢慢悠悠地游荡着。其实是何云凯要慢悠悠地来，于是我就跟随他了。我问起过他：你肚子不饿嘛？就不想早点回家看动画片嘛？还有跟你爸爸妈妈一起说话嘛？

他总是不理会我。直到有一日，他说起一句：我不想参加鼓号队了。可是我不想告诉我爸妈，你可不可以帮我保密，然后我们还是照往常一样，六点以后再回家？

我点头。我从来都是听他的话，不需要任何理由。

可我还是问了一句：那是为什么呢？我是说，鼓号队是很多同学都想进去的，我到了高年级也想加入。为何你不喜欢？

我不喜欢被人训练，管控，束缚。

可队伍里就是需要整齐划一的啊。

所以啰，这东西不适合，我就不玩了。

他带我去街上那家冰沙店吃菠萝刨冰。黄色的冰晶一闪一闪，透着清凉。一口下去，全是欢畅。我吸着冰水问他：你为什么不喜欢回家？

他低头吃着自己那一杯西瓜冰沙，半是含糊嘟囔了一句：因为家里不好玩。

不好玩？

嗯，我爸妈不爱说话。他们之间也不说话，就连吃饭也不说。只是不停地问我问题。每天都是学了些什么，跟同学玩的好不好，老师有没有发小红旗。我每天的回答都是一样的。他们从不厌倦，就像我是第一天上课一样。烦人。无聊。

何云凯的耳朵很大，我在很小的时候就听我爸妈说起，他是个聪明的人，而且将来会有好福气。

我觉得何云凯一直都是好运的人，自由自在玩乐。我在体育课的时候有去偷看过他上课的样子——从来不听课，一个人在桌子上写写画画，有时候偷看漫画书，被老师喊起来提问了，竟然也能对答如流，毫不胆怯。

我终于知道他的班主任去何云凯家里家访说的那一句了：你们家孩子什么都好，就是太皮了。聪明是好事，可是也不要太放任了，给他一些好的指向，对他将来比较好。

送走老师后，何云凯父母就会找他谈话：你可不可以上课收敛一些，不要那么捣蛋？

他总是镇定说一句：我不。

我去他家串门，刚好看到他母亲想对他动粗，巴掌都举起来了，又被他父亲拦了下去：小孩子终究是小孩子，等他长大了，就渐渐懂事了。

何云凯的妈妈是我爸妈单位的会计，是个精明而强势的女人。这是我平日里晚饭听到爸妈说的话。

我上四年级的时候，何云凯上五年级。

那一年国企改革，爸妈所在的单位渐渐没落。虽不至于一刀切，可是境况毕竟不如从前了。我爸妈夜里总是念叨着：据说单位的楼房已经抵押给银行了，算是给我们的安抚金。不久之后，我们就没有工资，彻底要自力更生了。

那段时间，家里的氛围不是很好。即使很多年以后，我还能回想起父母神情里那份惊恐之后的焦虑——他们处于那样一个时代洪流，经历一场前所未有的动荡改革，这不是他们可以承受得来的。

何云凯照旧同我一起上学放学。他家里给他买了一辆自行车，我开始在他的后座上享受一路飞扬的欢快。

我总是问他：为何你总是不认真上课，可考试成绩总是那么好？

那么好？他不屑地回答一句。我坐在他自行车的身后，我看不到他的表情。但是我能感知到他一贯的表情——一种痞里痞气的不在意。

其实我可以考更好的。我有好几次把卷子的所有答案都写了出来，可是一想到我这样的捣蛋鬼也能考第一名，估计没有人会相信，反而会诬陷我作弊。我懒得犯那份累。

我带着意料之外，而又情理之中的讶异。

再说了，如果我这样从来不认真上课的人考试居然第一名，你让平日里的那些认真听课认真考试，拿着涂改液把作文改了又改的人，你让他们怎么办？他们会疯掉的。

我的天。这就是我的云凯哥哥。他居然如此不动声色地，就把这份低调的骄傲说了出来。他得是心里想着怎样的一把算盘啊？

他的这番话，让我想到了张茉莉。是的，张茉莉从一年级到四年级，一直和我同班，并且大部分时候是同桌。打从我们三年级开始，何云凯放学时候偶尔不跟我一起回家，我就会同张茉莉同行。

当然了，每次回到家，还是要跟家里说一声，是跟何云凯哥哥一同回来的。这是我很早就答应他的事，也会一直履行我的承诺。

张茉莉是我最好的朋友，在我看来。为什么何云凯不是，因为我把他当作是家人。于是在我的重要排序里，张云凯永远是第一位的，张茉莉只能是备胎了。

好在张茉莉也习惯了。她是个有些笨但是依旧很认真的女同学。一、二年级的时候还好，她努力些，成绩依旧还过得去。可是到了三年级开始写作文，她就简直无法适应——为何要写我最开心的一天？我每天都过得很开心啊不是吗？

她依旧还是丸子头，跟我去吃冰沙永远是芒果味，然后跟我抱怨：为什么我那么认真上课了，语文课文我也背诵了，数学公式我也记牢了，可是考试成绩还是勉强及格。为什么为什么？

我总是默默不吱声。按照何云凯的说法，张茉莉就是很用功的笨学生。

我教你一个新词语，叫榆木脑袋。有天周末，何云凯来我家里看电视，无聊说起了这一句。

我问：什么意思？

他一脸坏相的样子：就是你那个好同学张茉莉本人啊，笨猪猡的意思啰！

我扔他一脸香蕉皮：你怎么可以这样说人家呢？她要真的听到了会哭的。她是我的好朋友，不许你这样说她。

好啦好啦……我不说就是了……可她就是一脸很努力又很笨的样子啊……真是笑死我了……哈哈哈哈。

我总是拿他没办法。

第二天我查了新华字典，然后放学的时候去找他。榆木脑袋不是笨的意思，只是说的思想顽固。人家张茉莉哪里顽固了，只是有些不聪明而已好吗？

好好好，你说的都对。他每次这么收尾，我就没有办法生气了。

那天回家，何云凯变得有些唉声叹气。他说，他爸妈下海经商了，男的整日跟人喝酒，女的天天夜里做账，根本不管我死活。

我已经不记得从什么时候开始，何云凯对他父母的称谓就是"那男的"和"那女的"了。总之很多年都是如此，我也就习惯了。

我说：可是他们依旧对你很好啊，吃喝玩乐不会管束你太多，你的零用钱也是无上限的，简直羡慕死我们了。

何云凯的零用钱大部分都用在租小人书上了。那时候街上开始流行起租书，三毛钱一天，很多男生看漫画，可是他偏偏去找小说来看。

我知道大部分都是武侠小说，他看得很痴迷，想必白天在课堂上睡觉，就是因为夜里看得太着迷了。因为在他六年级的时候，他的班主任总是向他父母告状：先把无关紧要的爱好停一停，这一年的关键任务是升初中考试。

何云凯的爸妈越发地忙碌了，听说建了一家工厂，生产建筑材料。拿到了一些政府工程，所以效益很好。下岗这件事情对于我的家庭来说，是沉重的一击。可是对于何云凯家里来说，却是他们家走上富裕生活的开始。

之所以富裕，是因为有天放学，何云凯妈妈居然开了一辆小车到学校门口接他。整个学校都沸腾了，这在我们那里可是天大的一件事。

那一天是何云凯的生日，很多年之后我才知道，他是个双鱼座的男孩。

何云凯妈妈走下车来，穿一件黑色毛衣，格纹长裤。灰色呢绒外套，还是长版的，外加一双粗跟皮靴，脖子上还系着一条鹅黄色的丝巾。简直活脱脱是电视里走出来的人物。

何云凯背着书包不说话。她妈妈招呼着我也上了车。然后说，我跟你爸妈打过招呼了，我们今天陪云凯过生日，定了一家饭店吃饭。你爸妈会晚些时候跟我们会合。

那是我第一次去到大饭店吃饭，宽敞的房间，宽大的桌子，简直要比在家里的小餐桌吃饭要舒服太多。那一夜我吃了很多的白斩鸡，还有芋头扣肉，外加喝了三大罐椰子汁。我们还吃了蛋糕，是他妈妈提前预定的双层蛋糕。蛋糕上是动画片里舒克和贝塔的造型。

本来是想要唱生日歌的，何云凯说了一句：不要整这些没必要的东西了。以前没有这些，不也一样过来了吗？

我才想起来，这是我们第一次如此隆重地过一场生日。或者说是何云凯的第一次。因为我没有这样的资本。在很久以前，我们两家的境况差不多。我的生日在何云凯之前。那一天也不过是多加了几样菜，然后叫对家的小朋友过来吃鸡腿而已。不时兴蛋糕，我们也不在意。

就这样，我跟何云凯一起相伴了十二年。

一个轮回。

只是不知道什么时候起，或者说，我一直记得，就是从父母下岗那一年开始，我的父母开始寻谋些零工，日子比从前拮据了很多。倒是何云凯的家里，他爸妈的生意越发兴隆，吃喝买办也都是转换了新的模样。

那一顿饭，我爸妈吃得很小心翼翼。他们一下子在体制内被抛弃出来，还没有得到新的归宿，或者下辈子就不会再有绝对安全的归宿。他们过得心惊胆战。我们两家的关系是从什么时候变得疏远的？我不清楚。

可是我知道，很多东西不同于从前了。

快到期末考试的时候，何云凯跟我说，我以后就不能跟你一起了。

哦，我知道啊，你要上初中了嘛。那我六年级就自己上学好了呀。等到我也考上你的初中学校，我们还是可以跟从前一样了啊。

他不语。

我疑惑。

过了很久，他才说，我不一定考得上三中呢。三中是我们县城里的重点初中，也是我向往的学校。

我答复：你的学习一向很好啊，以前是假装刚刚不错就好，可是这一次那么重要的考试，你可千万要照常发挥出实力啊。

我已经很久没有认真上课了……看小说有些着迷了……我不想念书了。

不去念书？那你要干什么？

他振振有词：当一个侠客，游走四方，闯荡武林。

我忍不住大笑了出来：何云凯啊何云凯，小说是小说，你要真不去上学，你爸妈非打死你不可！

他再说：我也不需要担心考试成绩了。家里的工厂要搬迁到市里，因为那边的生意更好做。他们也在市里买了房子，很快我就要搬走了。会去市里的初中上学。直接就近入

走 夜 路 的 人

学，也是很好的学校。你不用担心。

什么？你要搬家？我恍如晴天霹雳。

这是我生命中不曾预料过的事情——我从来没想过我们会分开——或者说，我知道我们将来会分开，比如我们长大了，我们考上不同的大学，去不同的城市上学。我们会遇上自己喜欢的人，有了新的陪伴者。我们会做不同的工作，然后各自组建家庭，有全新的生活。

可是，至少不是现在。

也不可以是现在——我还没有做好任何心理准备。

我回家哭了很久很久。

那个暑假，我不再去何云凯家里玩耍。我不喜欢离别。一想到他即将离我而去，举家搬迁，我们就要分隔得很远，我就心痛不已。

他也不来我家里敲门。偶尔听爸妈说起：何云凯天天窝在房间里看小说，有时候饭也不吃，他爸妈越发管束他了……时来啊，你是姑娘家，可千万不要像你云凯哥哥那样叛逆不听话，人家爸妈现在发达了，我们比不得人家……你可千万不要让我们操心啊。

我不愿点头，只是默默地吃那几口饭。我没有任何胃口，可是为了不让他们担心，我必须要装作若无其事的样子。很多年之后我才知道，他们根本察觉不出我的快乐与否——生活的负担已经让他们疲惫不堪，我的少女心事无足轻重。

何云凯家里搬家那天，很是轰动。单位宿舍里的邻居们都出来送行。即使他们家变得有钱了，丢弃了很多旧东西，可是这十几年的生活，还是累计了不少物件。请了三辆大卡车，才把全部的行李装载完毕。

我躲在人群背后，看大人们说话。忽然间有人拉着我的手挪到一边。当然是何云凯。除了他，没有谁可以那么骄傲而又像兄长一样牵着我的手。

他递给我一个盒子，当作告别的礼物。

我赌气，不想接。

他开口：我到了市里的学校，也会给你电话的。如果你愿意，放假了就过去找我。我带你去市里的商场转悠，买好吃的给你。

我依旧赌气。

他叹了一口气：小时来，很多事情由不得我们的。大人的安排我们无能为力，只能顺从。我跟我爸妈说我不想去念书了，我爸把我打了一顿。

啊！我惊恐。打你哪里了？要不要紧？

他笑着答复：他们也就敢拿衣架动刑，不敢动大棍棒。抽在屁股上，就是皮肉疼，忍一忍就过去了。他们也不敢来真的啊，就我一个儿子而已，他们没那个胆。

这何云凯，也就他能把一件惨事说得那么无所谓。

那么……礼物就收下吧。

嗯。我点头。接过盒子。

汽车和卡车一并轰隆隆地响起来，他们要走了。我踮起脚尖，第一次去拥抱了这个哥哥。他已经长得很高了，而我还是那个小女孩。

他在我耳边说：小时来，等我们长大。长大了，我们就可以自己做主了。那时候可以做任何自己想做的事情，不会有人管制我们。

我的眼泪滴在他的肩膀上。

你要好好念书，一步步考上好学校，将来为自己的人生做主。

这是他跟我说的最后一句。我擦干眼泪，向他挥手告别。

夜里我回家拆开何云凯送的礼物，连我爸妈都惊呼了——那是街上百货商城里最贵的一套帆船模型，因为价格好几百，从来无人问津。很多小朋友只是经过那里看了看，可是售货员也不愿意取下来，于是就一直摆在了橱窗里。

直到这一次，何云凯爸妈帮买了下来。想必这是送给何云凯的礼物吧，毕竟这是男生们最爱的东西。可是何云凯就把他至今的最爱之物，转赠给了我。

算是我们童年最好的收尾仪式了吧。

我把模型小心翼翼摆在书桌上，突然想起有一年夏天我陪何云凯去河里玩耍，他说如果父母不让他当一个侠客，他就去考海军学校。将来去出海，看海上的日出日落，然后在岸边搁浅，随时随地都可以钻进海里自由游玩。

这个双鱼男孩啊，大海才是他的归宿。很多年后的今天，我对自己说出这句话。

我考上了县城里的初中，开启了不咸不淡的青春生活。甚至很不开心，因为我开始长青春痘，满面油光，怎么也洗不干净。身体开始发育，胸部疼痛。第一次来月经的时候惊恐无比。有了喜欢的男孩，是班上的语文科代表，喜欢穿白色 T 恤，一口整齐的牙，头发柔软而清香。

一开始跟何云凯约好了，每个周六的下午三点，我在学校小卖部给他拨电话。响三声之后就挂下，他再打过来。他们家里安装了电话，所以不需要去小卖部了。再后来，每一周就变成了每一个月。直到何云凯初三那一年，我们再也没有通过电话。

也是，他需要准备升高中的考试了，也是忙碌的学业阶段。

可是不久之后，何云凯妈妈回到老家看老人，同我父母聊天，我才知道他这三年是这样过来的——进网吧打游戏，几天几夜不回家。教导处警告了几次，他妥协，可还是每周末去网吧待着，下一周上课时候一直打瞌睡。再后来去溜冰场，跟着迪斯科音乐，找女生跳舞。人家女生家长都闹到学校里来了，才发现，他不光是跟一个女生跳舞，而是一连好几个。

"他简直太不像话了！"何云凯妈妈的模样没怎么变，只是女强人那股气场越发强大，气质也是大城市里的人的感觉了。

我在一旁竖着耳朵听他们说话，一边无奈摇头一边偷笑——我的这个何云凯哥哥啊，本来就是一副清秀的模样，

走夜路的人

现在到了市里念书，聪明会玩，家境不错，涨了见识，各种时髦，加上身高一年年往上蹿，不是校草也得是学校里的风流人物了。

那又怎么奇怪那些女生会扑上来了呢？我忍不住"噗嗤"一笑。

云凯妈妈望着我，说了一句：还是小时来听话啊，还是生女儿好，可以少操很多心。唉。

她这一声叹息，倒是勾起了我的些许哀伤情绪——这么算来，我跟何云凯已经三年没见过面了。电话里他总说叫我去他家里过暑假，我也希望他回到我的家里，这里有我们童年的过往印记。他总是敷衍我一句，算了算了，太麻烦了。我还是去玩游戏吧。

我在电话里问一句：到底游戏有什么好玩的呢？

他迟疑了一会儿，然后答复：跟你说了你也不会明白，反正那个世界里的我很开心就是了。

那个世界里的他？我依旧疑惑。

幸好的幸好，我依旧有张茉莉的陪伴。她依旧是那个跟在我屁股后面的人。我们一起洗澡吃饭，一起牵手上厕所。我第一次来月经的卫生巾也是她去小卖部帮我买的。她是个很好的女同学。

我终于努力考上了市里的高中，我再一次可以跟何云凯成为校友了。那一日他到我宿舍楼下等我。我远远就看见了他，差点不敢走近他——他比我想象中还要高大帅气，穿着当下最流行的匡威鞋，外加宽松的白 T 恤跟牛仔裤。

我在初中时候喜欢的那位语文科代表，也一样的白 T 恤加牛仔裤，可依旧是稚嫩的气息。何云凯不一样，他全身上下散发着个性跟独特的光芒，眼神里全是不羁，只是看我的时候多了些许真实的温柔——毕竟旁边经过的女生全部都在看着他啊。

他太让我骄傲了。我太自卑了。我不配再成为他的朋友了——除了好成绩之外，我一无所有。而此刻的他，据说是校篮球队队长，去年校运动会的全能手。

他带我转了一圈校园，大小事情都叮嘱了一遍。我故意气他：我初中已经住校了，现在只是换了一个环境而已。你初中是住在家里，高中住校你也不过才一年而已。论经验，我还比你多呢。

他微笑。

我有些恍然，而后是尴尬。

他不再如从前那样接过我的玩笑话了。他只是稳稳地站在那里，看不出什么表情。我不知道是因为相隔多年的陌生一时没有适应，还是他已经忘记了从前。总之，我感觉眼前这个人除了有些许相识的样貌，其他的，全部如同一个陌生人。

他开口道：以后你不要跟我走得太近知道吗？

为什么？

因为我是坏学生。跟我走得太近，老师会找你谈话的，也会影响你的功课。总之你不要来找我就好，如果有需要，可以周末的时候去我家里吃饭。我们在学校就当作陌生人吧。

我还是疑惑：是不是你怕你的女朋友误会？我这么不起眼的一个人，不会给她造成威胁的。真的。

他终于大笑，还是那口整齐的牙齿，绽放着如同很多年前我们吃着水果味冰沙的夏日明朗。

我没有女朋友。我也不爱念书。我打算念完高中就去流浪了。

哈？流浪？你爸妈同意吗？

他们从来不管我，你是知道的。我妈现在可是数一数二的女老板，天天不着家。我爸前年检查肝出了问题，还有高血压，都是喝酒喝成那样的。那两个男人女人，简直掉进钱眼里了。

我后来才知道，即使何云凯住在市区里，可是因为中考成绩太差了，根本没有办法进到这所高中。是他家里给学校不仅交了赞助费，还另外捐了很大一笔钱，于是才得到了一个入学名额。

他活生生变成了《流星花园》里的道明寺——一个家里有钱，放荡不羁，任意妄为，天不怕地不怕的贵公子。

告别的时候，他说了一句：时来，我们终究是要长大的，没有人会停留在原地。你不会，我也不会。

我终于沉默不语。

那一年我高一，何云凯高二。他三天两头逃课，起初他父母经常被请到教务处，再后来是学校老师也不管不顾了——就让他折腾吧，只要不影响别人就好。他愿意自己放弃自己，我们也没办法。

哪怕他家里很有钱，那又怎样？还不是生了个没出息的傻儿子？体育特长生又怎样？五大三粗的没学问，出来拿什么混社会？何云凯他父母也是命不好，真的。

何云凯那一日去班主任处领运动会开幕式的锦旗，听到两个老师的对话。他直接冲了进去，抓起其中一个就是一顿揍。另外一个也没落下，直接用上了脚。他的身子骨，放倒那两个柔弱的书生老师完全不是问题。

学校的意见，是要劝退何云凯的。他父母赶到学校，求了很多日。除了给学校的图书馆添置一些设备之外，也会承包学校准备新建的一栋教学楼的所有物料。可校长还是不松口。

何云凯父亲就那样跪了下来。他母亲在一旁流泪，顾不上花了一脸的糊妆。何云凯不说话，只是攥着拳头。那一日，我只是去老师办公室拿卷子，经过校长室。于是我决定躲在门外，屏住呼吸，小心翼翼地守着。

没有我想象中的求情或者拒绝求情，何云凯他爸只是说起从前，那些下海经商的日子，在工厂筹备初期的每日每夜。

有一次去跟一个政府官员打交道，想要接一个工程。他们迟迟不松口，左右为难。我一口气喝了三杯白的，一瞬间差点窒息。他们终于点了头。这十几年，都是这样过来的。

家家有本难念的经，表面的光鲜要付出的代价，只有我们关上门了自个儿知道。可是我们不得不卖命，因为我们就一个儿子，如果我们不去辛苦，他后来就很辛苦了。

校长，给个机会吧。拜托了。

何云凯终于留了下来。

那时候距离他高考也不过两百天了。他换了一个模样，说不上拼命，但是至少像个正经学生了。听说他夜里还是翻墙跑出宿舍，但是不再去网吧打游戏，而是在教室里看书。

是夜里值班的保安大叔说的，向学校老师作了汇报。老师们也没什么异议——就让他拼死一搏吧，这么多年没动过书本的人，一切要看他自己的造化了。

我想起我爸妈从前念叨的那一句，你家云凯哥哥是有福气的人。

果然，他有他的造化。

他的拼死补救，高考分数不算惊人，可是也达到了本市重点大学的录取分数线。老师们，同学们，就连他父母也是震惊的。可是我却知道，他不过是把当年那个在课堂上假装睡觉玩乐，可是每次重大考试都不让人失望的那个自己，找回来了。

我是平凡之人，张茉莉也是笨笨的认真学生，可是他不是。他是有福气的那个聪明人。

老天是不公平的。可是我感谢老天，愿意再给我的何云凯哥哥一次机会。

故事还没有结束。

收到录取通知书的那一天，何家开了四十桌的宴席，请了很多亲朋好友。他父母在杯盏中招呼客人，唯有当事人，主角人物何云凯，一脸毫无生气的神色，坐在主桌上。

　　有人过去同他碰杯，他也是不言不语。何云凯爸爸喝了很多酒，也开始胡乱说话。看见何云凯对宾客毫无敬意，过去就是一顿揪耳朵。

　　你这死小子，别以为你现在翅膀硬了，老子就管不了你了……我告诉你，你的一切都是我给你的，我让你往东你就不能往西……我现在就命令你，跟你张叔敬酒，还有其他人，那谁谁谁……听见没有……这是老子的地盘，你逃不出我的手掌心……这是你的命你知道吗……

　　还没等我们反应过来，何云凯直接摔了手里的酒杯，气冲冲跑了出去。

　　后来才知道，填高考志愿的时候，何云凯想报航海技术专业，他父母都不同意——只能金融学，或者建筑学，这两者二选一。

　　只有这样，将来何云凯才能继承他父母的衣钵。这是他们的原话。

　　我在市里彩虹大桥旁边找到了他。他俯瞰着江河流水而过，有风吹过，他的刘海飞扬起来。阳光照射下来，我发现，我再也找不到当年那个隔着透明的纸张背后生气勃勃的少年了。

　　他背负着逃不掉的种种重压。

　　我有我的理想，我的喜好。我要自己做主。何云凯很执拗。

可是最后，他父母还是悄悄去了学校，把他的专业改成了金融学。

何云凯愤怒至极——我已经尽力高考，完成了你们的使命。现在任务完成，我为什么不可以有自己的人生？

因为你他妈还要老子养活你！何云凯事后告诉我，他爸在这些年说话就是这样的。

我承认我经济上还要依附他们。可是，他们从来没有尊重过我。即使人类的繁衍是养育之恩为大，可是也并不意味着他们可以干涉我全部的人生。

如果按照这样的逻辑推想，他们生我养我，就是霸权君王，那么是不是意味着将来我挣钱了，我也可以对他们当牛马一样看待？

我恨他们。他咬着牙，狠狠地说出这一句。

九月开学，何云凯照旧去市里的大学报道了。当然去的是金融学院。第二年我参加高考，考上了外省的大学。倒是张茉莉，她千辛万苦，也考上了张云凯所在的大学。倒好，她可以帮我监督观察汇报关于张云凯的大学状况。

张茉莉在校内网上给我发来一连串叹气的表情。我问：是何云凯又闹什么事了吗？是不去上学，同时交往几个女生，还是去酒吧喝花酒，或者争霸网吧小王子了？

张茉莉说：什么都不是。

那是为何？

很多年之后，我才理解张茉莉给我打出的那四个字：行尸走肉。

我以为所有人的大学生活都是慌乱、迷茫，带着焦虑，但是也算快乐的。总归不外是考试、论文、恋爱、失恋、社团、竞争奖学金，寝室闹些别扭，然后依旧一起吃饭游玩。我不曾想过除了这些之外，还有一种我当年未见过的选择——人生可以提前死去。

何云凯啊何云凯，你对自己太残忍了些。

大学四年，我不曾与他联络。在我毕业参加工作第三年，我回到家乡去看父母。顺便到市里去跟高中的同学聚会。张茉莉留在了本市，当起了英语老师。教的是一帮初中的学生，没有小学生调皮，也没有高中生叛逆难管，一切刚刚好。

她清瘦了很多。留起了长发。人也变得稳重温柔了。

我们还是如从前那般友好。

席间说起了何云凯，我心里一动。张茉莉说，他毕业就去了爸妈的工厂上班，不过当然是管理层。可是后来据说就不做了，也不知道去了哪里。

一年后，何云凯结婚。我在外地出差，没法到场。我问到了他的电话号码。

才知道我们这么多年隔断了联系。人与人之间的缘分真是奇妙，起初那么非你不可，无法分离。再后来我们各自长大，你不来靠近我，我也不轻易去打扰你。小心翼翼，害怕戳破那一层泡沫，于是就任凭回忆在心里。

可是这一次祝福，我不可能只在心里为他祈祷。他是我生命里那么在乎的一个人。这种在乎不是男女之爱，是对于一个兄长的呵护跟在意。

电话里他的声音很平和。

我问：你怎么跟新娘认识的呢？

你真要听？

当然呢。

我之前交往了一个女朋友，是大学隔壁学院的。外地人，但是留在了本市工作。她之前也交往了一个男友，可是家里人依旧安排她到处相亲。我父母不认可我的外地女友，所以也逼着我去相亲。

去就去嘛。反正我到场就行。其他与我无关。把戏演完就好。

谁知道对方父母很满意，我父母也很满意——因为对方父母告知，说女生知书达理，会下厨做的一手好菜，在政府当一名小职员，也是清闲。婚后可以帮忙操持家务，完全不成问题。

这期间，我们当事人男女主角没有说话，全是他们四个大人的狂欢。

最后双方很满意。我爸妈让我跟现在的女友分手，她父母也让她跟现任男友分手。我爸妈给了我一大笔钱，让我们去约会，吃喝玩乐，买车，去旅游，以及不再需要我去上班。她当然也把工作辞掉了。

这个世界上，一个男傀儡遇上一个女傀儡，我们命中注定要携手堕落。最后是，钱果然是万能的，我们玩得很爽，失恋的情绪很快就走出来了。于是，他们让我们结婚，我们就结婚了。

我在电话这一头，久久不敢出声。

你爱她吗？我终于发问。

无所谓爱与不爱。爱了我也没资格，那就干脆不去想。她跟我的想法一样，所以不存在我辜负了她。我们不过是父母手里的玩物，面子工程，那就顺从他们，我们就可以衣食无忧了。

可是……你为何不为自己争取一下……至少你可以去跟他们沟通不是么？

这几十年，你何曾见过他们是把我当成一个人对待说话的？从前我是孩子不错，可是直到今天，他们还是把我当孩子。

我反抗过的，从前的从前。是他们根本不给我机会。时来，你是知道的。

他开始哽咽，喉咙里发出低沉的叹气。

我很害怕。

我还在想着怎么去安抚他，可是他瞬间切回了正常的声线——既然他们不把我当成人对待，既然他们口口声声跟所有人说为我好，那我就回敬他们的这份以爱之名——我顺从他们的所有意愿，过上他们想要我过上的人生。

这是对他们最大的报复。

这一句，他说得冰冷，铿锵有力。

他挂了电话。

我依旧在外地工作，偶尔回家看望父母。因为开始经济独立，家里的境况也好了很多。只是爸妈依旧唠叨着，为什么你不可以像你何云凯哥哥那样，回到我们身边，陪伴我们？

我不知道如何答复他们。

关于何云凯那些侠客梦，那些海上航行的风浪之梦，我不知道如何向我的父母阐述。

再来是两年后。我接到我妈的电话。

还记得何云凯哥哥吗？

我说当然。

他妈妈今天跟我吃饭，言语间就哭了出来。

结婚以后，才知道儿子的老婆，就是自己的儿媳妇，根本就不是像她娘家人说的那样——别说下厨房了，根本就没有扫过一块地板。两口子从起床就在沙发上躺着，男的打游戏，女的看韩剧。没有移动过一步。饿了叫外卖，从不做饭。我一个月去一次，家里就跟垃圾厂一样，我收拾了好几个小时都没有弄清楚。

想让何云凯回去工厂上班，他也同意。可是做工程预算的时候，弄错了一堆数目，差点误了大事。老员工一顿抱怨，我也不敢维护他。晚上想让他加班复习专业技能，他不愿。手痒要赶回家打游戏。罢了，为了安全起见，还是不让他掺和了。

也有跟女生的父母沟通过，善意提醒一下他们这个女儿的好吃懒做，甚至懒到夸张。可是他们总是跟我扯东扯西，最后的意思就是——嫁出去的女儿就是你们的任务了，这与我们家无关了。这是哪门子歪理？

有一天，何云凯过来跟我要钱。那时候他们也结婚不过半年。

我惊讶：结婚的时候给他们买了一套别墅，一辆车。家里里里外外装修打理完毕。每个月他们的水电费跟油钱，外加生活费，我让厂里的财务每个月去处理。他们还没有孩子，也没有其他的开销。婚礼的时候我给他们夫妇拨了五十万，当作给他们的第一笔储备基金。可是哪知道，两个月内，他们全花光了——儿子买了几套打游戏的装备，媳妇说买了三五个什么包的，加上其他的大手脚，然后就什么都没了。

我妈在电话里慢慢同我转述这一段。我竟然平和到自己都惊讶——这一切都是在预料当中的。

我妈继续跟我转述何云凯母亲的控诉：

我去质问他们，为什么要这样大手大脚，简直跟花钱如流水一样！你知道他们是怎么回答我的吗？——反正你能赚钱，你有本事不会让我们饿死，我们怕什么？

你说说看，我怎么养出了这样一个狼心狗肺的儿子！还有一个翻版的媳妇。这简直是雪上加霜啊！

我可以想象何云凯妈妈说出这一句的内心在滴血。又或者说，我本无法想象。

我们家做的是实业，当年我跟他爸白手起家，不敢丝毫懈怠。每一年刨去成本跟人工开支，利润所剩无几。加上现在年事已高，很多熟客都不再看重我们面子，每年的单子越来越少。我们两口子是在撑着身子骨，不敢倒下啊。

都是可以当奶奶的年纪了，为什么我的晚年没有得到我想得到的，反而还要比年轻时候辛苦，养两个废物在家？废物也就算了，还振振有词，说我活该。我还怎么活得下去？

我一直在沉默听着。

我妈突然问起我，你云凯哥哥以前不像那样的人啊。

唉。我不知如何作答。

我知道我的何云凯是什么样的人，可是我无法挽救他——在他决定走入深渊，决定放弃自己的后半生，成为行尸走肉的那一刻开始，我就预见到了他命运的走向当是如此。

只是我不曾想过，这些年的生活，在他母亲口里阐述出来的时候，依旧让我心痛——我知悉这是他们家族的命运走向，可是我依旧为这无可奈何的悲凉而想要大哭一场。

因为我的何云凯再也回不来了。

我知道，他没有回头路了。

他一开始只是为了顺从父母，当作报复。可是后来在这一场复仇中，他失去了自己的事业技能，失去了对生活的一切兴趣。他是一个没有信仰，理想，甚至欲望的空心人。

通过摧毁父母，他也把自己摧毁了。

这世道，是何等令人唏嘘。

再接到何云凯的电话，是一年后了。他终于得到了自己的孩子。之前备孕很久，妻子怀不上孩子——他一直担心自己命中不配做父亲。如今女儿哭啼着来到世间，总算可以给这个死气沉沉的家庭带来了新的希望。

我突然觉得，或许这个婴儿的到来，是可以拯救这个家庭的。或者说，可以帮我找回些许从前的何云凯——在他没有告知我婴儿的名字以前。

却是我妄想了。

何丽君，这是一个放在七十年代很好听的名字，可是现在不是七十年代了呢。我跟他这般解释。

他答复：这由不得我做主。我也不配做主——这个孩子来到这个世界的费用，全是她爷爷奶奶买单的。

我挣扎着：可是，你毕竟是孩子的父亲啊。是你赋予了她最珍贵的基因，难道这个理由还不够吗？

你可不可以试着，这一次，就这一次，你站出来说话——即使不为你自己，也为你将来的女儿，寻得一份说话的自由——她的人生才刚刚开始，她是有资格被拯救的，她是无辜的。

我带着哭泣声，祈求着他——为这个女婴一眼可以望到头的人生，争取一点另外的可能——希望她将来可以不要去恨自己的出身，恨自己的父母。

我不想她掉入这个家族的轮回诅咒中。

那也是我内心定义里的小侄女，我在乎她，如同我在乎当年的何云凯。

电话那头他开口了：你只想要一个答案，那我就回答你——我是那个上辈子欠了我父母很多的人，所以这辈子是来还债的。当然你可以理解为，现在扮演吸血鬼角色的我，上辈子被他们亏欠太多，所以这一世，他们注定来还我的债——辛劳奔波一生，晚年不得安享，得到一个废物儿子，还要带着恨意陪他们直到死去。

我们是彼此的欠债人，也是彼此的还债人。

既然我一开始就决定堕落，那就要坚持堕落到底，坚决不承担任何责任，将一切归于他们两个霸道的老人——他们要接管我的全部命运，当然也包括了我孩子的命运。

她是无辜的，可是我无能为力。我只求自己得偿所愿，下辈子不再转世为人。

这是我第一次，也是最后一次向你解释——不要再想着拯救我了，我已经是个死人了。你却不同，时来，你是个好命的姑娘。要珍惜你所拥有的一切，因为你的自由，就是我此生的想要而不可得。

我挂下电话，号啕大哭。

我不明了，为何这世间原本最亲密的彼此，却要带着咬牙切齿的恨，了却此生。这关系，因为一个叫做血缘的东西，你无法割舍，你无法逃脱，你只能被其绑架。

不过一念之间，爱亦成空，继而幻化成魔。两组魔鬼本是同一类人，可是在漫长的几十年岁月里，为彼此身上添置最走火入魔的毒药，使其心甘情愿成为彼此的怨念。

我的双鱼男孩何云凯，当年最爱的电影是那部《少林足球》。那一年高中，尽管他总是让我在学校里不要与他来往太亲密。可是某个周末夏日的午后，他还是带我回他家里吃饭，与我一同看周星驰。

"做人如果没有理想，跟咸鱼有什么区别？"电影里的周星驰假装正经说出这一句台词的时候，我总是笑话他，你是一条咸鱼呢。

他总是一脸不屑：我只是一条暂时的咸鱼，总有一天我会变回一条活着的鱼，钻到我的海洋里，去看我的世界。

他与我都不曾想过，两年之后，在他的高考志愿被他父母修改的那一刻开始，他的命运转折就开始走向一条死寂沉沉的黑暗泥潭，直到再也爬不出来。

亦或者是，在更早更早的从前，在某一个被父母忽视的瞬间，那个男孩的失望就开始积攒了。直到最后成就绝望的火苗，而后焚烧自我一场。

我回到家乡，把房间里书柜上的那一艘帆船小心翼翼地，装进一个纸箱里。然后放到一个木箱子里，锁了起来。然后推到了床底下。

我要收藏过往的所有回忆，不再去碰它。

夜里我入了梦乡，我乘着一艘巨大的帆船出海，阳光照耀的海水是层层递进的各种蓝。到了深海中央的时候，眼前跳起了一个影子。是一条唱着歌的海豚。它的身型很长，很美，很光滑，脸上带着微笑，还有害羞的眼睑。它扑哧着向我拍打着水花。我伸手想要抓住它，可是它消失了。

我从床上惊醒。泪水早已打湿枕头。

再见了，我的何云凯。

愿你求仁得仁。

这一生，愿你配得上自己失去的一切。

夜夜夜夜

叶小姐并不叫叶小姐。

她一开始姓什么的我已经忘了。她是我高中时候的班花，在那个没有美图秀秀的年代，没有移动互联网，甚至网络都还不算普及的小城里，她的美，清新脱俗，带着清晨日出照耀下，荷叶上那颗露珠的晶莹剔透。

那时候我是乡下考进市里高中的孩子。她漂亮，温柔，明眸皓齿，以及学习成绩并不差。那种"别人家孩子"的启蒙者，于我而言就应该是她了吧。

高中三年里，我对叶小姐的唯一印象，就是那一头温柔秀发的背影。或许说起来可笑，明明我们都是女生，可是在相隔三五张座位的物理空间里，我却是觉得我们的人生，我们的命运，我们的气质，相隔几十万个深海蔚蓝。

她不仅仅是我们动不得的女神，也是一众男孩动不得的女神。

得是漂亮女孩的优势吧，大部分男同学为她做很多的小事，她总是面无表情。偶尔会微笑一下，男生们就已经是得到了蜜糖一般的兴奋。

如今敲下这些字句的时候，我的回忆停留在那些高中时候奋斗的日子里，操场上的紫荆花开得灿烂，阳光好得让人想要唱歌。可是年少时候的我们，承受着考学的压力，根本无心顾及眼前这些，可能在此生后来的时光里，拼了命想要回忆的风景。

转眼是大学的季节，我去了远方，我并未知道她去往哪里。

每个人都会遗忘掉一些不重要的人和事。叶小姐对于那个时候的我而言，就是不重要的人和事。

是靠近毕业那一年，我决定接受北京一家媒体提供的机会，去当一名记者。北漂的日子，感受大多一致，可是总归各有不同的具体琐碎。

我是南方人，水土不服，平均几天流一次鼻血。跟别人合租的房子附近的菜市场，奈何并没有多少绿色的蔬菜。说不上难过，就是一种自己不属于此处的错位感。

那阵子为了表现好一些争取早日转正，我申请了值夜班。有天临时修改了选题，为了赶上次日凌晨六点拿去印刷，那天下午开始赶稿，排版，校对，走加急流程。

这一切完成之后，已经是凌晨三点。离开报社的时候，看到京城的夜色居然如此灿烂而繁华，心里不由得动了一下。

那时候没有多少钱，本想着干脆在报社待到天亮，再等第一班地铁回家洗澡休息。可是体力上支撑不住了，只能打车回家。租来的房子在偏远的一处，司机在路口把我放下。

我一个人往黑暗中走去。夏日里的晨雾有些微凉，我祈祷着哪怕有一句狗吠也好。可是奈何这个时间点，城市里的宠物也在休息。这里并不是我的家乡，即使夜凉如水，也有虫鸣蛙声陪伴。

我颤抖而惊恐，背包里摸出一把削铅笔用的小刀，然后一路前行。甚至不敢打开手机的灯，因为害怕被人知道自己的存在，那反而更是危险。

那是我此生走过的，最漫长的一段夜路。

即使到今天，每每想起，依旧背脊发凉。即使我今天有一千种方法，教育自己，当初可以打电话叫租友下来接一下，或者叫报社的老师送回家陪同，甚至是，多花钱租好一点的房子跟小区，这些都可以避免当时的境地。

可是我没有办法穿越，有的只是后来的庆幸万分。

年少的时候一无所有，更不敢劳烦他人。不愿意亏欠这个世界，宁可被这个世界辜负。唯一拥有的，也就是最不值钱的勇气了。

那一夜之后，我做了个决定，我要离开北京。

也是那一夜，无意间进入到高中同学的聊天群里。那是我跟叶小姐后来所有故事的开始。

叶小姐知道我也在北京，以及，即将打算离开北京。

她单独联系上了我。

如果工作辛苦，你可以休息一阵子，再寻找别的机会。不着急的。

忘了说了，叶小姐在北京上大学，对这个城市的种种熟悉远远要超过于我。于我而言，我是外来的客人，相对她而言，京城也算是她的半个地盘了。

叶小姐说的话如同一剂安慰，我居然莫名地就信了她。

第二天，叶小姐同我见面。她还是那么美，甚至要比从前好看。化了淡妆，着一身鹅黄色连衣裙。人群中我远远地就认出了她，即使她个子娇小，可是奈何那张脸太出众，无法让人忽视。

叶小姐在大三的时候就出来实习了，本就是在京城上学，一切种种都是优势。她在一家电视台下面的制作公司工作，从实习生到现在的职员，也算是顺风顺水。

我再一次感慨，上天真是会让本就拥有很多的人得到更多。这并非不公平，我甚至觉得那就是她该得的，毋庸置疑，铿锵有力，甚至容不得我嫉妒一丝。

叶小姐说：你来与我同住吧。房子不大，但是好歹在城南的一处小区里，安全一些。

在我迟疑的时候，她再加一句：你别担心吃饭的事，你来到北京，那就是我管你了。

我感激涕零。

花了几日，从原来的住处搬到叶小姐的房子里。

果然是高档小区，明亮宽敞，说不上很大，可是比起我从前住的阴暗房子，绝对是半个天堂的差距。叶小姐家里有个很大的衣柜，衣服，鞋子，包包，那些我认得出认不出的牌子，一整沓落在那里。就好像在叫喊着我，召唤着我。

我辞去了在报社的工作，开始整理简历寻找新工作。叶小姐起初几日都在家与我一起。我刚开始以为她是为了陪伴我，心里总是过意不去。

为了缓解这份歉意，我帮忙收拾家务，熟悉了附近的菜市场，一日三餐做饭，周末也是出没于一些不需要花费的商场，剧场，展览。

北漂的日子，过得小心翼翼，可是因为有好友在，也算安心了一些。

是在后来，发现叶小姐依旧白日不出门。她解释道，因为是节目制作公司，大部分是写策划案，不需要按时去坐班，偶尔去公司报道一下就好。

再是后来，叶小姐经常夜里出门。她把白日里绑起的马尾辫放下来，弄成一次性全卷发。有时候是黑色小礼服，有时候是发亮的长裙。踩着很高的高跟鞋，搭配对应的包包，耳环，项链，戒指。那一张勾人的红唇啊，即使在今天每每想起，我心里也会泛起阵阵涟漪激荡。

她的眼睛很美。加上描了眼线，贴上假睫毛，外加刷一层睫毛膏。散发着猫一样的慵懒迷离。那时候我总是感慨，同一个年龄的她和我，我甚至还认不清自己日常脸上抹的粉底是什么色系，我更不知道睫毛膏还可以分为浓密以及纤长。我更不知道上妆完之后涂一层定妆粉，刷一层亮粉眼影在眼角处，就能达到深邃化眼神的效果。

叶小姐说：这几日要参加一些电影发布会，顺便洽谈一些合作事宜，所以要盛装出席。

我默默点头，默默羡慕，默默目送她出门。然后叮嘱她注意安全。

就这样过了几日。

有一天清晨，我起了个大早去买菜，回来路上遇到健身区的一位大妈。这几日常听到旁人喊她张姨，于是那一次经过，我也就这么叫了。

张姨见到这次是我一人，于是走了过来闲聊。我大概说了一下自己最近的状况，张姨安慰我，小姑娘，慢慢来，这个城市里很多的外地人，一开始都不容易的，后面就会慢慢好起来了。

只是……

她迟疑了一会儿，还是没说出口。

我不好再去追问。

叶小姐依旧晚出早归。

叶小姐的名字就是这么来的。我不知道她原来的姓名，时间太久，久到回忆也无济于事。她总是夜里出没，于是就变成了我心里的夜小姐，叶小姐。

她时常给我带回来一些好东西，有时候是一个杯子，一条丝巾，好些环保袋，以及口罩，笔记本，还带过一份三文鱼寿司，有时候是几瓶红酒。奈何那时候我并不会品酒，所以也就一次都不曾开瓶过。

大概这么过了大半个月，我找工作的事情还没有着落。当时觉得是工作不好找寻，如今想来，是我当时在京城待得并不安心，总觉得会有一天要离开，所以很多工作机会扫一眼过去，也就不理会了。

直到今天，我依旧感激叶小姐，在那段日子里，收容了那样一个落魄的我。

后来的一次，叶小姐告知我要出差几日。也不去别处，就是有个合作方在郊区的度假村开会，所以要去小住几日。

我说我已经熟悉这一片地方了，也会照顾自己的。你放心。

两日后的夜里，突然有人敲门，砰砰砰，是震天动地的那种冲撞。

我开门，是一个老太太。

她看我一眼，先是惊讶，然后再问：你是谁？怎么会在这里？

我告知我刚到北京不久，在同学这里住几日。

老太太就像是抓到救命稻草一样，她就一口顺溜正宗的北京话：你同学不在家，那我就只能抓你了。她已经三个月没交房租了，我不能再宽限了。你回头告她一声，如果这两天再不交钱，我就叫派出所的人来轰你们出门！

我震惊。

小姑娘年纪轻轻，怎么这么不诚信！来北京讨生活辛苦，那就不要留在这里啊！我也不想说这些话的，可是你那位同学真是过分了，我见过不要脸的那些个人，可是这般不要脸的，真是亏了那一张那么美的脸庞了。

老太太摔门而去。

我一开始以为是敲错了门，直到她最后那一句"那么美一张脸"，我终于确信，说的是叶小姐。

那一夜无眠。不知为何，一开始那种隐隐的担忧，突然开始有了成形的模样。

几日之后，叶小姐回来。我汇报了老太太敲门的事。她淡淡回复一句，再有下次你别开门就成。

我看她心情不好，也就不敢多问。

她连续喝了好些酒，夜里依旧出没，只是全换成了性感的超短裙，吊带裙，外披一件长衫。我怕她辛苦，建议可以穿一双平底鞋出门，然后到了现场再换回高跟鞋。

她突然面无表情，狠狠地瞪我一眼：你凭什么管我？

倒是第一次看见这张温柔的脸庞之下的怒气，着实震惊。

叶小姐又去出差了，这一次是香港，会超过一周的时间。临出门前，她好像想到了什么，就叮嘱一句，要是可以，你就尽量别出门了。其他的事情，等我回来再说吧。

我点头。

为了不给她添麻烦，我更早起床去买菜了。

那天又遇上了张姨，这一次她把我拉到一边。

小姑娘，你要是可以的话，就早点搬出这里吧。这里不是你住的地方。

我惊讶。

张姨继续说：你就没问过你那位同学吗？白天不工作，夜里武装全身出门社交。也不是我贬低她，只是你得想想，这个地段，这个小区，这里的环境种种，是她可以负担得起的吗？

我震惊。

她没打算停下来。你家那位同学，已经欠了房租和水电费很久了，估计是原来的那位金主有了新欢了。你可别接下这些债。还有，哪怕你不出门，可是招惹了不该招惹的人，不好。这里是京城，很多你不知道的故事，要小心呐。

那一天我回到家里，久久不能平静。想要拿起电话打给叶小姐，这时候门外又是震天动地的敲门声。我这一次学聪明了，不出声。

可是我道行太浅，门外的声音掺杂着愤怒传来：我知道你在里面，再不开门，这一次我就找人撬门了啊！

我赶紧开门。是老太太本人。她是房东，也是讨债人。

这一次，她也不如上一次客气了。

这么说吧，你要是今天能交上房租，我明天就可以当作什么都不管。我给你半天时间，下午我再来，你就该知道后果了。我不管是你背锅还是找你的舍友回来，你们无诚信，我也不必客气了。

那是五年前的我，还没有见过大风大浪。那已经是我经历过的最恐慌的境地。我打了很多电话，给在其他城市的朋友，整整一个下午，我凑够了三个月的房租，外加水电、煤气费用，一并交给老太太。

那是一笔巨款，于我当时而言。

我觉得自己进入了一个我并不熟知的境地，这个地方，不再是校园里的单纯社交往来，全是那些我从前在电视上才看到的出其不意的反转剧情。

我收拾了行李，打算几日后离开这里。

几日后，叶小姐回来了。

她不做任何解释，只是说一句，来北京这么久，也没请你吃过一顿好的，一直让你在家做饭干家务。晚上我们去吃一顿好的吧。

我不做声。

那天夜里，去了城中的一家餐厅，在很偏僻处，寻常人并不知道。叶小姐领我到那里，前台小姐一眼就认出了她，热情领我们到靠窗边的座位。

落地窗外，从二十层楼往下俯瞰，北京的夜色温柔一览无遗。楼下的车水马龙瞬间变成了很小的东西，来回穿梭，像是在诉说很多的故事，那些我并不曾了解过的故事。

牛排上来了。叶小姐说：我怕你吃不惯生的，就叫了全熟的。你不是说北京很难吃到新鲜的青菜吗，这里的芦笋鲜嫩清爽，你应该喜欢。

我不知道该不该动手。

她微笑，红唇依旧性感，只是眼神里多了些哀愁。

你放心吃吧，这一顿记在林先生的账上。服务生是知道的。

我依旧不动刀叉。

你该说说这位神秘的林先生了。我开口道。

她终于开始抽泣。

我是在大四那一年认识他的。我当时的确是在电视台广告公司实习，有一次接待客户的公关部同事临时有事，我就被拿去顶替了。

当时的我连一身上得了台面的衣服都没有，匆忙向舍友借了一套西装裙，奈何太大了。就用发卡夹住将就着。

那日去接待客户，来自于香港的一家服装公司，想要拍摄一组广告片，以及开拓北京的市场。这其中就有林先生。

上洗手间的时候，酒店的开放式洗手台是男女通用的，我以为当时没有人，就脱下高跟鞋休息了一会儿。短裙上的夹子不知道什么时候掉了，裙子一直往下掉，我就一直死死拽着。

这时候男洗手间出来一个人，他见状，就喊来服务生，找来针线，帮我缝补了几针。

我知道我现在说出来，你一定是觉得我在编故事。可是我不知道怎么解释，那一天我被灌了好多酒，整个人醉醺醺，我并不记得眼前这个人就是我那一夜接待的客户之一。

他也有些醉意，但是还算清醒。他一边剪线头一边跟我说，小时候妈妈帮他缝补衣服，他一直记得那个画面。长大后想学服装设计，母亲也很是支持。后来很幸运，在北京上了大学，而后去香港发展事业，一待就是十几年。

他跟我唠叨这些的时候，我头脑昏昏地点头。再后来，他送我回了家。留了联系方式。

一开始我还是依旧上班的，是在蛮久以后，他又从香港过来，处理开北京分公司的事情。他想邀请我过去当他的助理。但是因为公司地址还没选好，干脆就让我辞职在家，先学习些相关的行业知识。

我去了他在北京的酒店公寓。他给我开了红酒，说起童年的过往，才知道我们是老乡。这样一来，微妙的感觉就更亲近了。他跟我说起现在的婚姻，太太是香港富人家出来的女子，现在服装公司的最大股东就是老婆的父亲，他的岳父。

生活看似很好，实际上是千疮百孔。

他说到动情处，掉了眼泪。我心软。

后来我们就在一起了。他两个月来北京一次，帮我租了现在的公寓。就这样，我成了别人口中的小三。

我不为自己辩解，我觉得我是爱他的。我也不打算破坏他的婚姻，我只是想让他的生活变得好一些，至少是在精神层面。

走 夜 路 的 人

我插了一句：那些衣服，包包，全是他给你买单的？

她摇头。

他负担我的房租跟基本生活开支。那些 Logo，有些是真的，是我用本该交房租的钱买来的，其他大部分是 A 货。他带我去酒会，发布会，度假村，全是光鲜的人影，我不能让自己这般土气，否则是丢了他的面子。

我不做声。她继续往下说。

就这么过了一年，直到前些日子，他告诉我，北京分公司不开了，以后也不会常来北京了。房租，生活费，他会照旧给我，可是就是不会过来看我了。

就是你说去度假村那几日？

嗯。

后来你说的去香港出差，就是去那边寻他？

嗯。

为什么要这样？你不是说不要结果吗？既然事已至此，也就可以告一段落了。

我做不到啊，莉莉。

这是一个漩涡，起初我小心翼翼地来，我以为自己保持理智，在日后便可全身而退。

可是我错了。我吃过旋转餐厅的牛排，我收到卡地亚的项链，我去过灯红酒绿的舞会，我身边全是那些夜里美得发亮的女人，我想要成为其中的一分子，我不要离开。

你可以说我虚荣，可是虚荣有错吗？偌大的京城里，我从到这里上学的那一天开始，就看到校园门口每天都是好车甚至是豪车。那些很美的人儿，手捧大束玫瑰，脚踩红底鞋，我在宿舍里用美加净的时候她们已经用全套的海蓝之谜了。她们背的包包，大大小小，全是我认不出的牌子。我辛苦一个月做兼职发传单挣来的钱，可能连人家裙子上那条拉链的钱都不够的。

我还是熬了四年，不像她们那般去校门口的酒吧陪酒。这一次遇上林先生，纯粹是巧合。再说了，就当是设计心机，我觉得至少我们之间还有感情的成分在其中，而不仅仅只是买卖关系。

说到这里，叶小姐不再抽泣。是一种出乎我想象中的平静，铿锵有力，以及毋庸置疑。

我不知道那是不是就是她本来的面目，还是在这个城市的这些年，人情冷暖，冰冷孤独，让她不知不觉中，变成了今天这样一个人。

我父母在我小学时候离婚了，我爸是个花心男，我妈默默忍受好些年。后来的日子，她也不打算再嫁，就这么守着我过。后来我去上学，她就一个人在家做饭，吃饭，发呆。生活没什么念想。我从来没见过她笑的样子。

初中后的日子，我也不曾笑过了。直到遇见林先生那一天之后。

他是我夜里的光。我不打算让他改变我的命运，可是我

走夜路的人

依赖他的呵护，以及关照。可是现在，他连我的命运也改变了，我回不去从前了，我再也没有办法回到某个写字楼的格子间里，兢兢业业当一个上班族了。

我不恨他，我也不恨生活。我只是觉得，再想要他久一点，仅此而已。

那一夜上来了五份芦笋。我没有吃牛排，把芦笋全部吃完后，我们就回家了。

几天后，我买了南下广州的火车票。

叶小姐并没有送我到火车站。早上起来的时候，家里就是空荡的，她出门去了。是故意的还是无意的，我已经不去追究了。桌子上放着现金，我数了数，正好是我之前补给房东的房租跟其他费用开支。

北京已经入秋了，马路边上全是落叶。我在候车室里，想到这两个月的生活片段，就像是闯入了另外一个不属于我的世界。那里绚烂到不真实，可是叶小姐每一次凌晨里归来的高跟鞋又在提醒我，那就是另一个真实的世界。

来到广州，我找工作进了一家广告公司。从基础的执行做起。脚踩平底鞋赶往在各个印刷厂的时候，穿梭在地铁跟公交的人潮中的时候，路过太古汇那些金光闪闪的橱窗的时候，偶尔会想起那张温柔而性感到有些妖艳的熟悉面孔。

我们已经是两条路上的人。或者说，我们一开始就是两类人。只是那一次的擦肩，我们的生命里碰撞了短暂的一些时光。

她的生活之于我而言，是一场梦。梦里我想起被房东讨债的敲门声，想起清晨里自己去菜市场的脚步声。一半是浮荡，一半是假相般踏实，全在那些日日夜夜向我冲击而来。

两年后的某一天，春节前夕，接到叶小姐半夜打来的电话。我不做任何寒暄，也不想问起她近日的生活。她开口向我要一万块钱，说是着急周转。我把自己的年终奖转给了她。

末了，我问一句：你还回去老家过年吗？

她迟疑了一会儿，回复道：还不知道。我已经很久没有见到我妈了。我想她，可是我不敢回去。

挂下电话。我给她发了信息。

第一，回去看看你妈，不管你过得好不好，她都会在意你。她的命里只有你一人了。

第二，这个钱，就当是你当初收留我的那些日子的报答。多谢你在我迷茫之时接纳过我，留我一处容身之地。以及，让我看清了自己属于的国度，该配上怎样的生活。

最后，我删了她的电话号码。

三年后，我升职成了市场总监助理，搬家到了一处公寓，养了一只猫。附近的商场新开了一家电影院，我常常去看夜场电影。

有天夜里看《七月与安生》。七月妈妈对七月说，女孩子过得折腾一点，不一定不幸福，就是太辛苦了。但其实，女孩子不管走哪条路，都是辛苦的。

触动一会儿，想起了那个远方的，模糊的名字。

或者说，我本就不记得叶小姐本来的名字。她是夜归人，夜里出没，夜里驰骋，红尘滚滚，也只是会在夜里哭泣的，那一小只金丝雀。

环境会让一个人变换成另外一副面孔，它跟随着你内在的呐喊，为你编织出一幅你想要寻谋的画面。至于那幅画面里有着怎样的代价，个中滋味，得是你自己才能体会到了。

搬家那一天，从前的客户有人送了一瓶红酒。我从前不碰这个，在工作中接待客户，也是礼貌拒绝。一开始被领导喊去问话，后来他也习惯了，我习惯用自己的专业说话。喝上一口酒，可以签下一单客人，那就让别人去做。我去做些幕后的，更加辛苦的工作部分就好。

那一夜，第一次学会用起瓶器开红酒瓶。先是醒酒，而后轻盈倒入勃良第高脚杯，轻摇片刻。闻着那一缕沁香，浅浅入口。抿上一阵，口腔间如同开满整个春天。

忽然想起很多年前，叶小姐带我到的那一家高档餐厅，说起她跟林先生的第一顿饭，就是在那里开启的。

那一夜他递给我的那一杯酒，让我觉得心里被重重地，撞了很多很多下。我能够确定，那真的是心动的声音。她说，我等这一天太久了。我以后是有酒喝的人了。

往后的日子里，我不知道还有没有其他的林先生陪她共饮一杯。

我能够确定的是，于我而言，自己开启的这一杯酒，尽管麻烦了些，琐碎了一些，辛苦了一些，甚至很是折腾。可是就着这些年的眼泪，一饮而尽，才算得上值得醉一场。

　　而不是醉过之后哭泣一场。

　　远方的叶小姐，愿你夜色温柔里，终有归宿。

礼物之踵

璃生从来没有想过，自己来到这个城市的第一天，就喜欢上了这南方温柔的风。高考填志愿那一年，父母很大度地由她自己做主，璃生想也没想，说我要去南方。

为什么呢？

因为我没有去过，没有去过的地方，都是好的，充满很多惊喜的。

璃生在心里默念了很多年的向往，这一刻终于得以在父母面前表达出来。

璃生填报的专业是室内设计。因为从小爱画画，加上妈妈的有心引导，她总是在画板上勾勒出天马行空的一切。甚至在她十岁那年，她就已经勾勒出来自己将来要住的大房子的模样：有落地窗，阳光可以照很长时间段的那种。还有木质地板上樱桃粉的地毯，这是她最爱的颜色。还有一件足够大的画室，让她不用顾忌颜料的挥洒，可以随意描绘。

除此之外，这所房子里就没有其他。在她那个年纪里，她觉得有这些就够了，这已经是圆满的人生了。

大学开学那一天，父母跟她从飞机下来，广州的天很蓝，是那种清透的蓝。九月的季节对于这个城市而言还是夏季，在去往校园的的士里，璃生一张脸贴着玻璃窗，看马路边上的高大清脆茂盛的阔叶树木。

此刻在她的家乡，早就是一片片落叶在秋风中唰啦啦地落下，在地上积攒起一层层金色沙滩。踩上去滋滋地响亮，像极了奶油蛋糕边上那一圈巧克力薄片吃进嘴里的清脆声。

璃生兴奋无比，可是父母两人却是微微皱着眉。生儿呀，这么远的地方，你一待就是四年，我们总不能一直来看你吧？还有啊，你看这热辣辣的天气，都什么时候了，还开着冷气，那得多难受。也不知道你能不能习惯，要是吃的不好，那得多遭罪啊。

璃生妈从未出过远门，当了快二十年的家庭主妇，她连自己那个家里的县城也就熟悉农贸市场外加商场的些许地方，世界对她而言就那么大，那里也很安全。她不曾想过后来有一天，会把自己的女儿送来这么遥远的地方，一想到当初让璃生自己挑选大学的城市，此刻倒是有些后悔了。

倒是璃生爸懂得体谅。女孩子家家也不能太软弱，有机会见见世面是好的。总不能像我们这一辈，想要有个出门的机会都没有吧。

他瞟了一眼璃生妈，她也就收回了小声的啜泣。

嗯，四年很快就过去了。到时候咱孩子就回来了。

璃生此刻坐在办公室的格子间里，对着电脑屏幕上的设计图发呆。这是她工作的第一年，在白云区租着一个小单间。每天朝九晚六，倒不怎么用加班，只是偶尔陪客户出去吃饭。

她把高跟鞋脱在电脑主机旁边，然后换上一双舒适的鞋子。可是这份舒适总是很短暂，因为领导总会隔三差五地把她叫进办公间，叮嘱她晚上接待客户的注意事项。她总得飞速换上那双高跟鞋，拿着笔记本，挺着身子微笑地走入那间可以望见二十七楼外面的世界的办公间。

每一次走进去，璃生都有一种像是回到自己十岁那年画的那个家的幻想。

璃生虽是北方女子，可是偏偏长得一副小巧玲珑的身子。都说好女不过百，璃生至今为止体重也未超过百斤。一米六五的她，配着这幅浓眉大眼高鼻梁的面相，外加天生的怎么吃也不长胖，在熙熙攘攘的上班族群中，根本就是美丽而出众的存在。

就这样，璃生一开始就在芸芸众生的拥挤毕业求职季中脱颖而出，来到这家大型国企上班。进入公司第一天，就开始有人打量着，议论着，靠近着，想要与她多一些接触。这其中当然是以男人为主。对女人而言，璃生就是一份让人心生嫉妒而又无可奈何的矛盾向往，以及嘴上不说出口的讨厌。

这种情况的改观，大概花了一年的时间。大伙儿发现这个姑娘并不如她美貌般心机重重，相反父母从小包容的养成，外加北方人的那股开朗，加上璃生几乎永远都只是埋头做图不问其他，开会的时候也是乖巧聆听，很少发言。

于是突然有一天，女生们也开始叫上璃生吃饭。

璃生自认自己的选择是对的。她是个小家庭养育出来的孩子，双鱼座的浪漫在骨子里蔓延着。没想过要很大很好很丰盛的生活，只要过好小日子便足以高兴。她无意职场晋升或者斗争，她只是顺其自然地来到了这里。

她本以为毕业那时工作很难找，等拿到毕业证就回老家。哪想得自己这么顺利，大四下学期刚开始，这一家公司就给她发来实习生的邀请邮件，一天八十块，外加项目提成，一个月下来也有三千。对于还未毕业的她而言，这是很好的一笔收入了。加上还可以住在学校，中午管饭，其他时间在学校食堂解决。这工资几乎是只进不出。

璃生在电话里告知父母的时候，电话那一头沉默了片刻。

他爸还没开始说话，在一旁的璃生妈激动的唠叨声就开始传来：你看你看，我就说了，一开始就不该送出去，现在女大不中留了吧。

她爸依旧是叮嘱了一句：什么都好，千万注意安全。社会不比学校，外面的人都复杂，凡事记得多留一个心眼。还有啊，别太出风头，专心工作就成。

这一头璃生默默点头。

就这样，璃生顺利开始实习，顺利通过试用期，转正，拿到人生里的第一张工牌。她再也不需要每天到了公司门口还得等着其他员工帮忙刷卡才能进去了。在某种程度上来说，她觉得自己貌似在这个城市有了一张正式的名片。没有人可以赶走她。

日子就这么不知不觉地过，半年，一年，一年半。每个月的工资刨去房租、水电、煤气、物业，外加买些普通的衣服和化妆品，璃生觉得也还算过得去。她总是发呆，因为小时候在家里画着画就陷入沉思，这种习惯一直延续至今。

璃生，老王喊你。

她从刚开学这一天父母陪同去学校的回忆里抽离了出来。有些许伤感，可是又说不上为什么。

老王是他的直系领导，大部分的时候上午都不在，只有下午的时候来。他的办公室里最醒目的，便是茶几上那一副齐全的茶具。

老王来到广州十多年，早就融入了这个城市里的习惯血液：爱吃早茶，没时间的时候一份肠粉或者河粉也能搞定。喜欢喝广式煲汤，而且得是那种偏门小店里经营了几代人的餐厅。跟客户吃饭就去海鲜馆，不吃饭就去茶庄，喝着茶就能高兴地把事情谈完。有时候也会带几盒菠萝包给办公室的同事当下午茶。

相比其他面无表情的领导而言，老王算是有人情味儿的。璃生很庆幸，自己一开始就被分配到了他的手下。换作是其他部分的领导，璃生这种只会埋头做图，不爱说话，不懂眼力劲儿的下属，早就被压制到边边角角的隔间里，做些不痛不痒的活了。

老王倒是欣赏璃生。

阅人无数的他知道怎样在这样的国企里进入游戏规则，可是就实际的工作而言还是需要有人踏踏实实完成的。一般都会交给刚进来的新员工，因为热情有干劲，也不嫌弃薪水太低，分配任务的时候也是放心。可是大部分新员工半年之后都开始油头起来，开始学习老员工的滑头，可是因为学不到位，总是拖泥带水到最后，哭闹着找借口说自己不是故意完不成工作的，只是这阵子生病了失恋了以及出现工作瓶颈了之类。

老王总是无奈，也就半年，皮毛都没学会，何来工作瓶颈一说。也是这样，于是璃生从始至终的那份踏实，外加按时完成工作并且细节都完善到位，倒是让老王时常回忆起自己刚进职场打拼的时候。他那时候也期望着，遇上一个好领导，可以不需要太周旋复杂的办公人际关系。他遇上过这样的人，所以他也会叮嘱自己，将来自己遇上一个好下属了也务必还上这份命运的人情。

老王说：晚上的客户是一家房地产公司的老板，老板的儿子刚接手工作，想了解一下这个项目的情况。外加其他五六个人，晚上在我们之前那家海鲜酒馆定了个包厢。你可以先把相关资料准备一下。

璃生陪老王到饭店的时候，客户还没有来。另外还有两个销售部的大区经理，杰哥跟川哥。他俩刚从北京出差回来，刚到酒店会面，就开始不停的脱衣服，嘴里念着，这也就一个中国，一冷一热真是比跑市场还难以适应啊。

璃生赶忙把准备好的材料拿出来，想要熟悉一下，以备不时之需。可是老王大手一挥，你别忙活了，就坐着吧。璃生踟蹰着，说了一句：王哥，要是我不需要工作的部分，我就先回家吧。

话还没说完，就红了大半张脸。老王顿时明白，然后大笑，你别害怕，这些人不会把你吃掉的。要是不会喝酒，就自己吃菜，不出声就好。就当改善伙食了。

璃生感激到只剩小米啄食般点头了。

客户那边来了四个人，人群中一看，就知道最年轻的那位，是大老板的公子。一身休闲装，低头刷着手机，还打了发蜡。脚上是最近很流行的一双限量版运动鞋，这一点璃生逛社交网络还是收获了些许的。

另外几人，都是一副西装革履模样，提着公文包，也是刚从公司下班的样子。相互做了介绍，大家就坐了下来。

老王是点菜高手，这饭馆的招牌菜一个都没落下。末了还问一句璃生：有什么特别想吃的吗？

璃生好不容易把自己隐形起来，突然被这一问惊着了，赶忙回应：不需要了，有什么我就吃什么吧。

老王继续盯着她。她于是小声嘀咕了一句：有虾就更好了。

哈哈……一众人都大笑了起来。

这是我手下的一个姑娘，刚从大学出来，是个老实小孩。说是嘴上不要，其实心里可清楚了。这里的虾是最新鲜的，我早就点了三份，够你吃了啊。

老王这一番像是跟她，又像是跟其他人说话的回应。璃生已经不知道如何回答了。

是杰哥帮她收了一句，我们喝酒，你的任务就是帮忙把菜扫光。

璃生机灵一句：这个可以有。

哈哈……大伙儿在杯盏中也开始热闹起来。

饭局散的时候，老王要送璃生回家，璃生立刻就拒绝了。她住在破旧的城中村里，不想让人知道，更不希望被熟人见到自己走入一排排密密麻麻的黑压压深处。她找了个借口，离开饭店，往前走了好长一段路。

璃生从小到大滴酒不沾，奈何走出社会的第一场正式的商务饭局上，即使老王护着，可还是被劝喝了两杯红酒。此刻已经晕头晃脑，有些认不清路了。

客户大老板的公子，那个叫做梁俊杰的男生，就是这个时候开车停在璃生身边的。璃生就这么上了车，但是为了安全起见，坐在了后座。

车里放着音乐，都是八零年代的粤语老歌。璃生从未听过，但觉得旋律很是好听。

梁俊杰问，晚上吃好了吗？璃生晃脑，然后点头。

他一笑，心里想着，这姑娘，幸亏是上了自己的车，酒力这么差，还这么实诚。

到了离家里还有一段距离的时候，璃生强撑着自己要清醒起来，然后说着，在这里可以停车了。璃生下车，没说别的，光是好几句谢谢，然后看着梁俊杰的车离去。她转身，走入高楼大厦背后那一片阴暗的民房里。

第二天上班，璃生座位上收到了一束花，不是玫瑰，是蔷薇。可却是一样艳红的色彩。

来不及消化，身边几个女同事全都涌过来。璃生啊璃生，你也神不知鬼不觉的，就交上了男朋友，这也太速度了吧。快跟我们说说，长什么样，有照片吗，拿出来我们帮你瞧一瞧。

是办公室的张小欧，拿起了花束旁边的卡片：工作辛苦，学会慢慢来。落款是，梁俊杰。

梁俊杰，咦，这个名字怎么那么熟悉？

张小欧忽然想起前几天帮忙打印的材料。这时候老王居然来办公室了，张小欧赶忙冲过去：我厉害的王总大人啊，你这最近对接的客户，来了个贵公子姓梁对不对？

老王皱眉：是啊，怎么了？

张小欧已经控制不住手舞足蹈了，你太奸诈了，居然使用美人计，而且还是小鲜女璃生去开辟战线，这血本也太大了吧！

老王看到了璃生办公桌上的花，顿时明白一二。他没回应什么，径直走入了自己的办公室。

倒是璃生，一副急得想要解释清楚，可又是无能为力的样子。如同升空里的气球，摇曳挣扎着，突然砰的一声，破了。璃生一屁股坐到座位上，半句不吭。一会儿人就散了。

璃生就这么跟梁俊杰谈起了恋爱。

其实不是从那一束花开始的，而是一个月之后，梁俊杰派来下属过来签合同，然后给老王打了个电话，说合作的事情跟璃生没有任何关系，希望不要多想这一层。以及为了避嫌，他安排了一个项目经理来对接，自己就不参与平时的具体事项了，这样不会给其他人造成误会。

电话这头，老王倒是想着，这一通电话下来，梁俊杰看起来不像是花花公子类型的。本还想着平日里给璃生提醒一句，不要入戏太深，或者干脆一开始就拒绝对方。可如今看来，算是个有教养的公子哥。

梁俊杰的时间比较自由，于是每天下午提前开车，到璃生公司楼下等着。晚上就带璃生去吃饭，煲仔饭，猪肚鸡，椰子鸡，烧烤，粉蒸肉，各类海鲜，还有砂锅粥，把自己从小到大爱去的广州老店，都一一带璃生走了一圈。

都说恋爱中的女人，气色是最美的。璃生不仅美了，还整整胖了十斤。好在她本身骨骼小，原来也瘦弱，整体看上去还是个美人。

上班不需要挤地铁或公交，璃生的鞋子也换上了高跟鞋，还有刚出来的 G 牌单肩包。再后来，璃生多了可以逛街的钱。后来才知道，梁俊杰帮他一口气交了半年的房租，这样子她的压力终于没有那么大了。

璃生是个乖乖女，很早的时候就跟父母汇报了自己的恋

走 夜 路 的 人

爱情况。

电话里被她爸问了很多细节，他家是做什么的，有几个兄弟姐妹，年纪多大，性格好不好。倒是她妈插了一句话，可是这南方人……唉，怎么说呢，就还是想你以后回来家里这边的。还没说完，就被她爸堵回去了，你吵吵啥啊，这事八字还没一撇呢，你个老娘们就是啰里八嗦的。

璃生一一答复，工作上转正了，薪水也加了些。男生很好，对自己很好。

璃生说起自己手里的香奈儿钱包。是有天夜里跟梁俊杰吃饭，她坚持要付账，哪想拿出钱包的时候，硬币散了一地。钱包已经发旧得掉线，外层皮的图案早就磨得发白。这是她大学里用了四年的钱包，也不是刻意，就是习惯了节俭。

晚饭过后，梁俊杰带着璃生去逛街。她知道有这么一个商场，可是来这个城市这么多年，都不曾去过。从前是穷学生，现在是穷白领，她找不到可以去这样地方的理由。哪怕是看看不买，可是内在那层忐忑也会让自己没有底气，所以也就罢了。

梁俊杰牵着她的手，她诚惶诚恐。门口的男迎宾鞠了个九十度的躬，接待他们的销售笑靥如花，柜台的那个人，双手戴着白手套，等着璃生挑选。

璃生就如同刘姥姥进了大观园，无处下手，根本不知道如何开口。是梁俊杰帮她挑选了这个山茶花系列。结账的时候，吓了她一跳，可只是在心里深吸几口大气，装作镇定模样离开。

我不明白，同样一个钱包，这个钱我都可以买一堆钱包了。璃生在车里小声念着。

梁俊杰微笑着，出到社会，总需要有一些装饰，不能再像学生了，得慢慢养一下自己的风格出来。用牌子货，就是第一步。

梁俊杰比璃生大五岁，从小看着父亲在生意场上跑，甚至都要比他的同龄人要成熟。璃生有时候也会有些疑惑，对于这个男生，她一面有着喜欢，可是另一面也有对长辈的那种迷恋。可是他并不老啊，只是对于自己这菜鸟的稚嫩，他算是自己的引路人了。

后来的日子，梁俊杰更新了璃生的鞋柜，以及衣柜。包包买的不多，也就两三个，可是每一个拿出来都抵得上璃生半年的工资了。

璃生很高兴，小时候妈妈教导过自己，一个男人要是爱一个女人，是舍得给她花钱的。璃生也就觉得理所当然了。

这些到手的礼物，璃生一个个小心翼翼地呵护着，有时候遇上梁俊杰没时间送自己上班，自己想着狠心一些，就打了个车去。

没有人相信拥挤在地铁上的她，身上那一个包是真的。她也舍不得被人蹭来蹭去，哪怕刮了一小划，修补起来也得好几百，她还是觉得有些吃力的。

这是璃生人生中最美好的两年，从前大学里的那个初恋男生，早就让自己忘记到很遥远的天边。是跟梁俊杰的恋爱，她才第一次感觉到，自己是被呵护，在意，宠爱的。

她突然明白了当年大学时候恋爱，他爸说的那一句，找个跟你同龄的男生，终究是太累。尽管自己足够努力，可是奈何女生永远比男生早熟，到最后毕业季，男生借口家里帮忙找了机关单位的工作，所以就要跟她分手了。

她至今也不明白，自己那时候也得到了现在这份工作，偏偏在初恋男友的嘴脸里，工作环境的不同，使得人都有了高低贵贱之分，以及此刻就决定，自己配不上他了。

也罢，都是过去的事了。

这两年的时间里，璃生听了无数粤语歌，也学会了些许基本的粤语皮毛对话。那些南方人从小到大看过的 TVB 电视剧，对听惯了东北二人转的璃生来说却是新鲜世界般的吸引。冬日里周末不爱出门，梁俊杰便跟她一起在家里看剧，吃瓜子，喝红豆糖水。甜到发腻的日子。

璃生提起过想要去男友家看看，顺便拜访一下他的父母。梁俊杰每一次都推脱，璃生一开始觉得，是时机还不够成熟。可是渐渐疑惑，但是拗不过男友，也就妥协了。

梁俊杰过来跟她说分手的晚上，璃生刚从展会上下班。她踩了一天的高跟鞋，腰酸背痛到无法形容。远远看到梁俊杰的车子，恨不得飞奔过去。

那一夜的晚饭吃得跟往常不大一样。璃生爱上了广式煲汤，还有那家港式茶餐厅的菠萝油。所以即使是晚餐，她也要点上一个。她把芝士抹在面包上，第一口给梁俊杰，他躲了过去。

是不是工作上有什么烦心事了？

梁俊杰不出声。

璃生再问：你不高兴可以直说，不要绕弯子。我性子很急，双鱼座火气起来也不小，你是知道的。要是觉得饭店吵杂，我们可以打包回家吃的。

不了。

不了？璃生疑惑。

我不去你家了，以后也不能去了。

为什么呀？

我爸妈给我搭了一门亲事，就是我爸生意上的一个大伯，他的女儿刚从新西兰留学回来。两家大人见面，说让我们相处一下。

多久的事了？

也没多久，只是当时还在跟她视频，现在她回国了，我不好再推脱了。我并不喜欢她，可是我爸是容不得质疑的，这些年我吃吃喝喝全是用的家里，他们也给我最大的自由，唯一的要求，就是结婚这件事情，必须听他们的。

璃生的脑袋瓜子，已经不是刚入职场那个单纯女孩了，她也有听身边同事说，本地人一般不会跟外人结婚，大部分生意家族都是联姻的。

可是她始终觉得，自己跟眼前这个男人，是彼此相爱的。她投入了全部的心思，所有的喜怒哀乐，都被他牵动着。她从未想过失去，以及没想过会是这种告别方式的讽刺。

她来不及开口，眼泪已经噼里啪啦掉在眼前的鱼片粥里。直性子如她，即使上班的时候学会了平稳自己的情绪，可是当下这一刻，如果不是在餐厅，是在大街上的话，她连嘶喊出来的冲动都有了。

梁俊杰说了一句：我送你回家吧。

璃生回复：不用了。我当年是怎么一个人回家的，现在照样也可以。

可是璃生错了，她当年一个人勇敢地走入那一栋阴暗的出租房，是因为一开始本就一无所有。而现在不一样了，她习惯了两年来以车代步，有人接送，风雨天也不担心自己的妆会花掉。

这两年，她在工作上自信了很多，最大的功臣便是那一件件价值不菲的衣物和包包。这些东西，在某种程度上来说，是为她构造了一份自己已经过上了好日子的幻想。

那时候梁俊杰想着要帮她换一套小区里的房子，璃生一开始也想过，可是押二付一的房租，一口气就要支付，这点钱自己是不好意思让他来掏的。如果换了房子，这样子每个月工资的三分之二都用来租房了。梁俊杰说是会帮自己付房租，可是一想到他的钱也是伸手向父母要的，公司里那个经理的岗位也是个挂名，名义上的工资就那么几千，她隐隐觉得不安。

这一刻，伤心崩溃中的璃生，突然多出了一丝清醒来。如果不是自己当初坚持，住进了高档公寓，这个月肯定交不上房租，直接就被赶出去了。

璃生不敢给父母打电话，只是向老王请了一天的假。她无法想象自己还要装作心情舒畅的样子去上班，她做不到。

第二天，璃生一个人去逛街，经过了太古汇，下意识走了进去。这些年，梁俊杰教会了她认清市面上各个大牌的Logo，以及大概的价位，还有背后的品牌故事。

她从当初一个土气十足的直发女孩，变成了如今一头大波浪卷发，红唇，脚踩高跟鞋，根据衣服来搭配今天要背的包包，以及在十几种粉底液跟护肤品中学会挑选自己合适那一类的成熟女孩了。

岁月的残酷，就是把一个女孩变得很美很成熟很抚媚的时候，也让她的欲望提到了高高在上的位置。

经过当年梁俊杰为自己买下的第一个香奈儿的那间门店的时候，门口的迎宾男生已经换了，可是依旧高大帅气。

透过璀璨迷离、灯光摇曳的落地窗，看到店铺里，那些上了年纪的女人，那些比自己年轻的女生。前者悠哉地挑选着不同的款式，从容到令人羡艳。后者脸上是掩饰不住的雀跃，有些紧张的跟着身边的那个男人——亦如自己当年的神情。

一想到自己从今再也没有了这些，璃生感受到的恐惧，是一种比失去梁俊杰这个人的感情，还要心疼万倍的事。

天啊，我怎么会变成这样一个人。我从不爱追求这些东西，是他一开始送了礼物给我，我就收下了。可是我从未想过，自己会被这些精美的包装盒所驾驭。我并不想成为一个虚荣的女人啊，这不是我想要的结果。

冷风中，璃生脱下自己脚上那一双 Jimmy Choo，直接蹲在地上抽泣了起来。

再见到璃生，已经是三年后。

失恋之后，她回到家乡休养了一阵，父母让她不要再去南方了。璃生一开始也同意，可是入夜的时候，突然想要吃一碗砂锅粥，走出家里的街道上，不到八点，整个城市是漆黑的。

第二天，璃生就买了回南方的机票。不久之后，跟老王申请，调去总部，其实就是这个城市的东边那个区。她只是想要认识的熟人少一些，越少越好。再后来，璃生便跳槽去了别处。

老王说，璃生走的时候，跟他吃了饭，唯独不想参加欢送会。老王跟璃生疏解，要自己努力，自力更生，在这个偌大的城市，生存不易。

"倘若一味从别人手里要，终究也是不属于你的。"

璃生知道老王的话里有话。她只是不愿意，再把这一年经历的失眠戳心之夜，再拿出来回放一遍。她总觉得，只要放在心里，不去提，就可以忘记它。

后来的日子，只是陆陆续续听说，璃生去了一家房地产公司，也是从销售助理开始，然后做到了区域经理。手下有了几个助手，也偶尔回来找老王吃饭，可是唯独不愿意再联系我们这些旧同事。

某个秋日的下午，璃生来了电话，时来，还在原来的公司吗？我过去找你喝茶。

我答应了。

咖啡馆里，还是原来那个璃生，只是眼神里多了些许疲惫。她给了我一个很大的拥抱，然后说，换作是以前，我肯定会哭出来，可是现在不会了，我还是要控制一下。

我有些半是玩笑的怨气，你可是整整消失了三年啊。朋友圈是空白的，什么也没有，搞不好人以为你都回老家嫁人生娃了。你说说，这些年，你都干嘛去了？

我啊，买包去了。

哈？

呐，她指了指旁边座位上的那只，某个 F 牌最近新出的一款手提包。

从香港拿回来的，过海关的时候，问我是不是新买的。我提前剪了标签，然后把自己的东西放了进去。我不出声，只是看着他们检查一番，然后添了一句，小心一点。

海关人员就把包给回了我。

我疑惑：你这几年，就是为了买一个包。这也太奇葩了吧？

璃生微笑：也不全是啦，只是调侃而已。这些年，一直努力挣钱，倒是真的。

从老家回来，重新开始挤地铁上班，一开始那几个月也是想哭。后来想着，我要定一个小目标，那就是可以不眨眼不心疼地打车出门。后来我就干脆做销售去了，一开始也很

　　　　　　　　　　走夜路的人

苦，可是想着提成那白花花的银子，夜里都兴奋了起来。

前年的年终奖，我喝完酒回家，把衣柜鞋柜清理了一轮。那些囤在角落里，用也不是，丢也舍不得的名牌，我一口气就提到楼下给守夜的大妈了。

大妈说：哟，你这货做得好真啊，是从哪一家拿的？

我于是发誓，要离开这个破烂的城中村。

去年的时候，我搬到了市中心的公寓，拿到提成之后，我就给自己买了这个，目前唯一持有的奢侈品。

从前觉得，如果不把全身收拾好看，都不敢出门。可是如今，哪怕是一身平底鞋休闲装，我出门也不会自卑。以前被惯坏的欲望，差点把我卡在了沉迷虚荣的挣扎线上。

我问了一句，那么接下来呢？还是买包么？

下一步，嗯，要组建我的设计公司了。这些年的辛苦跟积累，是该向前一大步了。

我看着眼前这个已经走了很多步的女生，感慨万千。这个城市里，很多这般的女孩，如璃生，如我，想要谋得一份安全，也想过依赖别人，可是终究难免经历失望。只是失望之后，有人站了起来，而有人就一直倒了下去，再也无法站立起来。

很高兴，曾经那些别人给过的精美礼物，就是她的阿喀琉斯之踵。她没有被那一箭射死以及摧毁，这是最好的岁月礼物。

璃生喝了一口花茶，说道：我自己存了些钱。这些年一边卖房子，一边顺便给人关于装修种种的建议，积累了好些客户。后来遇上一位客人本身就是设计师，他打算组建自己的工作室，希望邀请我加入成为合伙人。

眼看啊，这小时候的梦想，还是被我给实现了。那种一步一步来的踏实，真的会让自己夜里入睡得更加安心些。

工作室地址已经挑选好了，到时候开张了，记得过来哦。

我点头。

不要给我送那种很俗气的花篮，我想要小雏菊，野蔷薇，还有满天星。

我笑着，这个我知道啦！

起身跟她拥抱，告别，她想起了一句，记得向我跟老王问好。

嗯。

她又补充了一句，好像在自说自话：还记得之前有次下班，老王开车送我们回家吗？

我记得啊。

他唠叨了一句以后，不管去了哪里，记得《岁月神偷》里那一句吴君如的台词，做人，总要信。

"这个信，是信自己。"

她转身离开。

那天的阳光很美，如同她带着平和而稳重的笑靥如花。那是一种把自己精心浇灌过后的步步自信，得是我后来仰望的榜样力量吧。

一场安生

　　我是在一年前来到这家美容院的。

　　因为换了新工作，搬家来到这个小区。虽是换了一个环境，可是依旧是夜归人的生活。这是我在这个城市生活的第四年，薪水比从前多了好些，可是依旧存款不多。职场里从生涩到些许成熟，另一面却是带着些许因为周而复始而产生的疲惫感，终究不知自己的将来，要去向何处。

　　那天夜里，我在连续两周的加班过后，不知道为什么，突然想在到家的地铁提前一站下车。就是想纯粹地走走，不想立刻走进自己的那一套出租屋，害怕在厨房锅碗瓢盆中，立刻消化掉这些游离的情绪。

　　此刻，只是想要把这份不安停留在此刻，借此提醒自己，去思考些同往常不同的东西，不要一个立刻的自我回复，只要去想就好。

走到拐角处，发现一处做 SPA 的小店。小店开在一处花园小区旁边，看起来就是不便宜的地段，招待的都是小资跟富人阶级的。

从前我是不去这样的地方的，害怕会消费很多的钱，以及觉得自己无力承担这份奢侈。可是那一夜，我就这么走了进去。

我当然很局促，因为接待我的前台姑娘很是热情。我尽量稳住情绪，假装自己是经常来这种地方的样子，只是强调着，我刚搬来这附近，这次不办卡，等做完这一次，我再决定。

于是点了个全身按摩的套餐。本想着是来放松的，可是哪想到，从颈椎，到腰间，接着臀部，还有大腿跟脚底，都是差点要叫喊出来的那种疼。如同冬天里烤火，想要靠近一些，可是忽地被热过了头，本能地想要往后躲。

可是此刻的我，却是躺在这一张小床上，无处可躲。

我趴在床上，幸亏脸是朝向一个挖空的洞，得以让我在别人看不见的另一面空间里大口喘气。我使着吃奶的力，憋着不出声，奈何身体依旧不改挣扎。如同海鲜市场里的八抓鱼，被人抓出来放在砧板上，奋力而缓慢地蠕动自己身上的每一寸，哭喊着一场逃离。

给我做身体的是个汕头的女孩，皮肤白净，看上去二十出头。她一进来就介绍，我叫小妍，现在给您上钟，我们先做身体按摩，然后再给您香灸，有什么不清楚或者不舒服的，您可以随时出声。

小妍戴着口罩，在我的背上添了一些精油，然后继续根据穴位来按压。

我终于无法忍受，说了一句：那个，可不可以轻一些力道，我觉得很疼。

小妍赶忙道歉：啊，真对不住啊，我这就少些力气。

依旧是疼，我的身体间歇性地在抽动。

小妍于是停了下来，然后说：您这样的客人，如果平日里按摩的少，可能身体一开始不容易打开。我可以用最小的力道，可是也得告知您，不舒服是肯定的，如果只是在皮肤表层轻轻按压一下，那就达不到效果了。希望您理解，以及一开始忍耐一下。

我"嗯"了一声，表示体谅，以及理解。每一次来这种服务性质的店面，我总是尽可能点到为止地交际一场，不愿意多说。

我不知道自己是怎么度过那两个小时的，感觉像是睡了一觉，是很诡异的一觉。全身每一处都有被抚揉过，按压过，虐待过。这期间大声喊了三次，小声哼唧了不下十次，以及记不清多少次的憋气跟大口呼吸周而复始。

去前台结账的时候，站着一个女人，年纪应该过了五十，拎着一只限量版的竹节包，一身面料看起来就很贵的羊绒衫加过膝裙。

我心想着，这样的女人才是配得来这种地方的人。我下意识收了收自己身上这一个不足千元的单肩包，然后拿出现金，想要早点结账离开。

等待的时候，给我按摩的小妍走了过来，您看，要不要办张会员卡，这样平均下来每一次价格可以少一百多了。我有些迟疑，脑袋里飞速想着要怎么拒绝。

就在我暂时空白思绪的时候，有个人给我招了招手，姑娘，有没有多余的现金，我今天出门忘了带。

说话的，正是这个在结账的女人。

我脱口而出，可以网络支付的呀。现在都很流行这一个，比带现金方便多了呢。

可是我不会操作呢，能教我一下吗？

我拿过她的手机，跟前台要了二维码，然后问付款多少。

一万二。

我深吸一口气，心想着，这得是我半个年终奖了。

我帮忙操作完毕。她接过手机，说了一句，我没想起今天要续卡，真是谢谢你啊姑娘。

她温柔而带着些许慈祥的笑意，不知怎的，突然让我想起了家里的母亲。我于是问起一句，要不我现在把网络支付的几个方式，都给您演示一遍吧，这样以后您去哪里购物，即使不带现钱也没有影响的。

她感激地点了头。这时候小妍送来两杯红枣茶，张姐，这是您的，小来姐，这是您的。

走 夜 路 的 人

小妍够是灵气，我刚刚的买单收据里，她便记得我的名字了。

　　我跟张姐干脆坐在沙发上，然后给她操作了一遍电子付款方式。等到她自行上手的时候，来回试了几次，最后终于摸透。她就跟个上学拿到小红旗的姑娘一般，脸上升起一丝荡漾的雀跃。

　　张姐问我：出来工作多久了？

　　四年刚过。

　　真是年轻。其实上班族偶尔来调理一下身体是好的，尤其是女生，更要对自己的身体多些关爱，不要到年老了才去修修补补，跟我这般，那就不值当了。

　　嗯嗯。我顾着点头。

　　小妍走了过来，说起一句，这是我们第一次看见张姐这么热情。从前她每次过来，都是面无表情的，我们从来也不好开口打扰，哪知道，这一次听张姐帮我们说起促销的话术，倒真是比我们还专业了呢。

　　那一夜我还是办了会员卡，跟着张姐一起离开。马路边上停着一辆奔驰。远远看见一个男人从车里走出来，毕恭毕敬走到后车座边，把门打开。张姐坐了进去，然后向我招手告别。

　　这一刻我百分百得以确定，张姐是个有钱人，一个有司机跟班的真贵妇。

　　再一次遇上张姐，是在一个月之后。我不大舍得每周去一次美容院，所以找着借口说是平日里加班忙，一个月才可以调休个时间出来。

其实工作忙碌是真，可是也不至于连个周末时间都没有。我只是还没有到达可以无限次数去做 SPA 级别的财务自由，所以只能当成是买花一般，一个月给上自己一次关照，这是目前可以负担得来的了。

那一次我是提前预约过去的，房间里只剩了一间双人房。小妍说，这个时间段没有别的客人，你可以安静地一个人呆着。

当我脱了衣服换上浴巾的时候，突然小妍走进来，迟缓而紧张的问了一句，那个，时来姐，想问一下，你介意跟另一个客人分用这个房间吗？主要是今天的预约满了，这个客人是临时过来的……你看可不可以通融一下。

第一次跟小妍的接触，我把她对我毕恭毕敬的"您"尊称，掰成了"你"，终于听着顺口了一些。可即使这般，遇上这一次些许紧急事件，她还是有些慌张。

我有些迟疑。因为一向爱清净，更何况是跟陌生人几乎"赤裸相对"在一个空间，光是想象一下，就头皮发麻。我瞥了一眼门外的女人，突然觉得有些熟悉，果然，是张姐。

我突然一下子回复，嗯，没有关系的。麻烦先等我把衣服换完，然后再让她进来，可以吗？小妍小鸡啄米似的感激点头。

张姐进来的时候，看见是我，也有些诧异。她开口道：真是对不住呀，我是临时想要过来的，所以插了个档，希

　　　　　　　　　走 夜 路 的 人

望你别介意。本想着遇上不熟的人，还要多说几句歉意。可是见到是你，不知怎的，居然有了些许放松的感觉。

我心里也升起一股奇妙的暖流，为了安抚她的歉意，刻意多说了几句：没有关系，这房间本就是两个床位的，我也不好全占着。还有我也怕陌生人，看着是你，我也松了一口气呢。

张姐一边换着衣服，一边附和着我：谢谢你啊姑娘，真是善良。

张姐的身体并不白皙，但是有着超出这个年纪的紧致，看样子这些年持续投入护理皮肤还是有用的。她转了个身，肚子上那个蚯蚓般的纹路还是吓了我一跳。

她笑着答复：两个孩子都是剖腹产。当年条件不好，怀孕的时候没有护理好，以及手术后修复调理也不够，疤痕跟妊娠纹就一直留下了。年轻时候不注意，老了也只得接受了。

我问：那当时怎么就没有想到顾及这一点呢？

哪里顾及得上啊。那时候老公刚开始做生意，两人挤在一破旧的两居室，一个屋子用来睡觉，另一个屋子用来囤货。怀孕的时候也要帮忙卸货，就连第一个孩子出生的时候，老公在码头来不及赶到医院，我是自己提了一个预备衣物包过去的。

第一个女孩，我很是高兴，老公也喜欢，可是潮州人喜欢儿子，这是大家都知道的。婆婆知道了以后，本来打算帮忙来带孩子的，可一听说是个女孩，电话里说农忙季节，没有时间。

　　其实哪来的农忙季节呢，那是个大冬天，家里我一个人生活，做饭，煮鸡汤，月子就坐了过去。也不觉得苦，家里的男人在外辛苦跑生意，也不该多添烦恼，于是自己也就一一适应过来了。

　　后来是第二个孩子，终于是个儿子。老公的生意有了起色，搬到了工厂，养了二十多个工人。他每日早出晚归，知道得了个儿子的时候，还在流水线上打样板。他半是生气半是惊喜地怨着，怎么这一次也不提前告知我？

　　我回答：你把自己的事情做好，我把自己的事情做好，一家人这样相互理解跟独立，日子会好起来的。

　　这一次，家里婆婆要来照顾孙子。那时候我坐月子，跟老公说了一句，我自己可以应付过来，不想要妈过来的，不然我无法照顾，难免心生嫌隙。他同意了，可还是请了个保姆来，压力也可以释放了一些。

　　现在想来，我那个时候多独立啊，独立到后来说出去，都被人说是不值。

　　这一次我有些适应小妍的按摩力道了，终于也不再想要身躯扭动伴随着痛苦的叫喊。

　　听过张姐这一段，还是觉得疑惑：可是，我觉得很值的呀。您现在的生活，都是苦尽甘来了，这些外人不知道，可是您自己是过来人。现在可以享乐了，当然要对自己好了呢。

　　这一段说完，空气里间隔了很久。张姐终于答复，嗯，

　　　　　　　　　　　　　　走夜路的人

也是，本是该享乐的年纪了，也不该多想了呢。

我感觉这一句话中有话，可是依旧觉得，自己不该继续往下探究。除非张姐自己愿意说，否则我不该问起，这是基于陌生人之间交往的分寸礼节——尽管我觉得，自己跟眼前这个女人并不算是完全陌生。

人与人之间的气息，不一定决定于照面的次数，而是在于每一次照面里的厚度跟舒适感。张姐是冷漠的，可是并非是有钱人那种高高在上，而是一种温柔的得体。可是我偏偏喜欢这种有距离感的克制，不必跟着吵闹的人哈哈大笑或者手舞足蹈。

那一次的对话，就到这里结束了，张姐不再说她的过往话题，只是问起我的工作，家人，以及情感生活。我说起自己还是个大龄剩女，算不上焦急，但是也会受到身边其他人的压力。

张姐说了一句，人一开始都无法保障自己是可以选对人的，也不知道哪一条路是对的。只是要记得，得对自己好一些，不要甘愿付出一切，那样太不值得。

我本以为，张姐只是为了叮嘱我，不要一味地把自己的积蓄寄回去给老家的父母，而要给自己留一些用处。尽孝是好的，可是不要让自己过得太苦，到最后都不一定能被谅解。

那个时候的我，并不理解她所要表达的另外一番含义。

后来的半年，我几乎没遇上张姐。倒是这个过程里，跟小妍熟悉了起来。小妍到后来半是玩笑地开口：时来姐啊，你是我接待过的，身体最软的客人。就跟冰淇淋一样，别说捏一下了，就连轻轻一碰，都感觉要碎掉了。

第一次给你按摩的时候，我紧张死了，知道你疼，更知道你怕疼。可是我已经用了最小的力气了，特别害怕你生气。来我们这里的客人，大部分都是过来放松的，有时候带着很重的怨气过来。倒是你，哪怕是憋红了脸，居然也不拿我出气。

我回复着：我也是想要过来放松一场的，可是不好情绪的根源来自于自己，跟你无关，所以也不该找你出气呀。你看张姐那样的人，想必也是得体的，也不会说你们一句。

小妍答复：说到张姐，她在我们这里做身体有五年了。只是很奇怪，她有司机接送，穿着光鲜，可是看上去并不开心，总是心事重重的样子。我们本以为，有钱人应该很快乐啊，尤其是她说两个孩子都出国留学了，现在很是轻松，不应该有什么压力的。

因为已经知悉这世间冷暖自知的道理，所以我没有附和这一句。

小妍倒是继续说了下去。后来，是阿雅跟我们说起张姐的事情的。阿雅之前是张姐的御用按摩技师，帮她做了四年身体。后来阿雅要调到别的分店去了，临走前交接客户，其他人都一带而过，唯独专门叮嘱了无数次，要伺候好张姐。

张姐跟阿雅是同乡，所以熟悉了起来之后，就聊了很多。张姐一直在家里当家庭主妇，也支持老公的事业。后来把两个孩子抚养长大，老公也算是感激她，换了别墅，配了

走夜路的人

专车跟司机，家里现在有两个阿姨。

可是孩子出国以后，就剩她一人在家了。老公的生意越来越大，有时候去北方出差，半个月回来一次。张姐不爱麻将，不爱逛街，没啥爱好，家里看着电视，一个人这么过着。

其实也不算太差，毕竟这样的体面生活，也是需要接受男人在外奔波，自己忍耐寂寞的。只是前些年的时候，男人居然带回了一个女人，说是怀了孩子，要对人家负责。

张姐一开始也想不开，心想自己这些年的辛苦付出，竟然是这般结局。奈何找不到知己好友舒缓心情，于是经过我们店的时候，一口气办了两年的卡。

"大手笔一挥，眼睛眨也不眨，可是脸上并没有那种花钱的高兴劲儿。"

张姐告知阿雅说，家里男人不算丧尽天良，答应她，一辈子许她正房的名义，她在这个家的地位是无法撼动的。可是，也要接受那个陌生女人住在另一层，另外有阿姨照顾起居，不会影响她原来的生活。

可说不会影响，那怎么可能？两人上下楼总会碰面。那个小三，是个农村来的打工妹，在北京的茶馆当服务生。张姐的男人去那边谈生意，有天犯头疼病，是这个女人陪同去了医院。然后就是后面的故事了。

我的眼前好似浮现了一个生动的画面，一栋豪华别墅里，张姐在餐桌前，孤独地，面无表情的吃着晚饭。而楼上那一个女人，挺着个大肚子，小心翼翼的端着保姆送来的汤，想着自己前一夜还在北京的寒冬里走回自己破烂的出租屋，这一夜竟然来到了南方如此温暖宽敞的大房子，也算是命运的馈赠了，也该知足了。

小妍继续说着。

可是那个小三可并没有心满意足。孩子生出来，是个男孩。到了孩子两岁的时候，渐渐的，她开始变得理直气壮了起来。开始在大房子上上下下，跟张姐碰面一开始会打声招呼，后面干脆就视若无睹了。

她已经把自己当成这个家的女主人了，你说张姐能不恨吗？

我疑惑，为什么张姐不去斗争，甚至她的儿女都这般大了，也会站出来支持父母。再不行，张姐就算不屑去斗，选择离婚了，家产也能分得不少。为什么，偏偏就夹在这中间的缝隙呢？

小妍叹了口气。我们不敢吱声。阿雅临走前，千叮万嘱，让我们服侍张姐的时候不要多说话，以及她不定期突然来的时候，也要想办法接待。她一定是在家里怄气到没有办法，才选择过来的。

这一刻，我终于明白，张姐脸上那一份看起来平和的冷漠，并非是有钱人经历过大风大浪后的过尽千帆。她还没有放下，也不愿意放下，所以总有一种隐忍的神情，散发在她的磁场中，让我觉得她足够亲切，可是却不敢多靠近一点儿。

我也终于领悟，她曾经对我说起的那一句，对自己好一些，不要甘愿付出一切，那样太不值得。她心甘情愿这几十年，并没有得到一个好的下场，甚至要比很多普通人家的日子要过得揪心而怨愤。

我不知道她为何不愿意去做出抉择，或许是没有资本，或许是不够勇气，甚至是接受了这样一种女人的结局。毕竟在她的家乡里，外面彩旗飘飘，是大部分男人的常态——她甚至觉得自己都配不上喊冤叫屈，毕竟她的确享得了物质上这份无忧无虑。

在后来的日子，我偶尔几次碰上了张姐。她依旧向我微笑点头，然后换上一副阴郁的面具，划卡，离开。有时候司机来接的时候，也会问上一句，张姐今天要不要吃桃源路那家的烧鹅，我还是从前那样，开过去，给您打包一份回家？

张姐总是一句，怎么都好。

食之无味，或许就是这般体会吧。

我看着她离开的背影，很多次想要上前说一句，张姐我可以陪您吃个饭的，或者改天一起喝个下午茶，或者去做个指甲，都行。

可我终究没有动身，我不想让自己的冒昧变成一番不得体，于是只能安慰自己，我们彼此都是过客。是过客，那就点头之交足矣了。

再后来的半年，我不曾见过张姐。本来也觉得正常，人来人往，以及我是个上班族，空余时间只有周末或者下班后。可是张姐不一样，她是个自由的贵妇，任何一个时间段都可以过来按摩。躲开跟我们这一类的高峰期，也是清净的好选择。

是有一天，小妍突然提起一句，张姐的卡还有大半年，也不晓得怎么处理了呢。

我于是问：她不来了么？

小妍回复：现在是来不了了，以后也不知道了。

我疑惑。

她再答：张姐进了精神病院，已经蛮久了。

什么？我差点惊得从床上蹦起来。什么时候的事？

有天张姐做完按摩，跟司机说，想要自己散步回家，不需要坐车了。往日里她也很少一个人走路，加上神志恍惚，经过一个路口的时候，不知怎么的，突然就晕倒了。

醒来的时候，张姐的两个孩子也从国外回来了，老公也在身边。医生说，是脑充血，还不至于瘫痪，但是以后也要神智不清了。张姐经常半夜起身大叫，然后大哭，嘴里念叨着别人听不懂的话。

后来转到单人间病房，可是架不住张姐还是会趁着看护不注意，跑去走廊上大喊大叫，就连警报铃也会被震响。后来医生跟家人商议，决定送她到精神病院去观察一阵。可是你知道的，那种地方，进去了，什么时候能出来，就没有个尽头了。

我突然问起一句：你说，张姐是真的疯了，还是只是装

走 夜 路 的 人

疯卖傻而已？

小妍被我这一问，吓得力道都重了几分。

我突然发现，自己的脱口而出，竟然是在拷问我自己。

我只是想着，认识张姐这一年多的日子里，她几乎很少说话。听过她的故事，看样子这些年她在家也几乎都是沉默而过的。一个人活在这个世上，不出声，只是想事情，所有的怨念都沉闷在心里。这种无声，会摧毁一个人的。

你很难说，错误的那个人，是她的先生不够好，儿女不够关怀。而我却总觉得，一个人知道自己不快乐很重要，以及更重要的是，如果知道自己不快乐了，还要想办法不要让这份痛楚反噬自己。

张姐在这正常的人生里，并不幸福。或许在那个大门紧闭的精神病院里，她反而，或者，哪怕有一丁点，可以获得一场安生，那也是一份自我体谅了。

我不知道张姐此刻的生活，过得怎么样。我却是在她的故事里，一夜之间突然明白了一句，所有的不开心，都是要收费的。那些你无处安放的忧愁，不愿意和解的成熟，不愿意释放的忍耐，到最后，都会让你承受代价。

安生与否，不过一念之间。

路过人间

那是我经常会去的一家咖啡馆。因为偏僻，客人不多，以及其中一扇门对着一条青葱大树林立的街道，在南国的早春里，三角梅开得很美。偶尔些许寒风而过，枝头的花骨朵颤抖，会给人一种新生的悸动。

于我而言，喜欢花蕾的部分要远远大过于花朵绽放之后的部分。前一种是有所期盼的生动，带着清晨的露珠，夜幕后的宁静。白日里的车水马龙喧闹与我无关，只有我在自己的世界里含苞待放。

因为含苞，全是期盼。至少不需要那么快迎接花开即将败落的悲伤。我本就是个悲伤之人，就不能再雪上加霜了。

于是我就在那个咖啡馆里，看很多的花骨朵伫立，而后不去看花开花落。在那里，我写下了很多短篇故事的剧本。

那时候我在一家电视台工作，是一名节目包装策划。大部分时候不需要坐班，但是也要定期交出自己的工作成果。我的成果，有时候是广告招商方案，有时候是大领导的发言稿，有时候是台里团建活动的流程规划。剩下的，才是我的本职工作，写广告文案和短片剧本。

我很辛苦才得到这份工作，它承担着我在这个城市的房租、水电、吃饭、衣服、包包、护肤品、口红，以及尊严。我不想那么快失去它，至少目前不可以。

我就是在其中一个下午遇上他的。

他走进咖啡馆，看了菜单。问服务员，有什么是最贵的？

服务员很讶异，我也讶异。于是我抬起头，看到了他。

他穿一身西装，看上去是不菲的牌子。但是因为很久没有清洗或者熨烫，衣服是皱巴巴的。他的五官是好看的，甚至可以说得上是帅气。胡渣很多，得是好些日子没有打理了。什么都正常，除了颓废的眼神。

这是我的长项，人群里一个气息奇怪之人靠近我的气场，我会习惯性地不舒服，甚至是心理上的些许反胃。我停下了手里吃着意大利面的叉子，决定看着他。当然，这个看，是一种假装不是在看他的偷瞄而已。这也是我的本领之一。

他来回翻了很久的菜单。最后要了一份五成熟的牛排，外加一杯白葡萄酒。服务员转身离开，他在口袋里掏出了钱包，棕色掉皮褪色的钱夹。他一张一张地数着皱巴巴的钱，手指修长，可是好些伤口，像是长期泡在水里，然后皲裂般呈现着。偶尔轻抹一阵鼻头，时而用力吸气一阵，像极了电影了处于毒瘾中的人。

彬彬有礼之下的堕落，这是我脑海里想到的回响。这两种完全不同的特质，同时出现在一个人身上。我很好奇，甚至有些担忧。

牛排上来了，冒着滋滋的热气。他吞咽着口水，是那种很重很用力的吞咽。就好似很久没有吃过一顿好吃的感觉。可神奇的是，他一刀一丝地切着牛排，并没有要狼吞虎咽的意思。眼前这一盘如同等待了很久的美味，他想要一口占有。但是又好似最后的晚餐，不舍得立刻就走到尽头。

最后的晚餐。对对对，我终于想到这个词语。

他一定是经历了失恋，失业，或者其他的什么难题，需要离开这个城市了吧。所以在这里的最后一顿晚餐，必定想要留下一份好的胃口，并不想那么快就要结束的纠结。

是的，是纠结。作为一个编剧的本能，这短短不过三五分钟的时间里，我就给他强行脑补了这样一个故事。

再来是一个小时之后的事了。

这期间他吃吃停停，偶尔抿一口酒。没有拿起过手机，就好像那是他根本不需要的一样东西。进行到一半的时候，他脱了西装外套。天气不热，餐厅里的温度也很合适。他却是满头大汗。挽起袖子间，看到了手腕上那价值不菲的手表。

我把我这张桌子上的纸巾盒给他推了过去。

他有些吃惊，可是依旧不语，只是点头示意感谢。

我当然不需要任何答复。我依旧假装自己在认真喝着我的拿铁，也在认真敲打着自己的键盘。窗外来了一场绵密的雨，看起来没有打算要马上停的意味。

这个时段，吃正餐早了些，喝酒更是早了些吧。这是我心里的台词，当然不会明晃晃地说出口。

这是我在这家咖啡馆停留的第二个月，目前还没有厌倦。因为中午的意大利面，夜里的牛排，一份烤蔬菜，特地叮嘱多加黑橄榄，还有双份腌黄瓜，都是我之所以停留的理由。

从几个服务员之中，挑选了声音最温柔的那一个，而后跟他熟络，最后熟悉我的固定菜单跟口味，这是一件需要经营的事情。

这是摩羯座的特性之一，我喜欢长久的布局，让事情按照我的规划行进，当然也包括训练一个服务员，知悉我在某一部分口味上的喜好。这种熟悉会让我觉得安全，一种不是去吃饭，而是停留在这里吃饭的意味。

还是那位声音温柔的服务员，我现在已经知道他的名字叫做阿 Ben。他过来给我送上第二杯饮料，水果茶。不是常见的水果茶，而是把水果切成很小的丁块，像极了小时候父亲带我在小镇上夜市里吃水果冰沙上面铺开的那一层闪亮的水果颗粒。

茶里还加了三颗据说是老板自己腌制的酸梅。本来是一颗的量，可是因为我爱吃酸，于是每次都会私人订制多给一些。

啧啧，这就是刻意训练的意外收获。

水果茶上来的时候，就说明我在这里已经坐上三个小时了。按照往常的节奏，我本应该已经完成了今天的工作任务，然后喊阿 Ben 把菜单给我送过来，看看今夜这一餐要给自己点什么当做奖赏了。

可是今天很奇怪，很是诡异。我居然才把工作开了个头，然后就再也进行不下去了。

我当然知道，我有理由安慰自己。理由就是，我旁边的桌子来了一个奇怪的客人。他从下午就开始吃牛排，就开始喝酒。他不说话，不看微信，不打电话。他看上去很颓废，狼狈，可是吃相很是好看，缓慢，冷静，平和，带着一种克制。

我不喜欢这种冲突。因为不在我平日里见到的食客的范畴里。那些人总是大声说话，聊天，或者谈论工作，或者谈论家常。男人们会发牢骚说老婆已经很久没有跟自己同房了，还是办公室新来的女秘书令人心池荡漾。女人们会交换最新的办公室八卦资讯，外加新入手的口红款式。有人抱怨男友加班快要被弄成了性无能，有人抱怨老公发福的肚腩让自己根本就没有了夜里换上性感睡衣的欲望。

是抱怨，大的小的，琐碎的，具体的，生动的，日复一日的抱怨。这是我平日里身边那些食客的日常话题。即使有时候遇上一些人独自来吃饭，可是依旧手里离不开手机。也就意味着，他们精神上从来不是独身一人。或者主动自发，或者无法察觉到的，被绑架一场。

这是真实的人类，也是在这家餐厅，或者世界上任何一家餐厅上演的真实画面。

可是我身边这一位客人，从肉体到磁场，全是冷冰。不见一丝活力的死气沉沉。说不上是绝望。因为就我所理解的绝望，那必定还是有所抱怨的。会有一个出口，或者痛骂别人，或者痛骂自己，亦或者是痛骂命运的不公。

你总得有一样寄托，这是绝望的前提。因为有所寄托，绝望才有成立可言。

可是在我眼前的他，是一种被抛弃的可怜，肉体还有余温，可是气息一点点已经开始发臭，甚至是腐烂了。我不喜欢这种腐烂，它影响到了我创作的灵感，思索，逻辑，布局，以及心境的走向。

我讨厌这种超出我掌控之外的不舒适。这是我今天没有办法完成工作的理由。我都没有资格给自己今晚一顿大餐了。我恨这一点。

我决定只点一份烤蔬菜，外加今天的第三杯饮料，依旧是拿铁。

阿 Ben 过来收菜单，问了一句：今天来了一些新鲜的蘑菇，我让厨师帮你烤一份尝尝吧。

我点头。

拿铁还是原味的对吗？

走夜路的人

我还是点头。

阿 Ben 知道我今天不想多说话，于是很识趣就离开了。

转身时候，旁边的那位客人说了一句：可不可以也给我来一杯同样的拿铁？

他指了指我。

这时候我才敢看见他面前的餐盘。牛排吃完了，搭配的小菜还留着。葡萄酒还剩下杯底的一丁点，头顶的灯光照映下，折射出一环环光圈。才发现窗外的绵密小雨已经停了，也才发现天也逐渐黑了下来。

终于，夜色来临。这是我一天里最喜欢的时刻。

阿 Ben 端着两杯拿铁过来了。

其实我是有私心的。我甚至希望他快点结束这一餐，离开这里，然后把这一片地盘丢给我。独属于我，没有干扰。可是我知道我也没有这个权利。

我终于妥协。那就当今天没有完成工作任务，我明天补些回来就可以了。至于此刻，我依旧想要享受属于我的夜色时刻，这是不可以打扰的部分。

可是还是被打扰了。

他就那样移动了过来，坐在我这张桌子的对面。在阿 Ben 把他面前的餐盘收拾完毕之后。

我从不接受任何搭讪，除了在旅行路上，那个生活在别处的另一个我被解放了出来，我才愿意跟人说上几句客套话。比如天气很好，比如风景很美，比如我知道我很美以及谢谢了。还比如吃到了很好吃的食物。这些话题无关大雅，无关价值取向。所以是安全的。

可是此刻不一样，我存在于真实世界里。这个熟悉而又陌生的地方，我带着未来的工作，我的职业身份，以及相对比较真实的自己，坐在这里。并且我今天荒废了很多时光，我没有完成我的本分工作。我已经恼怒在前了。

我尽量克制自己的反感，在他开口以前，我开始收拾东西，准备离开。

我不生气的理由，在于我知道他是个过客。他明天，或者过一会儿就消失了。我明天还会来，这片属于我经营了两个多月的秘密花园，明天依旧会归于我。我暂且忍耐过这个午后直至夜里的不愉快。明天又是新的风景了。

这是我这些年一贯的自我纾解方式。

我很抱歉。他开始说话。

我真的要起身离开了。可是我发现我走不动。潜意识里，我不忍心丢弃他。我总是害怕辜负一个人，没有只字片语留下的那种辜负。尽管是他的不对，是他的唐突，是他入侵了我的地盘。

那……我的意思是，可不可以提一个冒昧的请求？

我依旧不语。

他继续说：我想把这块手表给你，然后你帮我支付我今天的饭钱，这样可不可以？

我有些吃惊，但是也不算震惊。

走 夜 路 的 人

我忍不住开口了：餐费我可以帮你支付，可是手表我不能要。

他着急了。我的意思是，他的脸上终于有了表情，而不是之前的心如死灰。

这块手表是真的……真的……上面有唯一的编码，你可以到官网上去查。

啧，反倒我成了冤枉他的那一个了。我心里一万个无奈。

还未等我答复，他又做了进一步的解释：我不是故意吃霸王餐的。我身上的钱足够支付牛排了，可是后面这一杯拿铁，我就没有多余的钱了。我是想着让你帮忙支付这一杯咖啡的钱，可是想来这样太轻浮了，有故意搭讪的嫌疑。所以就干脆提出让你帮忙支付这一整顿的饭钱，我把手表作为交换就好。

就当我是个无理取闹的人，你怎么想也没关系。但我唯一的物品只剩这一块手表了。按照这两个逻辑，比起你认为我是个轻浮之人，倒不如把我当做一个吃霸王餐贪便宜的骗子就好。

逻辑，他居然开始跟我讲逻辑。并且如此振振有词？

我不爱说话，可并非是不善辩解之人。这一下我的斗志倒是来了。

你说让我把你当做骗子，那你的意思是，你的手表是假的啰？

不不不，手表是真货，真是真货。我吃霸王餐也不是故意的。

不是故意，那是无意来吃的霸王餐？

他虽是急于解释，可是口齿依旧是清晰的：霸王餐不是无意的，也不是故意的。或者这么说吧，仅仅只是有意的。

我看了菜单，算好了我手里的钱足够支付这一份牛排，这一杯葡萄酒。然后我就一无所有了。我没有办法再支付这一杯拿铁的钱了。

等一下，什么叫做你就一无所有了？这个时代里，你可以用微信，用支付宝，再不行信用卡也可以支付的啊。

我的好奇心终于被勾引出来了。

我说的一无所有，是真的一无所有的那个一无所有了。

这一句，他说得掷地有声。我才发现他的眼睛很大很圆，虽然一张心如死灰的表情，可是依旧遮盖不了因为那黝黑瞳孔而呈现出来的深邃眼神。

年少的时候，得是个美男子吧。我在心里嘟囔了一句。

虽然在我眼前的他也不算老，跟我相差不过几岁的样子。三十出头，正是年轻有为的年纪。

他继续貌似自说自话的样子：我只是被勾起了自己当年工作的时候，楼下那一家星巴克里的时光，想要怀念一下。我一时冲动，点了这一杯我无法支付的拿铁。从这点上，我算是个贪小便宜的人。可是其他部分，牛排，酒，这些都不是。不可以一概而论的。

这一番解释完毕。我突然心里莫名高兴了一些。

之所以高兴，我想放到后面再说。

走夜路的人

我终于答复：咖啡也好，这一顿牛排也好，我都可以支付。我也不需要你归还。我也不问原因。手表不能要的原因，就是因为我知道它是真的，所以对你来说一定很重要。因为重要，我才不可以收。一顿饭钱，一块六位数价钱的手表。我的写作剧本里可以有这样离奇的故事桥段，可是我的真实身份里，这是不可以，我也不会允许它发生的。

你有在写剧本？

嗯。我点头，喝了一口我面前的这一杯拿铁。

你是个作家？

算半个吧。

那就好了。

什么好了？

接下来就好办了。

我依旧疑惑。

我并不打算开口下面的故事。我本打算带着它离开。可是你说你是个写故事的人，你也不需要我还这一顿饭钱。按照江湖规矩，那我就用我的故事作为报答，这样可否？

我终于知道之前我没有办法挪开脚步离去的理由了。

我在等这一刻。冥冥中的潜意识，向我耳语的那一句"留下来"，就是为了在前面这些铺垫之后，寻觅到他为我讲述了，关于他的这些过往。

这得是怎样的过往呢？我无法评价，只能暂且在此刻，把它写下来。

我是江南人。一九八二年的夏天，出生在一个普通家庭。那一夜下了很大的雨，根本没有祥云围绕或者流星坠落。我只不过是个凡人家的孩子罢了。

对于儿时，我是没有回忆的，偶尔会从我母亲嘴里得到些许片段。我很迟钝，甚至是痴呆。很多年才学会走路，说话也总是不清不楚。上小学报名，我永远把自己生日的七月八日说成是八月七日。

他们总是笑话我，对，就是那一帮跟我一起上学的小屁孩。现在想来，应该是他们嫉妒我。我看过自己小时候的照片，很是可爱乖巧，还有灵气。小时候的记忆里，所有人都说我长得好看，而且聪明。那个时候我已经告别的小学以前的迟钝，开始变得所谓的正常，甚至比其他小孩都要机灵。

有一次在田埂边上，有两个大人一边插秧一边指着我说，干大事的娃娃啊，长得都不一样，都是漂亮的苗儿来着。

小学时候，我的成绩出奇的好，记忆力惊人。一般上完课，我就可以立刻背诵出整篇文章。这个天赋一直延续到初中。我愈发顽皮，可是老师拿我没办法，因为我的成绩一直都很好。

第一名，就这样贯穿了我九年的读书生涯。

于是考上了当地最好的高中。因为远离家乡，我开始学坏了。逃课，打架，酗酒，抽烟。父母依旧爱我。母亲更是溺爱我，一条一条地买烟塞进我的背包。她以为我只是青春期叛逆，只要顺着我，过了这个阶段，后面就会好了。

成绩还是下降了。好在聪明还在，考上了北京的名校。

可并不是清华或者北大。

可我觉得自己就应该可以考上清华或者北大的。于是大学军训后不久，我就自己偷偷退学了。南下广州混了些日子。当然混得不好，春节哭闹着回家了。父母原谅了我。

我回去继续准备第二次高考，这一次考上了北大。可是我已经无法抑制心底的那股冲动劲，我没有办法平静下来。再一次退学。我妈接到学校的电话，当场就昏了过去。好在后来没事。可是从此之后，父母对我再也不抱任何希望了。

一年后，我有了个儿子。我给他取名追月。看着他跟我一模一样，既是激动，又是神奇。

老婆是我的初中同学。那时候很多女生喜欢我，她也是其中一个。我退学之后，她依旧愿意嫁给我。她是这些女生里爱我爱得最疯狂的那一个。丈母娘很势利，当然不怪她，是我自己一无所有。

反思了一段时间，还是觉得读书是我唯一的优点，或者说我的天赋就是考试。儿子周岁的时候，我再一次参加高考，这一次依旧超过了北大录取分数线。可是奈何命运捉弄，稀里糊涂到了上海的一所大学。

就这样，断断续续的十年光景里，我一直在高考，上学，退学，再高考，再上学，再退学，再再高考，再再上学，周而复始。第三次，我认真地尝试当一个像样的大学生。可是，依旧没有办法等到毕业。

这一次退学，我南下广东的某个市里，开始卖保险。我认真努力，不分昼夜，勤勤恳恳，风吹日晒，一直激情在线。半年之后，我就在销售部门里立足了。一年之后，拿到了第一桶金。买下了现在手上这块手表，外加一辆别克英朗。踏入社会第一年，开着新车驰骋在路上，那时候觉得自己是最有钱的人。

本性开始流露。我从不逃避这一点。我开始花天酒地。好几个女人因为我而回家跟老公离婚。当地大大小小的娱乐场所，都是我进进出出的身影。夜总会的妈咪就连过年都要请我去吃年夜饭。包厢里兄弟们只要报上我的名字，全部都被好生招待，各式条件都能一一满足。

没有我泡不到手的姑娘。

也有曾经真心待我的一两个女人，以及兄弟。其余大部分人都把我当成傻逼。背地里那些话，我全部都知道。我只是假装不知而已。

有一年春节回到老家，喝醉了酒开车。一觉醒来发现前面是一堵墙，怎么刹车都没有用。我觉得自己这次是真的死定了。脑海里闪现无数镜头。

神奇的是，我大难不死。我还绑着安全带，车子被卡在了半山上。不久之后警察就来了。

很多人安慰我，这一次过后，必有后福。我却连续做了很多日的噩梦。事后回想起来的幡然醒悟，才是最深的恐惧。花了些钱和关系，摆平了这件事。

这一次过后，我依旧没有悔改，反而变本加厉。我继续折腾，花天酒地，无心再去跑业务。再一次回归一无所有，钱没了，车子也卖了。那时候依旧不懂社会阴险，到头来被别人当作傻瓜一样玩弄。

我是在这个时候认识了我的前任女友。

我差点被喝下一口的拿铁呛到狼狈。喊阿 Ben 送来两杯水，外加给他续了一杯拿铁。

他摆摆手：帮我生了儿子的那个女人，只是我的老婆。她是心甘情愿向我扑过来的，我们没有谈过真正意义上的恋爱。她是我留在家乡的妻子，仅此而已。

我不作评论。

他喝了一口水问了一句：是不是觉得我很不要脸？

我答复：当然不。你的选择是你的权利，这与我无关。

好，那我就继续说了。

前任女友叫林小玉。用现在的流行语来说，就是肤白貌美大长腿。我已经忘了当初是怎么与她相识的了。或者说我的回忆里已经刻意把这部分信息压抑，以及消化走了。

那年她二十七岁，我三十二岁。她说她喜欢我好看，有才，因为一见钟情，她决定把自己的处女之身给我。

这是她的原话。她谈过恋爱，可是一直守身如玉，就是因为从前觉得遇不上真的想嫁的那个人。那一年的情人节，我飞去她的城市。她在酒店开好了房，等待着我。

我们认识的时间并不长，也有聊很多话题。只是我久经女色，起初并不在意这个姑娘。后来知道对方是处女，开始留心思了。只是当时的我已经野惯了，并不把她当恋人般对待。只觉得身材好，人美，也愿意投怀送抱，那就这样维持着吧。

不久之后，她对我失去希望，于是离开，去了北京。我同样走投无路，于是也去了北京。哪想着，她愿意陪伴我了。后来才知道，我遇上了一个完美的姑娘。

那时候没钱，租了地下室很小的房子。我重新做回了原来的保险行业。房间的床，其实就是一张木板。怎么睡都全身酸疼。那时候很苦，可却是人生里最开心的几个月。我们一起下班一起买菜做饭，什么样式的菜我做出来，她都一副崇拜至极的表情。她教我玩三国杀，边玩边骂的时候，我才惊讶地发现，这个温柔的姑娘居然也会说脏话。

保险行业不好做，遇上了很多阻碍。收入一直很吃力。我想要给林小玉最好的生活，这也是我第一次想要认真对待起来。

煎熬大半年，加入一家金融公司。从理财顾问开始做起，每天到处发传单。再是半年过后，我被提升为总经理。除了合伙人，我成了薪水最高的那一个。那些夜里做梦都在跟客户沟通的努力，这一次真的有所得了。

终于搬进了宽敞明亮的公寓。

林小玉还在我身边。

可是如今回想起来，是我太肤浅。我并不懂真的爱一个人。我一直活在自己的世界里。我以为是为了她而努力，其实本质上来自于我的虚荣心。我逐渐迷失了自己。

她曾经跟我说过一句：你可不可以慢一些，让你的灵魂跟上你的脚步。那时候觉得她胡言乱语说的是狗屁话。现在我全懂了。

我以为有了钱就可以解决所有的烦恼。我不再与她说话，更不要说沟通。她一次次在我枕边哭泣着入睡，有时候抱着我哭。我以为她是工作太辛苦了，就回复了一句：那你就不要上班了，反正我养得起你。

我不知道的是，这都不是她想要的。我只是给了我以为可以解决事情的方案。是我的自以为是，给了她最后的绝望。继而也毁了我自己。

我还是想要跟林小玉结婚。我决定结束前一段婚姻，给小玉一个名份。这是我唯一可以做的了。可是她说，不了，我不要了。

我已经不敢再去回想，自己是怎么亲手推开的她。也想过挽回，可是挽回的方式却是疯狂而幼稚的。我无心事业，再度一无所有。甚至因为这样，所有的朋友，家人，全部都被我的过分执着而失去。

这个时候的林小玉，已经不是我当年认识的单纯姑娘了。温柔如水不再，眼神里全是凌厉，失望。甚至对我开口辱骂。她没有错，是我亲手把她养育成了这样。或者叫做折磨。

一切终于告一段落。

五个月前，我休息完毕。从北京南下广州，找回了从前的人脉关系，得到了一份投资公司的高层管理工作。因为身无分文，于是开口向父母要了一个月的生活费。

生活本该好起来了。可是奈何我走不出来林小玉的影子。日日夜夜都在想她，想念她的好。我再一次选择放纵，去了KTV唱歌一个人痛哭流涕，去酒吧夜夜买醉。夜里出来在大街上呕吐，我拨了她的电话号码。她不接，我就一直打，打到凌晨。直到再也打不通。

上班没有办法集中精神。好几次想过飞去北京看她，每一次出差到了她公司楼下，却终究不敢再上前一步。

从前的老板找到我，决定给我投资开公司。差不多敲定种种之后，我不知道断了哪根筋，决定再去一次北京。如果小玉这次愿意见我，我可以放弃所有的一切。

这一切，彻彻底底的断了我所有的绝路。

小玉没有见到。前老板知道实情之后，决定结束合作关系。

妻子决定跟我离婚。我同意了。

我无路可走。

两个月前，我去到一家潮州牛肉火锅店当传菜员。不可思议吧，这大起大落的人生，我自己也无法想象。因为多年没运动，每天腰酸背痛。因为要面子，好几次跟厨师差点打了起来。

一分钱没拿到，我被开除了。

换了另一家饭馆，茶餐厅。还是传菜员。就在前几日，店长找到我，说了一句，你可以回宿舍收拾东西走人了。

我不明白。这一次我辛苦工作，不多说半句。店长说，于别人而言，这是一份很需要的工作。你不一样，你只是暂时用来过渡人生的。你也没必要留在这里了。

拿到了七百块钱。再一次被离开。

人生再一次崩溃。

然后呢？我开口问。以及顺便帮他再叫一杯咖啡。

他摆了摆手，不了，喝水就可以了。

然后就没有然后了。我现在住在一个五十块一夜的小旅馆里。昨天夜里去超市买了一瓶酒，一包烟，一把小刀。去小店要买农药，可是人家看我两眼发直，死都不卖给我。

给母亲打电话，被她骂了几句，就挂了我电话。给最亲近的大姨打电话，她叹了气，也不说什么。给曾经最好的兄弟打电话，他说要买菜赶回家不然就被老婆骂了。

突然想听一听儿子的声音。打电话给前妻，她一接电话就挂掉了。

还是想起了林小玉，想跟她说上些话。

早上醒来的时候，发现手腕剧烈地疼痛。应该是昨天夜里喝多了，醉意释然，我的力气不足。并没有流多少血。

嗯，就这样了。

就这样了？

我疑惑：那你此刻是清醒的，所以决定来犒赏自己这一顿大餐？

不是，是我知道怎么死了。今夜我不可以喝酒，要清醒地把自己的手腕割下去。

我一惊。这是我预设在心里的答案。可是看到他左手上包扎着的纱布的时候，我还是真的害怕了起来。我在跟一个将要赴死的人，一个男人，说上他命运里最后的一段谈话。

我在电影了见过这样的情节，我的剧本里也写过这样的故事。可是现实世界里，我不曾经历过这样的种种。我想要逃，一种"本就与我无关"的本能地逃走。

可是我不可以。我知道。

你希望我说些什么？或者我可以说些什么呢？我小心翼翼地开口。

我害怕我后面没有机会讲述了，所以此刻我必须先把我之前为何高兴的理由说出来——一开始他心如死灰，我以为他只是遇上了一些难题而已。可是不曾想过这么跌宕起伏。

我只是觉得，我的不解激起了他解释的动力，他开始有了力气。有力气是好的，因为他从绝望的脸色变成了有所焦虑。只要人类有所情绪，就必定有所牵挂，那就必定还眷恋尘世一场。这是我的高兴原因所在。带着一丝我自以为是的窃喜，以及成就感。

但是这个人的前半生听下来，我只觉得胸口堵的发慌。千万层棉花，塞满了我的每一个细胞。我甚至还不知道眼前这个男人的名字，甚至不知道这段故事的真假成分。

可我还是信了，因为我能真实地感受到那种疼。不是来自于对他的可怜，而是在于复杂。无关对错，仅仅只是选择，以及对应的代价。

我叫柳响，柳絮的柳，回响的响。他开口了。

我再问：你是如何走到这一步的，你自己有想过吗？

他疑惑。

我的意思是，你有没有过真正的反省？

我有想过，是我自己不够好。

不不不……我说的是，那种清醒地面对自己拷问的那种反省。而不仅仅是情绪上的，是我不对。不对在哪里呢？你有想过吗？

他有些发愣，为我这突如其来的盘问。

我本是个不爱管事的人，何况这是一个陌生人。这些年的经历告诉我，一个人的生死自有他的道途，我无须努力。这世界上每天那么多人想着寻死，大部分人是敢想不敢做。剩下的一半，是做了没成功，如同我眼前的这个男人。可是一般到了这个地步，清醒过来都会后怕。

可他却不是，他依旧决定再次，尝试去死。

我终于明白了，为何即使走到这个地步，他都不愿意把那一枚价值不菲的手表用来换钱，过渡这段艰难的日子——如果一个人真的想要丢弃自己，一定是因为他想要丢弃自己——那块手表不仅仅是尊严跟荣誉，他大可以再开口问任何一个人借钱——他的不愿意，才是他想要离开人世的理由。

我觉得我救不了他了。我只是决定，把我想要说的话说完。那些其他人的生死哀愁与我无关，可是这个人来到了我的面前，我躲不开。我要把话说完，才可以心安。

你是个有天赋的人，无论是学生时代，还是职场时代。这是你的幸运。可是不幸的是在于，偏偏走上了另一个极端——你没有一把刻度尺作为自己能力的衡量。

我不劝说你天外有天，而是在于，要去正视这份天赋的恩赐，甚至带着敬畏，让自己的生活变得更好，顺便造福家人，以及更多人。这是天赋所得的意义。

你已经走到这条河的中间了。此岸是不自知此生为何而来，彼岸是看透之后的淡然。唯有这河流中人，已经知道想要何种人生，却是因为无法驾驭自我——执念不放，无法前行，可是却又无路可退。于是沉入河底，了然此生。

对一个人的爱，你把它变成了一种自我占有而已。对你的事业，一次次用天赋尝到甜头，最后却败给你自己的冲动，情绪，摇摆，以及任凭堕落。

这是我的解读。仅此而已。

他许久不说话。

我支付了所有的钱，起身离开。他与我一同行走。大雨过后的地上都是落叶，说不上飘零，只是有些惆怅。我们再也没有说过话。十字路口经过红绿灯，我跟他道别。

我很快就忘了这件事情。从那以后，我再也没有再去过那一家餐厅。偶尔怀念阿Ben温柔的声音，以及体贴的服务。

偶尔想起那个叫做柳响的男人。柳响——唯有留下来，才能响彻人生。我不知道他的父母在为他取名之时，是否想过这背后的含义。

成年人的世界里，不再对生离死别惊恐。何况只是一个陌生人。

我收拾行囊，去了普吉岛旅行。住的民宿前面是一片未开发的海滩。海浪很美，很多人在其中冲浪。管理民宿的大姐是当地人，她叮嘱我，不要去冲浪。每个月都有很多人死在那里。

我惊讶：既然这样，为何后面的人还要这么不顾一切？

大姐摆摆手，无奈地摇摇头。而后她突然补充了一句：其实很多人都高估了自己的能力，包括误以为的天赋。

"海浪是无情的，它只是在吞噬一个个冲动之人过后，恢复一场貌似宽容的美妙。"

我的脑海里，想起了那个停留在河流中间的人。

这样的人，并不打算在世俗隐忍之中接受宿命。如果不敬畏死亡，又何来一场活着的勇气呢？我不知道。或许一开始，他就不是为了到达终点而来这世上。

他只是为了路过人间而已。

半个月之后，我收到了一条信息。是柳响。

嗯，他还在。

他去了从前那家咖餐厅，问阿 Ben 要了我的电话。

我不值得任何人对我的好，包括你在内。可是多谢你后来那番话，因为不曾有人对我说过那样的话。我本来就清空了一切，可是你给我提出了新的难题，我还没有找到答案。

那天夜里回去，在旅馆坐到天亮。我以为自己肯定要死定了。可是我转念一想，有时候不得不继续，也是生活本身吧。这或许就是你说的，我在河流中间，我回不了头了，但是我还是想看看，彼岸到底有些什么。

千言万语，总之多谢了。

——柳响敬上

我删了短信。我回到了那家餐厅。他们跟我说，阿 Ben 存够了钱，去澳洲打工的签证申请下来后，已经过去那边有些时日了。

真好。

这世界，人们走走停停。

这凡尘里，好些人连从头来过的资格也没有。我们在年少的时候也曾失意过。在失去过往的梦想跟热血，却又永远无法抵达远方的时候，又该如何面对？

我的答案是，那就暂时停留，让一切未完待续。

未完待续的人生，才是真正的路过人间。以及，我叮嘱自己，此生来世一趟，哪怕只是路过人间，我也要看一场明天的日出。

明日朝阳，便是未完待续的开启。

命里有时

我见他的第一次，是大学里记者团的老师引荐的。他是比我高了十五届的师兄。应该是这个数字吧，这个不重要。重要的是，他那日跟我说，你出来，我们喝个茶。

师兄叫柳识阳。起码我知道他的时候，他是这个名字了。

识阳师兄是个大人物。起码在我们的校友群里是。他手下很多家公司，涉及房地产、设计、金融、科技，以及文化行业。每一年校庆，他给母校的捐款数目都是个人额度最大的。只是他从不到场，默默捐了钱，默默成为这个学校，以及我们新闻学院的知名校友传说。

毕业那一年，我到北京入职，开始北漂。这是一个陌生的城市，于我而言，食物，口音，气候，城市节奏，全是陌生的呈现。

我是个闷瓜学生，大学里没有一样出彩。唯独是幸运儿的部分，是得以遵从自己的意愿，当初高考志愿填写了新闻系，而后考入了新闻系，以及在这些年里写了人模人样的一摞摞新闻稿。

记者团的章老师就是这么认识我的。她总是打趣我，你是个矛盾的孩子。想要挖掘别人的故事，成为记者。可是你又不爱与人说话，总是一个人默默地写。得是痛苦的抉择啊。

我答复：寻常的日子里我是个闷瓜，可是遇上想要采访的人，我会呈现另一副面貌的。工作角色跟生活角色不冲突。这点您放心。

她总是关照我，总是害怕我见多了别人的故事，然后厌恶人生。甚至在我毕业那一年，她把我喊到办公室：要不，你就不去当记者了。女孩子本就辛苦，再干这一份常年往外奔跑的行业，精神跟肉体上的双重承受，怕你吃不消。

那时候年少不懂事，我不理解。但是也不觉得应当反驳。

好在被眷顾，我拿着过往的新闻采访稿经历，得到了北京一家报社的工作。我就这样成为了北漂一族。以及在这个城市生活了第三个月的午后，接到了识阳师兄的电话。

我很讶异，他是一个大人物。大人物是繁忙的，以及是有助手的。可是他亲自打了电话来，然后来到了我上班写字楼下的咖啡馆。

他很高，据说从前是校篮球队的。尽管年近四十，可是身型保持得很好。突然想起同事里平日说起的那个笑话，想要在大街上看到一个不秃头不大肚子的中年男人，应该很难得了。我觉得，识阳师兄就得是这样的难得之人了吧。

更难得的是，他的百忙之中，给了我这个陌生的学妹，一次见面的时间。

我诚惶诚恐，带着很多紧张，以及疑问。

那几天我接了一个关于慈善基金的采访，在做好些调研工作。我从前不知道这个过程会这么为难，没有人愿意直接提供给你所要的资料，或者推三阻四，或者直接拒绝。

有天还遇上了一位老同事，开口就是：嘿呦喂，我的小姑娘，为什么要接这个烫手的山芋？你的世界观会被摧毁的。

我疑惑，暂时还找不到答案。

刚落座，他就发问：我可以抽烟吗？

嗯……啊……我还在云里雾里，想着怎么开场白。

记者团里出来还做记者的已经不多了吧？

嗯，没有多少。大部分人考了公务员，剩下的有些回了老家，还有一些也改做其他行业了。

嗯，这是常态。那你呢？为什么还干这一行？

我？我不知道，或许是我也干不了其他的了吧。

我依旧腼腆着，想要让自己紧张的状态恢复平静。

章老师还好吗？她给我电话，说让我关照一下你。我也奇怪了，毕业这么多年，她倒是第一次叮嘱我要去关照一个小师妹。

她很好，身体还不错，估计明年就退休了。据说学校会继续反聘她回去工作，但是她说想要出去走走，看看大好河山，不然以后身体不行就没有机会了。

你呢？北京还习惯吗？工作还习惯吗？

嗯，都还挺好。我暂时不敢说起采访困难的事情。

于是那一杯咖啡的时间里，几乎全是他开口，我作回答。

我至今都不记得那个下午自己说了些什么，紧张导致的手足无措，外加羞愧，我刻意让自己在脑海中删除了这部分的回忆。

至于羞愧，很重要的部分是，我一个当记者的角色，在那一场对话里，没有问出一个问题，全是被提问的那个人。我对不起自己在大学里的努力，更何况是在一个同为新闻系记者出身的前辈前面，我恨不得钻到火星的地缝里去。

再一次跟识阳师兄对接上，是关于一个采访主题。那段时间政府倡导大众创业，北京一夜之间冒出了很多创业孵化园，每天的新闻里是层出不穷的创业新贵，还有融资数额创新高的报道。

我想去采访一些创业项目的负责人，奈何我只是一名小记者，没有名气，没有人脉。即使依托我所在的这一家媒体的名气，可是依旧坎坷不断。

我压力很大，如果试用期没有写出有价值的新闻报道，那么可以转正的机会就很渺茫。在这一家高材生聚集的媒体，在这个强者胜出不进则退的北京城里，夜里时常梦见第二天自己失去了工作，流浪街头。

恐惧之后，强撑着勇气，试图给识阳师兄打了电话。告知我想要采访的创业公司的负责人，以及大概的采访主题。

他在出差途中，给了一句话：嗯，过几天我给你答复。

果然，几天之后，他打来电话，你要拜访的那些人，我全部都打了招呼，直接跟对方约好时间就可以了。

我感激万分，连说了一连串的谢谢。

挂电话的前一刻，他叮嘱一句，多搜集一些材料，把功课做得扎实一些，不要给师兄丢面子。

嗯，啊，我记着了。

还有，也不需要刻意提及你自己参不透的话题，你不是创业者的身份，你不可能感同身受理解他们。你只需要站在局外人的身份，把该得到的信息挖掘出来，这样就够了。

我再一次嗯啊。

他挂了电话。

那一次采访很顺利。见了十个风头正盛，很多媒体想要排队都轮不上问一句话的创业红人。一个月下来，我整理了几十个小时的录音，外加资料整合，终于把这个系列的报道整合了出来。

因为那一次报道，我拿到了当月的优秀员工。再后来，我顺利转正，顺便还把薪水数额往上谈了一些。我从跟别人合租的昏暗水泥房，搬到了一处离上班地点地铁口很近的公寓。依旧还是跟别人合租，但是好在房间是隔音的。重要的是，宽敞明亮。楼下有保安值班，隔壁就是便利店。

我在这个城市，终于有了一席之地。这一席之地，最大的贵人，是识阳师兄。

我给他发了信息，为了表示感谢，想要请他吃饭。

可我是个刚工作的菜鸟，我不知道自己的薪水够不够资格请你吃好。再是不行的话，那就我请客，你来买单吧。我在短信里这么打趣说道。

经过这一次的求助之后，我在他面前也没有第一次那么拘谨了。当然一样是敬仰，但是至少可以神志清醒地表达我自己了。

半个月之后，识阳师兄打来电话：我刚出差回来，我们碰个面吧。

你是南方人吧，那就挑一家粤菜馆子。虽然比不上你家乡的正宗，但是好歹也可以慰藉一下乡愁了。他顺道把餐厅的地址链接发给了我。

是个敏感的男人来着。

我这般恋家的人，从南到北，跨越河山，也不过是为了体验一下在外打拼的滋味。奈何这大半年下来，全是受挫，以及迷茫。一个遇上难题的姑娘，当下的条件反射就是想家，想要逃回家。

可是夜里扛着沉甸甸的电脑包走到公寓楼下的时候，还是会恢复平静——这疲惫的一日辛劳，我先睡了这一夜，明日自有明日需要操心的事情。于是就这么日复一日，这些日子也就过来了。

哪知道经识阳师兄这么一提，压抑在心里的那个想家愁绪，一下子就喷泉一样咕嘟咕嘟往外冒了出来，怎么也堵不上。罢了，还是去承受吧。至少先吃过这一夜的家乡菜，或许明日就有新的工作进步了呢。

我比约定时间早到了半个小时。提前把碗筷清洗了一遍。看了一轮菜单，全是我想吃的菜。我放下菜单，决定等他来了再下单。

识阳师兄提着箱子，风尘仆仆。

我刚下的飞机，幸好没有堵车。他把黑色大衣脱了下来。

入冬的北京是我很喜欢的季节，屋里有家乡没有过的暖气，舒适，温和，一股股暖意。偶尔遇上一场飘雪，哪怕在外头被冻得颤抖，心里依旧是开心的。这得是南方孩子最欣喜的礼物了吧。

他点了虫草乌鸡汤、烧乳鸽、蒸扇贝，外加一碗豆腐酿。他问我要什么。我说：我可以随意点嘛？他难得露出比微笑更大幅度一些的笑意：当然。

我要了瑶柱白粥、菠萝油、干炒牛河，外加白灼的西兰花跟芥蓝。

果真会吃。他开口。

我腼腆着笑意：主要是平日里出去采访，吃饭都是随意将就的，很久没有这么正儿八经吃过一顿饭了。何况还是我喜欢的菜式，当然要关照一下我的胃口才是。

最近在采访什么主题？

我决定把关于慈善基金的采访事宜告知他。这个主题已经拖了很久，可是奈何没有人愿意接手，老记者们就丢给了我，说全当是练手了。可是至今为止，搜集到的资料全是皮毛，没有进展。我太受挫了。

识阳师兄开口问：如果我告知你，可以的话，那就放弃这个选题的采访，你愿不愿意接受？

为什么？我疑惑。

这只是我的建议。当然你也可以坚持你的原则就是了。

不不不，这不是原则问题。我有些着急。我的意思是，既然其他记者都不愿意参与的主题，那么我不正好有更多的机会可以表现，甚至得到很有价值的报道收获吗？

他摇头。你刚入行，道行还是太浅。你想啊，连老记者都不愿意触碰的话题，那得是个多大的麻烦。你愿意初生牛犊不怕虎没有关系，可是也要量力而行。

他突然就严肃了起来，我有些害怕。

他继续说。

新闻记者这门行业，不仅仅需要职业素养的支撑，还需要很高的理想主义才能坚持下去。尤其是在我们这样的社会环境里，很多你看不到的那一面，很多关于真相背后的部分，在你可以把它们呈现出来以前，你很有可能已经被其摧毁了。

这一番话下来，我似乎懂了一些，可是又不完全懂。

总之你要记着，在你觉得无法往前的时候，千万不要飞蛾扑火。最重要的是自己的周全。留得青山在，一切都是有后来的。

我懵懂地点头。

服务员陆续把菜送了上来。

开吃吧。他给我盛了粥。

那一顿饭，后来我们再也没有聊起关于我工作上的事。他只是给我推荐了北京一些好玩的去处，还有关于四季更替变化的注意事项。

大部分时候我在讲述自己的大学生活，他也会说起自己在学校篮球队的些许往事。这个大了我十五岁的男人，所有的讲述都是平和，以及温柔的。慢条厮礼到没有起伏的情绪，只是在进行讲述这件事情本身而已。

晚饭过后，识阳师兄说开车送我回家。我下意识就拒绝了。时间还早，地铁很是方便。我跟他告别，带着一肚子的心满意足回到了家。

他是另一个世界里的人，与我无关。我不可以贪图这点便利，尤其在我的北漂生活才刚开始的时候。他是可以学习取经的人，可是仅此而已了。夜里洗澡的时候，我心里默念着这番话。

很疲惫的一夜。我沉沉地睡去了。

还是出事了。我说的是我的工作。

关于慈善基金采访的事，我通过搜集手头的资料，从前几年的时间脉络整理至今。某家知名企业曾经号称捐出来的一笔钱并没有落实。我去访问接受捐款的慈善机构，他们说至今还没收到款项。

在经过有关负责人的确认之后，我决定把这一篇报道写出来。

稿件审核的时候，遭遇到了双面的夹击。

一些老记者的意思是，这是很有分量的一次主题，可若是报道出来，可能会承受一些风险。为了保险起见，还是把这个主题中断为好。

而另一部分老记者的意见是，呈现事实本身是最重要的，这种大浪以前也经历过，但本就是这个职业的必然代价。先把文章放出来，后面的事情后面说。

会议室里，他们吵闹个不停。我像是一个无关紧要之人，在那里看着他们唾沫飞扬。

跟我关系还不错的一位跑了民生口十几年的记者，琳姐，她过来悄悄跟我耳语着：你不要慌张，大稿件出来以前，我们都是这样唇枪舌战过来的。何况这一次不是大稿件，是敏感性大稿件。

最后的结果是，稿件还是报道出来了。只是记者那一栏不单单是我一个人，前面还加了一位记者的名字。算是当初带我入门度过实习期的主管，林小冰。他入行五六年，也算是有经验的记者。这个主题就是他当时交给我的。后来的过程里虽然他不怎么参与，但是也会引导一些方向给我。稿件出来的时候，他修改了几轮。所以报道记者那一栏，加了他的名字，也是无可厚非的。

可我还是有些不是滋味，毕竟几乎前前后后的所有工作都是我一个人完成的，哪知道现在一瞬间，功劳就成了他的了。

当然我也只是些许埋怨。唯一可以做的，就是自我安慰一番，这一段也就过去了。小姑娘刚混江湖，要学会克制，低调，以及不去过于计较，这是我家父亲大人每一次在电话里千叮万嘱的。以及，这也是识阳师兄的原话。

可是我并不知道，这仅仅只是开始而已。

半个月之后的某一日，我照样去上班。到了办公室才知道，林小冰出了车祸。不是突发事故，而是大事故。林小冰被送去了医院，与此同时他的办公桌上收到了一个文件包。不久之后，林小冰的老婆赶到办公室，脸色黑青一片。

她说她收到了一个文件袋，里面是她接送孩子的照片，跟孩子在小区楼下散步的照片，还有跟孩子去超市，小朋友一个人在零食区逗留的照片。

她强忍着哭泣，语气里全是颤抖。

我们打开了林小冰办公桌上的文件袋，果然，是一沓同样的照片。外加一张纸条，上面写着：把上次慈善基金的报道收回去，说明你们证据不足。现在查明状况，基金的事情，并非造假。再给一次大版面的正面报道。这事就算过去。

否则，你一家三口的生活，别想再有平静之日。

我站在一旁，听着琳姐把这字字句句念出来。我好似积压着一股恶心的东西在肠胃中。我直接冲出了办公室，到了洗手间。坐在马桶盖上，我崩溃大哭。一度几近抽筋。

我听见琳姐在外面敲门。

时来啊时来，你不要害怕，有什么事情你先出来了再说。我们都在办公室，你现在也在办公室，你是安全的。

我依旧在大哭。

琳姐继续安慰着：如果是他们存心想搞你，你现在估计就没有机会还在这里伤心难过了。你是个小咖，你不起眼，你不构成威胁，这是你至今安全的理由。

我突然停止了哭泣。

我打开厕所门，琳姐给我递上了纸巾。她还给了我一个拥抱。

琳姐日常本就是个热心肠，办公室里大大小小上上下下的事情她都掌握些许消息，是个正经的老油条。说她正经，是她心中永远一副有数的样子，遇上的小事情都能沉稳应对，从不乱传话，嚼舌根。以及重要的是，她很宽待我们这些刚入门的小记者。

幸好，这一次有她在身边。

等我平复了些许，琳姐给我倒了一杯茶。

我依旧还在些许颤抖中发问：如果那一篇报道里只写了我一个人的名字，没有写林小冰的名字，那么现在躺在医院里的那个人是不是就是我了？

琳姐摇头。

　　　　　　　　　　　走夜路的人

这是预料当中的。她开口道。

以往我们做重大调查事件，都会先安排你们做一些基础的资料搜集工作，但是一些关键要素，基调定向，还是由老记者负责。林小冰跟这条线很久了，你只是不知道他一直在暗中调查，以为只有你自己一个人在辛苦奔波。

最后稿件出来，也是林小冰经过把关的。这是他的任务，也是他该得的成果呈现。做我们这一行，做负面报道的时候，承担的风险是最大的。只是有时候报道出去之后的后果不一样，程度大小的差别而已。

这一次林小冰出事，是因为那一家公司，最近有新的产品出来，可是因为这一次报道的发生，他们这一次的战略布局几乎功亏一篑。这份损失太大，他们必须要想尽办法挽回。林小冰一开始就做好了心理准备，所以，这事跟你没有任何关系。以及，这不是你一个人的错。

这一刻，我的恐惧变成羞愧难当——因为我的狭隘之心，以我小人之心觉得被林小冰抢去了功劳。可是我从来不知道这背后更深层次的脉络。

以及，就因为我是个无足轻重的小记者，我不可能得到那么多的内部素材——只有林小冰，他这样的资深记者，拿出来的东西，会带来惊动震撼，也直接入侵到了那些既得利益者的地盘。

无论有心还是无意，总之是林小冰帮我承担了我的那份危险之境。

我想要去医院看望林小冰，琳姐拦住了我：你已经知道了，这不是你的错，那就不要刻意要把局面搞乱。先让他休息过来，他有他的事情需要处理，你也有你的工作。这件事情后续如何，会有一群人进行商讨。你不必自责。

我就这样忐忑过了大半个月。直到某一天的早上，看到电视新闻里，关于那慈善基金骗局的公司相关负责人，已经被有关部门审查。我终于在心里确定一丝声音——这一刻，或许才是这件事情到达尾声，重回安全线的信号。

林小冰出了院，在家里休息了些许日子。他重回办公室的那一天，部门举办了一个欢迎会。我走上前去，刚要开口，他就直接递给了我一块蛋糕。

我刚出院，不可以吃甜食。你帮我吃了吧。

我点头。

我不是第一次经历这样的事，只是这一次运气不好，严重了些。这些年我的心理承受力已经很强了。这一次也是一段插曲，会过去的。

我于是问：那你的家人呢？他们怎么办？要随时因为你这份工作的风险而活在威胁中吗？

他答复：青天白日，朗朗乾坤，只要心正不怕影子歪。而且我们是纠错的那群人，是他们变坏了在先，我们只是负责揭露真相。邪恶不会消失，可是如果正义步步退缩，那这个世界就变得糟糕了。

我第一次觉得眼前这个男人如此伟岸。

林小冰突然脸色一变，从上一秒的严肃恢复调侃状：

不要把我想得那么神圣，这只是一份工作而已。日常我们做的也不过是普通的新闻报道，这些关键性机遇，也不是经常发生。所以也就意味着，危险也不会常在。一切都是偶然，一切都是运势。

只不过是，关键时刻，要拎得清才是。他又给我递来了第二块蛋糕。

我跟识阳师兄见面。

一开口我就问：什么是黑，什么是白？

他没有直接回答我，反而说，你上次关于基金报道的事情，我听说了。

噢。我恍然。他当然会知道，甚至更深入清晰一些。毕竟他的身份在那里，他的成就摆在那里，他知晓这些事件的背后门道。

我于是问：所以你之前跟我说，如果可以的话，放弃慈善基金的调查报道，因为你早就清楚，那件事情的背后种种。你看破不说破，只是因为觉得或许我会栽跟头，甚至被伤害，所以才提醒了我一句。

他依旧面无表情。但是点了点头。

我知道，是我道行太浅。可是，我也是做自己本该做之事，我也有我的坚持。

我知道你的坚持，你的理想主义，就如同当年的我。我现在知道为什么章老师叮嘱我要特意关照你。你跟别人不同，别人碰了灰，或者被提醒一句，就机灵地躲开了。可你偏偏不是，你就是要迎头撞上，为自己心中的那一份对。

这是你的珍贵之处，可是也是你的脆弱弊端。要去用好它，而不是让它成为你的牵绊。

那我该怎么办？那就放弃这一份职业吗？去转行，换一份相对安全安稳的工作。那我直接回到我的家乡就可以了，我何必来到这个鬼地方受苦受累？

我的语气里满是委屈。其实并非针对他。只是在于这一年，初入职场第一年，我所经历的那些大小境遇。

做记者这份行业，最好的部分，就是可以去挖掘不同人群的生活方式。这些日子，我见过创业拿到大融资，一夜之间成为万人拥戴的成功领袖，可是转眼间因为合伙人闹分家，瞬间又变得一无所有。也见过来这个城市的农民工，辛苦付出，被老板拖欠了很久的工资，最后家人等着动手术，不得不拉着横幅呼喊要一句公平。我见过医院里的医生汗流雨下争分夺秒抢救病人，可是回天无力，走出手术室通知家属的时候，被狠狠打上一拳，血流满面。

关于道义，关于公平，关于诚信，关于正义，我在这梦幻的一年闯江湖里，看到的只是魔幻世间的烟雾升腾。而后在我的文字呈现在新闻报面上的时候，拖着疲惫的身子回到公寓里，躺在床上那一刻，才觉得些许真实。

我敬畏这份工作，我喜欢这份职业。可是我不喜欢这个世界。这是我前阵子夜里给琳姐发的一句短信。她那天等着我下班，带我到酒吧一条街上，给我点了好几杯鸡尾酒。而她全程都是威士忌。

那一夜我才知道，琳姐跟丈夫离婚好些年。孩子跟着爸爸去了国外。她一个人生活，也不打算再成家。住在朝阳区某处高档公寓里，养了一只猫。夜里喝酒，抽烟抽的厉害。这也是她身子骨瘦弱的原因。

我终于知道琳姐熬夜值班以及赶稿的精力从哪里来了。

她说：没有过不去的坎儿，生活就是这样的。你看我，因为这份工作，生活日夜颠倒，也顾不上家庭。可是我不能责怪这份工作，因为我本就不擅长当一个家庭主妇，或者好的妻子以及妈妈。

至于这份工作给了我什么，我想了想，除了一份收入，就是悲悯之心吧。

我们比很多人有更多机会去接触这个社会的各个阶级，人物，重大事件。我们比别人知道更多的真相。有些可以说出来，可是更多的，是说不出来的赤裸，不堪，黑暗，甚至是惊恐。

可是没有办法，我们要自己去消化，以任何一种可行的，有效的开解方式。比如我最爱的威士忌，哈哈……

她一饮而尽。

那一夜，我拖着琳姐的身子，打了车送到她家楼下。我想送她到家门，她拒绝了。

不要这么早就看到我这种老女人的孤独生活画面。时来，你还年轻，你拥有一切，你有无数可以取舍的权利跟机会。只是要记着，任何一种选择，都要听从自己的内心，这样你将来才不会后悔。

我望着窗外发呆，想起跟琳姐的酒吧一夜。直到服务员送菜上来，我才知道自己眼前处于跟识阳师兄的这场饭局里。

你想知道什么是黑，什么是白？他一边给我盛汤，一边发问。

我点头。

我跟你说说我的过往？

好。

大学毕业那一年，我顺利进入东北某家报社当记者。第五年的时候，有一次采访了一家制药企业，他们生产的药材来源全是假的。也就是说，一盒几百上千的补品，一点效用都没有。我做足调查，把报道写了出来。意料之中，反响很大。

不久之后，报社楼下来了一帮人，手持大刀，还有猎枪。是的，你没听错，就是真实的黑社会来上门讨伐了。制药厂即将倒闭，背后地头蛇老大的最大生意来源没有了。他们只有一个要求，把我交出去。

当地所有的警卫力量都出动了。可是你知道，那是十多年前，网络信息并不发达，没有多少人知晓。所以黑社会并不畏惧。两方力量对峙了三天，我就躲在报社的办公室里。那是我一生中最漫长、煎熬、黑暗的七十二个小时。

最后是报社的社长出面，后来寻觅到了哪些关键人物出面摆平，我不得而知。我只是知道，后来的一年时间里，我是靠安眠药度过的。几近精神崩溃。

所有人都告诉我，这件事情过去了。可是我心里过不去。

不是因为我摧毁了别人的财路，那是一个多么大的天文数字。而是在于，我所秉持的正义，在我最需要的那一刻，并不能护我周全。所有人都告诉我，我很安全，可是我知道，只要对方不愿意放过我，任凭无数人时时刻刻守卫着我，我也无法存活。

这个世界，多的是我不知道的那一面，是灰色的那一面。只是从前不涉及自己，只是看别人的遭遇，我只是一个记录者，我写出来。可是我无法感同身受。直到那一次，我是命运的主角，我才真的体会到，什么叫做与死神擦肩而过。

这一段讲述，他没有任何表情。就如同那是别人的故事。

是多年记者的客观心理训练，还是后来驰骋商海练就的稳如泰山，我不得而知。总之，他就那样一段段地说着，不打算迎合我吃惊到无法言喻的表情。直到这一刻，他停顿了下来。

那么，后来呢？我的职业性使然，我知道我需要追问下去。

他拿出了一支烟，你不介意吧？他照旧问了一句。

我摇摇头。

一年之后，我从报社离开。没有任何人挽留。他们觉得我应该离开了，只是迟早的问题。我不知道转型做什么，只有一身笔杆子的手艺。我只是来了北京，有朋友说，有家房地产公司需要销售，你有文字功底，还可以做些相关工作。

我不是笨人，我甚至要比很多人聪明。打工两年后，我摸清了门道，开始组建团队，整合资源，自己去卖房子。后来的故事是，我赶上了中国房地产最兴盛的十年，我走到了今天这个地步。

我只是机缘巧合进入了这一行。可是如果不是那一次的生死境地，我不会离开报社，离开东北，来到北京，从头开始。我不会得到后来这一切，如果不是那一次的代价的话。

这是命运。只是命运而已。

他的嘴里升腾出一道道烟圈，烟雾里有千言万语而又沉默无声的厚重。

我不打算开口再问了。他已经告诉我答案了。

他好似看出了我的表情，终于微笑了些许。

这还没完呢，时来。你以为这就结束了？

我讶异。

他又拿出了第二支烟。

我不是一路顺风走到今天这个位置的。

五年前，我的身家是现在的十倍。那时候遇上合伙人倒戈，我输得精光。一夜之间，一无所有，背负一堆债务，很沉重的数字。

可我还是翻盘了。

当然之前那个阶位的财富我已经无法到达了。成败在于念头跟选择，可是成就的大小跟程度，却依赖于时势使然。

我很满意现在的所得。我并不抱怨。这大半生里，我在死亡线徘徊过，也经历过沉重的背叛。只是吃过人性之恶的亏之后，我唯一的所得就是，留得青山在，并且要全力以赴留得青山在。功名利禄，在这一副躯壳跟肉体面前，都是空无。理想主义也罢，梦想动力也罢，成人的过程里，我们总是要经历无数次的被外在背叛，继而过渡到自我被判。只是这一场场被判之后，有人倒下了，有人一层层壮大了起来。

我是后者，不是因为我坚强，努力，聪明，这些是成功的基础要素。而真的秘诀在于，命里有时才会有。以及在得到之后，也要接受它随时可能失去。可是你的皮囊，你的健康，这些才是你最重要的财物。

成王败寇，愿赌服输。这不是宿命论，这是选择观。在进退之间，要想到最坏的打算，而后赢得那一场短暂胜利之后，提醒自己，修正自己的命运跑道。不要停留在一条河流中，人生也不是只有一条路可以选。跳出局中人的角度，外面的世界不见得那么可怕，也不见得更好。

你只是要把这命里有时，变成你的理所当然。

这次之后，我再也没有见过识阳师兄。一年后，我从报社离职，回到南方一座城市。我去了一家广告公司，从头做起。

这个城市里，随时随地都可以吃到我的家乡菜。每一次喝上一碗瑶柱白粥的时候，我都会想起往日的北漂生活，想起那个愿意在一顿饭局里，脱下平日的面具，与我说上些许真话的男人。

识阳师兄投资的一家科技公司前阵子刚到纳斯达克敲钟了，我在新闻里看到他偶尔出现的身影。

也是有天看新闻，有个创业者拿着投资者给的钱进入股市，结果血本无归，于是跳楼自杀。看到主角的名字，正是我当年做创业红人专题采访的其中一人。

那时候去到他的办公室，他跟我说起自己要改变世界的梦想。他指着三十层楼外面的的楼宇，说了一句：我要买下这一片地带的所有写字楼。

我发问：凭什么？

他微笑一句：凭借我的项目。

我再问：你预估过风险防范吗？或者说，如果这一次不成，那又该怎么办？

他再笑：预估风险，那是畏首畏尾的人干的事。这是一条不归路，进来了，我就不打算活着离开。

果然，他真的没有活着离开。他死在了自己公司租用的那栋大厦楼下。

两年后，我收到琳姐的消息。她在我离职不久之后也离职了。她拿着积蓄，去周游世界大半年，而后留在云南一个山区里，做民俗文化的研究跟推广。

她本是想跟我所在的广告公司合作。看到参考方案上的文笔风格，很是熟悉。一打听，果然是我的名字。

我们在一家咖啡馆见面。她比以前更清瘦了，皮肤也黑了好几层色号。可是看得出很健康。因为我已经闻不到她身上从前自带的那股烟味了。

早就已经戒了。她说。也不喝酒了。现在日常饮食很清淡，都是吃得农家菜，很少吃肉，作息时间也听从生物钟的指示。这一次，算是真的活着了。

我问了一句：怎么想到要离开报社了呢？

就是腻了呗。她打趣道。

我家的猫死了。

我喝着咖啡，呛了一口。

她说：有一天回家，发现自己的猫不见了。想起来白天出门上班，忘了关窗，估计是溜出去了。寻到的时候，已经死了。它被当成了一只流浪猫，被一群喝酒的混混扔酒瓶子砸到了。

混混青年在马路中间烂醉如泥。我不知道他们会不会醉死，第二天会不会被车撞死。他们将来会不会成为这个社会的蛀虫，我都不在意。

我只是在意，我的猫死了。

我突然想着，我没有必要去责怪这个世界的混乱跟糟糕，更不能将自己的负能量当成一种圆滑去适应。我终于知道了为什么每一次喝过威士忌之后，我依旧不开心。我从来就没有清醒过，我一直醉在我的幻觉里。

我要走出幻觉。在我了无牵挂的时候。我有一切其他这个年纪的女人所没有的条件。我发现我是幸运的。而后我就出走了。

她递给我一本册子，关于白族非物质文化遗产的研究跟市场推广。

你帮我接这个案子，把当地的民俗文化推广出去。下个月有个当地的节庆日，你过来考察，这样好不好？

可是，我不知道公司接不接这个案子呢？还有，领导也不一定安排我负责这个项目……

我已经安排好了，非你不可。不然这笔钱我就不给你们公司了。

我会心一笑。

我知道，这是我最想要参与的一个项目。我甚至知道，在未来的两年后，我也会告别现在所在的公司，成为琳姐所参与的工作的一分子。我甚至知道，我会很开心，在这一份收入，兴趣，信仰皆有满意的事业中，我不会辜负自己。

因为此刻敲下这些文字的时候，我正在云南大理的某处山脚下，筹备一场发布会。我有了自己的公司，负责传统小众旅游项目的开发和推广。

琳姐不再是我的同事。

她成为了我的投资人。

她去澳洲看望儿子，顺便旅行，而后认识了现在的先生。她给我发来的婚礼照片里，她的儿子当花童，前夫也在一旁祝福。她说，下半场人生，我试着当一个让自己开心的家庭主妇，以及兼职旅行作家。

我想起那次与她在北京的酒吧一夜。那一场醉过之后，她照旧第二天上班，生活什么事情也没有发生。直到不久

走夜路的人

后，我想要离开报社，去询问她的意见。她带我第二次去酒吧，那一次，她并没有喝酒。

我们只是坐着，吃着小吃，喝着汽水。

她拿出烟，想要点着，而后再放下。

还记得上次吗？你送我回家，我不让你进我家门。我说你还年轻，你拥有一切，你有无数可以取舍的权利跟机会。

我点头。

那后半句呢，还记得吗？

我答复：你说让我记着，任何一种选择，都要听从自己的内心，这样你将来才不会后悔。

她拿起我的一只手，而后说道：任何一份职业选择，不是前进后退的问题，而是可以换一条赛道的问题。你的理想主义，你的所谓信仰，需要你自己衡量和安放。想清楚这些，其实离开与否并不重要，重要的是，你后来打算如何往下走。

第二天，我就递交了辞职申请。

几年光景之后，我跟她都走上不同的道途。我们有过交集，彼此扶持，可是最后的最后，我们还是尽可能依照自己的内心指示，去维系生活的面貌。

我们要比很多人幸运，因为我们可以全身而退。这是琳姐的原话。

这一刻，我终于明白，所谓柳识阳先生说的那一句，命里有时才得有。

起先是你选择成为怎样的人，你向那个方向走去。这之后一路修正，进退有据，有所得失。兜兜转转之后，你所能驾驭的，你配得上的，这份命运归宿，才是属于你的，命里有时。

走 夜 路 的 人

八月十三

人的一生应该会有很多难忘的日子吧。我的脑海里也记载着很多具体的数字。至于八月十三日，则是二零一六年出现的。

那一年的夏日里，我前往北京跟出版社沟通出书的事宜。同行中还带了美静小姐前往。临行前打包行李，我说了一句，这一次，我们去拜拜神明吧。美静小姐说好。于是出发前问了在北京的朋友，他们说，那就去雍和宫。

到达北京之后，前两天的时间都花在了工作上。第三天是八月十三日，是我们决定去雍和宫许愿的日子。前天夜里，突然有些紧张得无法入睡。我问美静小姐，要不要赶早讨个好彩头？她不作回答。

其实也是可以早起的。

可是这些年来，我一直处于失眠状态，甚至是一直持续到天亮，所以总是无法在清晨醒来。我也没有办法，为了求拜神明刻意起个大早。

美静小姐说，其实不用那么隆重的，我们过去就好，诚信表达你的心愿就好。

我想起儿时我母亲的嘱咐，对神明的虔诚不在于仪式，而在于内心的敬畏。

好吧，那就不计较这些细节了。我心里嘟囔了一句。

那一夜居然没有失眠。

我们照旧在上午醒来。只是那一天很早就醒了。我是被吵醒的。

美静小姐拿着手机，在酒店的椅子上，小声抽泣。

我了解她很多年，所以并未及时出声。我打客服电话叫来了早餐。喝上果汁以后，我终于开口：嗯，你可以具体跟我说说了，如果你觉得现在合适的话。

美静小姐收到了前男友的信息。

大概的意思是，其实我们于一年多之前就算正式分手了，只是这一年来害怕你承受不住，所以偶尔依旧会跟你聊天。或许会给你造成错觉，我们还有回到从前的可能。这一次我想正式告知你，我们从此就天涯陌生人吧，这样对于你来说才算是尊重。你也才能真正地放下。

契机是什么？我问。

他要去美国留学了。

为何呢？

工作出来几年，大企业有光鲜的一面，也有纷繁复杂的艰辛部分。社会不如大学里让他游刃有余。很是吃力。想再回学校深造。一是暂时躲避掉一部分压力，二是可以为以后的职业道路铺垫。

美静小姐跟前男友是初恋，相识于大学期间。我本科毕业那一年，他俩双双考上了研究生。于是在我工作第三年以后，他俩才刚成为从校园毕业出来的新鲜人儿。

如果说生活教会了我什么的话，我的回答是，自己不再像从前那样，仅仅执着爱情本身去思考一段感情了。

当然我也并不会仅仅站在自己的角度，去评判对方。甚至通过唾弃，鄙视，甚至谩骂那个他，试图以此来安慰美静小姐。

我开始学会了感同身受这件事。

美静小姐是个心肠很软的人，有一种骨子里善良到极致的懦弱。这样的品质在这个世界并不多。我欣慰自己遇上这样的人，同时也陪她一起经历着，因为自身这样的品质而伴随的，必须承受这个世界的难。

每一次化妆，我都把自己当成大整容。这是句玩笑话，也是习惯了这么说。越是长大，越是对这个社会觉得麻木无情的时候，化妆这件事在一定程度上能够修饰脸上的柔和，展现出你很美好的那一面。且无论是否真正美好，至少可以善待别人。这一点就足够了。

我们打了的士前往雍和宫。跟司机师傅聊天，传说中的北京，老司机一开口就是上知天文，下知中南海里外细节的范儿。说到我们要去的地儿，司机大哥更是来劲了。

雍和宫是个好地方呀，而且特别灵验。

坐在后排的我面无表情，美静小姐刚从上午的伤心情绪里稍稍平复下来，还没有切换回正常模式。

老司机并未理会这一切，继续侃侃而谈。

前些年我有一兄弟，认识了一些人，说是可以购买入一大批福利房。于是向亲朋好友借了几百万，买了几套，想着借机转手卖出。可惜江湖太险恶，朋友跑路了，房子不见了，钱也回不来了。

朋友心灰意冷，想着自杀。后来经人相劝，去了雍和宫。回来之后，心情变得平和许多。然后开始重新整理自己，去到一家房地产公司，从销售员做起。慢慢后来几年，把借来的债还了，自己还囤了房子。如今年近中年的人，说不上吃斋念佛，可却是脚踏实地，生活也算有滋有味儿。

司机说完，我心里叹息一声。这个魔幻的世界真他妈神奇，一个人在对的时间做出了对的选择，一套房子就能改变自己的命运。败也房子，成也房子。

司机大哥继续说话。

建议你们啊，最好是正月初一，或者十五来，那就更是灵验了。之前我有一朋友，说是去求财。结果拜了神仙出来，门口就捡到了一张一百块大洋。他说从前几十年，买彩票两块钱都没有中奖过。从此以后，他虔诚之极，每年都会

走 夜 路 的 人

前去跪拜。

故事讲到这里，本该是一段欢乐兴奋的话题氛围。奈何美静小姐依旧面无表情，我也不是爱说话之人。

司机大哥也是心大，就这么继续自说自话了一路。得是北京的神奇之处吧，也是北京司机师傅的神奇之处吧，让你得到一种与生俱来的热情以及归属。

即使不是节假日，雍和宫依旧香火丰盛。买了门票，在门口领了免费的香火条。门口的主干道上，长长的一条跪拜阶梯，满满当当都是人。

我跟美静小姐并不是那种手牵手的小清新闺蜜。进入大门之后，我们就不约而同地决定，按照自己的行程去走，不需要配合对方。

第一拜的时候，我的心情尚未平和下来。周遭的声音很繁杂，后面有无数人在排队等着你离开。我是一个人群恐惧症患者，就更别说我眼前烟气缭绕的不舒适感。

可是我知道，我不能逃。

第一轮跪拜之后，站起身来，才发现跪在我左边的美静小姐已经泪流满面。只是她戴起了墨镜，旁人并未发现她的神情跟眼泪。

我先是讶异，为何她能如此激动。然后我心里跳出第一句话：是啊，我都到达这里了，我可以在此抒发一些平日里都不敢触及的情绪了。

如果此刻我都不能平和地面对那个自己，那么我的此番到来也就没有意义了。

多谢美静小姐的眼泪，我如同得到了某些魔力，迅速在拥挤喧闹的人群中切入了自我安静的模式。一切众人仿佛全为虚无。

我们继续往前走。我遵循了右边的顺序，每进入一级门，先是跪拜右边的神明，其次是中间，再是左边。然后前往下一阶门跪拜，左边为先，其次中间，再是右边。如同蛇形蜿蜒一般的前进顺序。

一开始我并未有具体的祈求祷告话语。我只是在那里静静地站着，提着三炷香，发呆三到五秒，再来是一跪拜，二跪拜，三跪拜。

那天穿了很长的阔腿裤，所以并不在意脚下跪拜的地方是否足够干净。本是酷暑的夏天，加上香火缭绕，还没走进第二道门就已经是汗流浃背。奈何我当时并未感受到自己的身心难受，只是默默地走着，发呆着，跪拜着。

不记得到了哪一位神明面前，突然开始默默流泪。一开始会害怕自己的这份突兀，会在意他人的想法。可是却发现这种担忧是多余的。当我一开始不在乎他人如何看待自己的时候，也就已经不存在忧虑了。

我突然找到了某种平和的力量。

下一个阶段，我开始升起了一些关于往事的情绪。我说这一年自己过得很难，失去了自己的爱人，失去了一些钱财。事业上是取得一点儿进步，可是却远远难以慰藉自己要

走 夜 路 的 人

承受的这份难。

对于一个期待并且坚信长情的摩羯女而言，去投入将近十年的心力于一个人，同时在经济上遭受损失，无异于是双重利剑，几乎要将自己的左膀右臂活活砍掉。我几乎要在这个世界里失去平衡了。

想到这些的时候，我发现自己的默默掉泪变成了大声抽泣。我极力控制着自己不要哭出声来，但是可以大口呼吸着。

继而我再告诉自己，你可以大口呼吸，但是不要让自己陷入消极的情绪里。

我是来这里寻找答案的。我这样告诉自己。答案要比情绪本身重要得多，我要先把后者往旁边挪一挪，虽然只是暂时的。

不知道什么时候跪拜到了财神爷。只是但凡看到了有捐香油的箱子，我就掏出自己的钱包，一开始是十块、二十块，再后来是一百，两百。

倒没有纠结具体的数字，只是看自己当下那一刻的心情。我在心里默念着，我不奢望能够马上改善自己的财务状况，而希望自己即使经历过这一切之后，心里对未来能够独立于这个世界依然多一点信心。

信心来了，或许财富也就自然而来了吧。

不知道走到第几道阶梯门的时候，这句话就冒了出来。

中途期间遇到了美静小姐，我俩没有打招呼，如同陌生人擦肩而过，继续各自的行程。我流了很多的汗，抽泣的眼泪也渐渐平和了下来。这个阶段开始，我有了一些具体的自我祷告。

我祈求神明庇佑，且让我支撑过这一段困难的时光。倘若在某一瞬间我真的不想存活于这个世上了，我希望你能在某一刻给我一些提示——先让我把那一瞬间撑过来，然后再去复盘后怕的事。

我祈求神明告知我一个答案，说这一切是我的必经之路。我不需要你告诉我，人生本就是艰苦的，我需要你告诉我的是，在三十岁之前经历这一场劫难，是否本就该我此生的宿命。

我祈求神明给我一些提示，倘若我能够努力，坚强，隐忍，度过这一段难，是否后来的日子多得些财富，好友依旧在身边，家人得以平安健康，以及，获得一些内心的丰盛与自由。

思绪里，穿越回到了一些童年的片段。

我想起儿时我本是爱笑的。他们最爱看到的那个女孩，一年四季，脸蛋通红，笑口常开。是突然的某一个日子，上天就收走了我所有的快乐，于是变得心事重重。

是父母下岗，家道陷入落魄吗？

是进入初中，离开父母独自生活吗？

是因为在学校里，被遇到不公平对待吗？

是高中时候，青春期荷尔蒙使然，陷入极度的自卑当中吗？

是进入大学以后，发现世界并不如自己想象中的那样，继而三观被摧毁吗？

是因为无法知悉自己未来人生的走向，并且对于之前曾经的幻想要被推翻，而产生的否定恐惧吗？

是后悔自己那么努力辛苦考上了这所大学，遇到了当时的男友，全力付出一场，磕磕绊绊走过这些年，却是终究无法修成吗？

是后悔自己的生命里闯入过一些人，并且是自己主动去选择这些人吗？如果当初自己不用那么努力，不要想着往外走，留在家乡，那么如今我的生活，是否就可以平凡，平庸，平静，以及安全一些？

我很想否定过去的种种，可是，却没有办法。

因为在我眼前那个真实的人，我的朋友，美静小姐，就是我大学里的某一个午后，在草坪上遇到的一位好友。我们之前从未有任何的连接，也并非是同一个学院的同学。我们就是这样相遇了，后来就彼此依靠过来，一直走到今日。

我没有办法全盘否定过去，甚至还要庆幸，上天送给我这么一个好友，而不至于让我全部失去，满盘皆输。

当我陷入了左右摇摆，又是些许庆幸的纠结中时候，突然发现自己从前一刻的悲伤情绪里，得以真正平静了下来。也就是说，我已经顾不上情绪本身这件事了。

我继续往前走，不管旁边的人群有多么吵闹，多么心急。我不去计较，不去烦躁，不去抱怨。我心里想着，在这个世界的很多地方，我们有的是时间去计较，去烦躁，去抱怨，那就留一点清净在这里吧。否则我也失去了前来一场的意义。

我继续往前跪拜，也从之前的发问，过渡到了祈祷环节。

我祈求神明，我不需要瞬间的大富大贵，只需要你赐予我多一点耐心，勇气。我知道自己是执行力很强的人。奈何执行力是一把双刃剑，一旦对于这个世界充满希望，我会热血前行。可是一旦开始对这个世界失去希望，我也会挥刀摧残自我，不愿苟活于世。

我祈求神明，每当我想起自己存活于世的这一些不堪片段的时刻，你能让我尚存一丝清醒的认知，你要告诉我，这本就是一个不够完美的世界，所以才需要自己一步步经营，一步步谋划。

但凡需要费心费力，才显得倍加珍贵。

这是我在心里冒出来的一句领悟。

不记得自己叩拜了多少神明，也不知道自己捐赠了多少香火钱。有时会在心里大段大段地念很多很多的话，有时候也是脑袋空白，纯粹是跪着发呆。偶尔也会回到现实，提醒着我现在在雍和宫，而并非是纯粹我一人独有的修为世界。

可是我依旧很开心。一开始我是故意躲开人群，不去敬拜那些别人争先恐后排队等待神明。如果没有办法站到中间，那我就靠在边上默默跪拜，来完成我问心无愧的仪式便可以。

　　　　　　　　　　走夜路的人

再到后来，我发现我的脑海开始丢掉他人他物，我的灵魂有点游走在高于我的上空，引领着我往前走。在我跪拜之时，也有另外一个我在看着自己。

那样一个我，也许是我本身，也许是神明的化身，又或许是根本不存在的种种。

当你愿意相信，你才有了敬畏的可能。

此刻心里冒出了这一句话。

下午接近五点的时候，拥挤的人群终于开始变得有点疏散起来。要到了快关门的时间。走进最后一道门的时候，遇上了美静小姐。她坐在阶梯上喝水，就默默地坐着，看着我走近那最后一排神明。

工作人员已经在整理装香火钱的箱子，我给三个箱子都放入了钱，然后默念一句，此刻尾声，多谢自己愿意走到这里。

如果可以的话，在未来的某一刻，在很远很远的以后，我希望自己还能说出这句话：多谢你愿意走到这里。

跪拜完最后一个神明，我才发现自己此刻除了满身大汗之外，还轻了几分。不，应该是轻盈了很多分。如同自己的灵魂被清洗过一遍，如同它愿意慢慢地靠近我，而不是被我狠心地丢在自己身体的某一个角落。

我跟美静小姐会合。离开的小路上，很多前来跪拜的游客在拍照。

这些年我去过很多地方，每到一处风景也会拍照。可是唯独此处，即使走到了门口的最后一瞬间，我跟美静小姐彼此之间都没有提过一次，我们在这留个影吧。

我觉得，她同我想的应该是一样的。

这个世界上很多地方可以停留，有一些地方停留在照片里，可是我们希望这一次的到达，可以停留在心里。

我们照例打车去吃了小龙虾。每次到北京这是我们固定的一项。胡大的门口永远车水马龙，可是很幸运，我们一过去就有了位子。

我们吃了龙虾，连续要了两份酱黄瓜。美静小姐照样吃得很好，就好似今天早上的，以及下午的事情从来没有发生，不过是我们生命里照样吃吃喝喝的普通一日。

吃完小龙虾出来，我们决定散步一会儿。路经一家小店，淘到了漂亮好看的配饰。以及，遇上了我后来的十三。

十三是一只毛绒兔，它跟另外三只兔子挂在小店门口。我顺手摸了上去，柔软光滑到怦然心动。兔子分别是灰色，黄色，白色，以及酒红色。

我拿着酒红色那一只，问起老板多少钱，老板说三百五。我心里有些惊讶，今天在马路上路过，有同样的兔子，大概一二十的价钱。我没想到这一只开价这么贵。

老板似乎看出了我心里的话语，刚想要解释，我自己便抢了说，嗯，这一只肯定很特别。因为摸到它的第一秒我就不想放下了。

老板应该最喜欢我这样的顾客吧，甚至没有讨价还价，

走夜路的人

就直接付了钱。

对于女人来说，买东西真是很容易治愈心情的一件事。我明显看得出来，美静小姐的心情变得好些了起来。

我们离开，然后经过一家雪糕店，要了两个雪糕，小坐了一会儿。

聊到了今天雍和宫一行。美静小姐突然又开始低落了起来。

你知道为什么我今天刚跪下那一刻就哭了吗？

我不出声，等着她继续往下说。

一开始我觉得自己很苦，是那种想要而求不得的苦。我没有办法化解自己的难受，于是眼泪就在那一刻喷涌出来了。

之前我一直把它放在某个角落，直到这一次才拿出来，发现自己还是没有办法驾驭它，所以才会控制不住情绪。

是越走近里面，跪拜神明，才变得平静下来。是因为看着身边那些人焦虑的神情，渴望的神情，看似同样的面孔背后有着千头万绪，千万种复杂的生活，才真正体会到那一句，生而为人并不容易。

我默默点头。

美静小姐说得很平静，可是依旧在流泪。

我们坐在雪糕店的长椅上，透明玻璃窗外人来人往。这是一条喧闹的夜宵街，过往的人都在观望着，一个不停在掉眼泪的女子，以及另一个看似冷漠并不打算要去安慰她的我。

那一刻，我突然有些庆幸自己到达了一座陌生的城市。这里没有人认识我们，没有我们的旧同事，我们的熟人，我们不需要担心自己此刻的狼狈也好，悲伤也罢，哪怕呈现在千万个来来往往的人群面前，也不需要向任何一人作出解释交代。

美静小姐继续说。

我当然知道，所有的一切都需要靠自己走出来。可是我没想到那么难，那么久，如同一场战役，不知道何时有尽头，甚至有可能在此生尽头都无法结束。它抓挠在你的心头，缠绕一生，永不放过你。

我想起自己白日里在神明面前的祈祷，即使当时我没有办法记录下那些心情，可是此时此刻，我觉得自己会永远记住这一天吧。

原本躲在角落的那一个我，抽离出我的肉体，如同脱光了衣服，赤裸而坦荡地面对众神，告知那些不安，诉说那些过往，呈现那些不堪，也融合了些许心酸。即使自己这般如蝼蚁渺小的人物，依旧奢望着祈求神明福泽保佑，关照我这短短几十年，平凡而普通的一生。

窗外有人喝醉了，仿佛在骂人，仿佛在骂这个世界，怒火般骂了几句，突然又哭了出来。

这冷暖人生。

你的蓝莓味要融化了，吃吧。我舔着自己嘴里的抹茶雪

走夜路的人

糕，递给了美静小姐一张纸巾。

吃完雪糕，我们打车回到了酒店。

我发了一条微博，夜里收留了一只兔子，希望大家帮我取个名字。

第二天收到了很多留言和评论，都是有趣可爱的创意。其中一个男生说，你是昨天收到了它，缘分的日子值得纪念，那就叫它十三吧。

我很开心，我收下了这个名字。然后给男生私信，说想要给你寄一本我的签名书，谢谢你。

好些人知道了我家兔子叫做十三，总是打趣道，你知不知道十三这个词语在我们国家有些省份里，是叫十三点，就是傻子的意思。还有十三在一些国家也是不好的数字，你偏偏为何要起这个名字呢？

我突然想起自己在跪拜神明结束后的一句话：起初得是你自己你觉得何为重要，何为值得，那么那些就是重要的，就是值得的。

想要不被外物影响自己的评价体系，前提是你本就有自己的评价体系。

我是在十三日，这一天遇到了十三。我感激这个日子，我想要记住这个日子，所以我愿意把十三称之为十三。即使这个世界的某一个角落，某一天会因为"十三"这个数字而发生斗争战乱，那也是与我无关。

北京一行结束，我们回到了南方的城市。我找到新的住所，开始了一个人的生活。我比以前更加忙碌了，接了更多客户的案子，写了更多的稿子。想要换来更多的收入，来化解当前的经济危机。

电话里照旧会向父母汇报，我很好，工作还顺利，跟男友感情稳定，或许年底会结婚吧。跟旧同事的往来依旧平和，偶尔被问及婚期，以及自己最近的生活，我都统一回复，嗯，都挺好。

夜里回家的时候一个人吃饭，点了熏香，放着音乐，透过阳台看着窗外闪烁灯光，然后小哭一会儿。接着就要提醒自己，嗯，这一刻该平静下来了，因为我要开始工作了。

从来没有一刻像今天这般，理解了生存这个词语的真谛。

合上电脑有时候是深夜三四点，偶尔给美静小姐发一句消息，照这样熬夜下去，我迟早会死掉的。

美静小姐说：此刻我们顾不上生生死死的，我们要顾的，是我们还愿不愿意看到明天的太阳的事。

有时候依旧睡不着，会倒上一杯红酒，回到落地窗前发呆。夜里的城市很安静，远处的灯光依旧明亮。还有一些大型建筑在夜里动工，所以显得并不漆黑，或者是无聊。

记忆里穿越回毕业那一年的夏天，我拖着行李从武汉来到深圳这所城市。因为没有多少积蓄，所以暂住在当时男友公司宿舍客厅的沙发上。

那时候的日子很辛苦，每天赶地铁赶公交，上班的时候如履薄冰，小心翼翼。夜里穿着整齐的衣服躺在沙发上，客厅里没有空调，酷暑把我的全身打湿。

我不知道这样的日子何时是尽头。

就连想要哭泣都没有一处角落。

有天夜里，走到电梯旁边的安全楼道，看着窗外发呆。对面的十一楼里，有间明亮白漆墙面，搭配浅蓝色窗帘的房间。有个女孩，站在窗前喝着一杯红酒。

突然想着，自己可不可以有那么一天，可以住在明亮宽敞的房子里，仰望远处，灯火闪烁？

我也想喝上那一杯酒。再去决定我的人生需不需要退场。

一晃而过五年，我喝上了这一杯红酒。

在大城市里，只要你努力，它终究会给你一些回报的。我心里默默念出了这一句。

酒精的微醺魔力，召唤出了我的睡意。又或许说此刻本来已经很晚，几乎就要天亮。于是我重重地睡去了。

第二天，周而复始。失眠，天亮，睡去。继续失眠。

有天夜里想跑到楼下买安眠药，因为医院就在不远处。我刚搬来这所住处，看到那家医院的标志时候，突然心里多了一丝安全感。想着虽然自己孤单一人，可是万一生病了，至少也不至于那么辛苦奔波了。

只是，我从未想过，自己有一天会想着去买安眠药。

走出门的时候，按着电梯，脑袋里冒出了一只小妖怪在嘀咕：算了，你回去吧，不要吃安眠药。一旦开启了第一夜，你就不知道何时有尽头，更不知道会不会越陷越深。

电梯门刚开，我转身调头。开房门跑回床上，望着天花板，我说一句，亲爱的，睡不着就睡不着吧，那就等一会儿，太阳照常会升起来。

日子就这么一日又一日地过着。

十二月份到来，香港迎来了一年一度的圣诞季。也是我寻常过去喜欢买些东西的日子。有一天避开了周末，一个人过去喝下午茶。逛商场的时候，在一家奢侈品店里，看到了一个包。

其实说实话，在我这靠近三十年的人生里，从未买过所谓的奢侈品。一是对于这个东西没有多大的迷恋。二是觉得当自己的收入跟阶位没有到达那个层面的时候，即使省吃俭用换来好大的 Logo，下雨天的时候会想着第一时间心疼包包，地铁拥挤的时候会心疼包包。

我配不上那样的生活，所以也配不上拥有那样的物品。

可是那一天我在橱窗外徘徊很久。那只包包是酒红色的，很纯正的那种酒红。我心里突然冒出一个想法：为何不给我的十三兔子搭配一个家呢？

我就那么莫名其妙地走进了那家店，刷了信用卡，买下了我人生中的第一个大牌包包。

回到家里的时候，把十三挂在包包边上，就如同自己的灵魂跟身体衔接在了一起，竟然是如此般配。我甚至为自己找到这么一样买包借口而没有愧疚半分。

再后来几日，连续收到了很多从前写文章的稿费，有些是网站，有些是出版社，还有两家杂志居然邮寄来了汇票。

即使家里有最近的邮政银行，但是因为手机的便捷，已经许久不去这样的地方了。那天我去了银行取号排队，小心翼翼地把汇票递给柜台人员，拿到了热腾腾的现金。

记忆里回到了高中那年，我的第一篇文章刊登在当时的某本热门青春读物上，拿到了小小的一笔稿费。

时间一晃而过十几年，即使我走遍千山万水，却依旧是那个因为稿费这个词语，如同当年那个激动而有些紧张的少女。

再后来，有出版社过来，跟我预约了来年的合作。不出意外的话，今年的财劫，在未来可预见的一段时间里，就可以得到解决了。

我从来都没有告知过别人，其实在走进香港那一家店里，买下那个包的时候，我全身上下的家当也不过就几千块。

我当时并不知道接下来的日子会怎样，但是觉得，越是在困境时刻，越是需要一些豁出去的勇气吧。哪怕是为自己买了一个很贵的包还编造出来的一个荒唐借口，我也愿意相信置之死地而后生的力量。

突然想起几个月前自己如梦初醒，意识到人财两空的那一秒，打电话给了在北京的一位读者。因为是陌生人，反而愿意坦诚。我尽量控制住自己情绪。只是话语之间依旧有颤抖，甚至是即将脱缰的哭泣。

要多谢那一夜，他跟我说了很多话，很多重要的话。

多谢这一位陌生而熟悉的朋友，在我思绪崩溃时刻，为我的生命之湖投入了一颗叫做理性的石头。

故事写到这里，就该结束了。

我并没有变为大富大贵之人，也并没有寻觅到更好的另一半。或许这才是平凡人生里的日常，没有起起伏伏的逆袭，只是回首来时路的每一步，我知道这一些辛苦造就了些许丰盛的人生。仅此而已。

故事写到这里其实还不该结束。关于八月十三日成了我生命里很重要的一个日子，并非说我在每年的这一天都要回到北京，回到雍和宫跪拜神明。但是我也必将在每年寻觅一个日子，回去感恩拜谢一场。

既是拜谢神明，更是感谢我自己。

或许很多年后回看今天，我依旧会感激自己，在那一天愿意开诚布公，坦诚心扉，赤裸裸地面对过那个真实的自己，哪怕仅仅短暂的三五个小时。

人这一生很长，可是只要有那么一小段时间，有过一段与自己交谈的片刻，也就足够改变你人生的命运旅程。

八月十三，这是我一辈子的良日。

因为有了良日，我坚信自己得以被庇佑。永远永远。

走 夜 路 的 人

写在尾声

　　同这本书前面的所有篇章一样，这一段的讲述，也是在一个夜里写下的。我不知道为何夜晚于我而言，会得到一种别样的眷顾。在这一场看不见日光的阶段里，可以释放大部分真实的自己。可是，还有剩下的那部分呢？

　　我的答案是，那最最微不足道的，可是掷地有声的部分，存留在某处角落。一处在夜里它也不一定能被看得到的角落。这处安放的角落，我称之为漫长夜路的旅程终点。

　　可是抱歉的是，这趟终点，我迄今还没有到达。可以预见的是，我可能此生都无法到达。

　　还是得说回关于夜路的故事呢。

　　第一次，得是童年时候。

那时候上小学一年级。我的家在一条大河流经的小镇上。父亲是当地的护林员，所以我们一家人住在离小镇很远的一处林场里。学校在小镇的这一头，而我的家在很远的另一头。

那时候的日子很慢，父母很少接送我去学校。我就那样一个人，花上两个小时的时间，在晨光时候步行到学校上学。傍晚放学之后，加上在路边跟蝴蝶耍闹，采摘一种野生的，个头很大的杜鹃花。这个回家的过程，需要三个小时。

有一次学校举办文艺表演，因为需要傍晚放学后留在学校排练。可是我归家的路途太过遥远。所以也就没有参加演出。好在父母疼爱，到了演出那一夜，他们还是带我到学校观看了表演。结束的时候，已经是夜里十点。可是距离我们回到家中，还有很长一段旅程。

那一夜父亲没有骑自行车。于是他牵着我，身后是母亲。我们走在回家的夜路上。

那时候是夏天，虫鸣蛙声起伏。白日里下了场雨，泥泞的路上坑坑洼洼。好在萤火虫在我们身边盘旋，头顶上的星空正在闪亮。

我比平日里走得更踟蹰，甚至是忐忑。因为这是我第一次在深夜里行走，以及眼前看不到的那些坑坑洼洼，像是一个个张着大口的恶魔，随时都可能让我深陷其中。

大概走了一段路之后，我终于无法再前行。我没有说很累，想讨得大人的拥抱，或者让父亲背我一场。

我只是说了一句：这眼前一片漆黑，手电筒根本不起作

走夜路的人

用（我说的是不可能如同白日里的那般大片的明亮），人是没有办法往前走的啊？

我的声音里带着委屈，疑惑，更多的是恐惧。

我父亲就那样停下了脚步。

你先闭上眼睛。

我听话，就闭上了。

你再睁开眼。

我就睁开了眼。

有没有什么不一样？

我发愣了一会儿，而后说：这黑夜好像真的没有那么"黑"了呢。

父亲再说：你低头看。

"这深深浅浅的水坑，其实很容易辨别——黑压压的就是土地，有些许明亮反光的就是水洼。遇上水洼，你就跨过去，这样一个个的，也就走过去了。"

我低头，果然，这场静谧的夜里，瞬间如同被日光照耀过一般。前一秒于我而言黑压压的一片，如今竟然如同排阵清晰，布局有序的路径——水是水，土是土，互不干扰，总有一处我可以落脚的地方。

父亲再说，你看这天空。

"千万颗星星闪烁的时候，总有一束光会打在你此刻身处的空间里。它们会让夜里变得不仅仅只有黑暗本身。"

我突然发问：可是，如果遇上没有月亮也没有星星的时候，那样的夜晚，一片漆黑。又该去哪里寻找一盏指示的光亮？

　　他并不作答。

　　那一夜我们回到了家里。临睡前他亲吻着我，说了一句，那样的夜路，自有那样的行走方法。只是你现在还没遇上，那就以后再说。

　　再来是第二次。

　　我的家搬迁到了另外一个小镇上。那时候我上小学六年级。下晚自习回家，大多时候是夜里十一点以后了。小镇的人们入睡都很早，街上并没有夜灯。夜里回家的路上，静谧到似乎这里并不存在一个白日里如此热闹的地方。

　　起初我总是提着手电筒回家。直到有天夜里，不知道哪里突然传出来一声狗吠。在这样的夜空中，意外地震响。更可怕的是，一声狗吠，千家万户的狗吠声都跟着升腾起来。以及失望的是，狗吠之后，并没有人从自家探出头来，关照一下外面的世界发现了什么。

　　那些睡在梦乡里的人，他们并不知道，此时此刻的夜路上，有个女孩，正在胆战心惊地走着每一步。她被连续不断地狗吠声吓得失魂落魄。

　　这是一个陌生的外太空，我没有自己的同类。漆黑的夜里，此刻只有我自己一人。我求助无门。以及，我也并不觉得，此刻的求救是理所当然的。

　　这是一连串狗吠而已，对于那些在梦中的，安全的人类而言。

　　我不知道那一夜自己是怎样回家的。我一路奔跑，如同身后有恶魔追赶。那时候是冬天，到家的时候却是满头大汗。母亲在家中并没有等着我。她很早就睡下，因为她第二天很早就要起身操劳家事。日复一日。所以她只是在我差不多到家的时候，起身为我开门。

　　她没有发觉我的惊恐。她又睡去了。

　　我决定不把这件小事告诉她。

　　后来的日子，我每一次掐好时间。快要经过那几户养狗的人家的楼下，就把手里的手电筒关闭。我不知道自己是怎样发现这个方法的。或许是某天被狗吠惊吓到失了魂，电筒落到地上，摔了一轮，开关被关上了。灯光暗下的那一刻，狗吠也就停止了。

　　再后来的日子，我就是在那样的夜路中走过来的——我不可以打开手里的手电筒的光，否则就会引来狗吠的攻击，那叫声就好像它们随时都会向我冲过来。可是如果我手里一寸光也没有，就会惊起更大一层的恐惧——深夜里看不见的恶魔，那些无形的，可是让我畏惧到会失去魂魄的东西。

　　并没有人告诉我怎么办。

　　有光亮指路，会带来动物的威胁恐惧。没有光亮指路，会升起无形恶魔的威胁恐惧。两者衡量中，我选择了先去躲避可以看得见的恐惧。所以我不再打开手电筒。

写在尾声

那一年，我就那样煎熬过来了。十二岁这一年，从学校走回家里的路途，是我一生中经历过的，最是艰难，也是至今也无法释怀的，夜路的恐惧。

到了第三次了。

那是我大学里最后一年，在北京一家报社当实习生。报社的名气很响，实习生里高手众多，压力很大。有一天需要紧急修改一个版面，需要有人值夜班。我决定留下来，帮忙当时的值班编辑，做一些力所能及的跑腿打杂的工作。

事情处理完毕的时候，已经是夜里四点。我走出报社门口，打车回家。那时候穷学生没有钱，租的房子离司机停车的路口有些远，而且的士无法开进去。

那一段路狭窄而昏暗。那时候我只有一个破烂的折叠手机，没有任何可以照亮马路的东西。我一路向前，尽量不出声响。可是还是太害怕了。我想要此时此刻如果发生意外事故，也没有任何人可以来拯救我。

我翻开自己的背包，拿出了一把水果刀。那是放在报社办公室上的东西。只是刚刚离开的时候，我下意识就把它拿到了包里。此刻很庆幸。

前路有多黑呢？我手里提着那把刀，在颤抖着往前，一步步行进。就好像每一秒都是一天那么漫长，以及面前的每一寸空间，都如同一张沉重无比的幕布，我需要使尽全身的力气，才可以推开它，往前行进一步。

我不知道我走了多久，那一夜到家，合租的室友已经睡去。这是我一个人的深夜，没有人知道发生了什么。

第二天报纸出来，我看到了我的名字。实习记者某某某报道。这是我在这家报社实习的第五个月。我终于见到了自己的名字出现在其中一个版面上。我收藏了那份报纸。

那一夜回到家里，我把有着自己名字的那一个版面小心翼翼地裁剪下来，贴在当天的日记本里。打电话给父母，我说我在北京一切很好，你们不要担心。

挂了电话，终于大声哭了出来。

不是工作上的委屈，不是前一夜之后的事后害怕。而是在于：那样一个自己的名字被印在报纸版面上的代价，是要经历那样一夜的惊恐之后才得以换来——这个代价太大，太大，我承受不起。

倘若万一往后的人生里，我人生所得的每一样，都需要这样的夜路煎熬，我不知道自己捱不捱得过来。以及，万一这样的夜路，永远都没有尽头怎么办？我永远寻觅不到光亮的出口，那又该怎么办？

我很绝望。特别绝望。

我突然想起当年父亲提到的那一句，你还没有遇上那样的夜里。

此刻我心里十分清楚，我终于等到了这一天——这样没有方向，没有指引，没有月亮与星空陪伴的夜路，我终于遇上了。

恐惧的恶魔向我袭来。我突然明白，最艰难的不是你可以看得见的，那一条条漆黑夜里的马路。最是没有头绪的，是你心里的那条夜路。

我没有办法向他人要答案。就如同我清楚地知道，每个人只能经历他自己愿意经历的夜路。黑夜是属于个人的，自己的，自私的，别人无法感同身受的黑夜。

这十三个篇章里，有些是我自己的故事，有些是我经历的，别人的故事，有些是我听来的故事。以及，还有我在梦里经历过的故事。这些片段都是零碎，分散，不成系统的。我试着把它们记录下来，不仅仅是故事本身，还关乎这其中于我而言有用的力量指引。

这是我的打开方式。

至于你在其中读到了什么，又收获了什么，那都是属于你的敬畏所在。

我是个世俗之人，我还不够无所畏惧，无人能敌。即使我知悉未知的一切人生，是一种期待。可是这依旧不够释怀。尤其是越长大之后，越是对于夜里感到深深的恐惧——你不知道那扇门背后是一个崭新的世界，还是万丈深渊。

走夜路更害怕的部分是，你连大声呼喊的欲望都没有，因为你知道没有人能够给你回应。

可是即使这般，我还是会训练自己，如何在夜路一场

走夜路的人

的人生里存活下来。比如记录下这些篇章，以及背后的当下时刻。

我自知自己内向，腼腆，习惯性悲观。这些种种，使得我觉得自己就如同是走夜路的人。一条静谧的夜里没有任何人陪同，我也不想要谁陪同。沉静到冷漠悲伤，甚至是可怕，为此把薄凉一场当成自己的处世保护色。

我知道天总会亮，我知道再走一阵，前面应该会遇到路灯，还会遇上同行之人。我甚至知道斗转星移，必定会有晴朗的夜空绽放璀璨烟火。但是，此时此刻，我身处于这一段寂静的、冷漠的夜里当中，我依旧是要在意，如何一边恐惧着、一边敬畏着，以及一边安抚着自己。

有时候自我陪伴是一种无形的孤独，但是这并不害怕。害怕的部分是，当你内在的那个自己也迷失了，你才是失去了陪伴。那才是孤独最恐惧的部分。

而一路走来我很高兴，幸好我还有我自己。在这漫长的走夜路的日子里，知道有很多人与我在不同的时间轴跟地区上一路同行。我为这份"遥远的相似性"而有所惊叹。而这部分的慰藉，便是我开启写下这一本小说合集的初始心愿所在。

这些探索之中，或许我本应该说：这漫长的人生道路里，走夜路不是永远的事，总有一天出口会到来，有一天日出会升起。

我还应该说：在这一些摸索、探讨，以及自我鼓励的过程里，或许我们更能体会到那一份日出光芒照耀着的分量，珍贵，还有精彩。

我还会说：走过夜路的人，才是我们不枉来世体验人生一场的意义所在。

可是，以上都不是我想要讲述的答案。

这不是一本励志的故事，所以我不会说上那一句：希望这一次可以给予你温暖，给你好运。

这本书有些冷，有些灰，还有些不可以说出来的情绪。

这一场尾声里，这一场夜路探索的十三个故事里，我想要告知你的秘籍在于——害怕行走夜路，比行走夜路本身还要恐惧。

该来的必然会来，夜路也是如此。

回到我这一关的课题烦扰：万一夜路就是此生，无法有尽头，那又该如何？

我的答案是，那就让自己成为黑夜的一部分。

倘若此生都身处黑暗之夜，那么我希望你至少可以练就一双与黑暗同在的明眸。以及，可以成为夜里的一部分——那样就无所谓走向光亮，甚至无所谓必须有所终点。

一旦不再计较终点，或许我们就配得上这份黑暗的行走了。

毕竟，深夜是每个人的深夜。

写于 2017 年 7 月 25 日午夜

安可絮语

2016年和2017年，我住在深圳罗湖某处二十二楼的公寓。刚恢复单身，事业飘荡。人们说来日方长，可我却觉得我的生活已经结束了。没有办法再进行下去了。我这样告诉自己。

一些旅行，以及一些其他尝试的方式之后，我终究觉得自己无法可以真正地平静下来。夜里的无边无际，几乎就要把我吞没，直到最后一丝存在也不再存在。

有天夜里，那个时间点又开始了。是的，焦灼不安，任凭电影、食物、酒，也没有办法将我从海底拉上来。并且越发沉溺。

在即将到来的崩溃的前一秒，我披上外套，拿起钥匙，出了门。

午夜的南国城市，下着雨，不算冰冷。我一路绕着白日里人来人往的那座天桥，来回游走。像个孤魂野鬼。一方面觉得安全。另一方面觉得，在这样的夜里死去，好像也是一种平静的美。

我什么都没做，那天夜里。天色接近鱼肚白的时候，我去那家二十四小时营业的茶餐厅，喝了一碗粥。而后回到家里，入睡。醒来的时候已经是黄昏。夕阳真是美，越发接近消逝，越发动人。

最是人间留不住，也就是这些稍纵即逝的存在了吧。——心底冒出这个声音：如果你还想留些什么，若是还有一些人世间的瞬间值得你眷恋，那么，就把这份眷恋留着吧。

嗯，好。

我坐在工作台前。

无论它来日是否会被别人看见、阅读、了解、沉迷，或者沉溺、感受、拥抱——这都没有关系的。你自己知道，你正在留下一些东西，这就足够了。这东西到底是什么？我隐约感受到，却无从描述。

那么，我们开启这段旅程吧。我对她说。

嗯，好。

依旧是再平常不过的生活，一面处理烦琐，一面在夜里沉入海底，拥抱过去。一些久远的过往。后来我才知道，那些得是多么珍贵的礼物。

　　　　　　　　　　　　走夜路的人

某个夜晚永远改变了你，而你却在很久之后才知道。一些日子之后，就到了尾声。

于是它就诞生了：《走夜路的人》。

走夜路的人，关于爱，死亡，还有这人间。

十三个故事，十三种人生。

关于童年、故乡、时代、死亡、亲人、爱情、职场、名利场、人性……这些词语在其中都占有一席之地。你读到了什么，窥探到了什么，那都属于你的人生解读。

没有所谓的对，或者所谓的错。一切只是关乎你我各自心底的态度呈现，价值衡量，对比之后的决策。

我本以为，它会被我收藏起来，来日交付给自己的儿女的。如果可以的话。然而奇妙的是，当你愿意与悲伤拥抱、共处、舞蹈，到了这场旅程尽头，你突然就变成了另外一个人。

这个过程里，这些字句诞生的夜里，常常会有一段自发性出现的旁白语，搭配着敲打键盘的手指——

在更大的世界没有了你，一些你们。

你就要失去我了。

你已经失去我了。

像是在跟过往种种进行一场告别，亦像是跟不久以前的一些现实生活进行告别。我在现实世界里，已经失去这些人了。他或者她，是故事里的虚构人物，亦是我命运中在乎之人的一些映照。

我逐渐张开手掌，让他们离开了我。

写完了这十三个故事之后，我的"收尾之言"是疲惫的。悲伤并没有真正结束，甚至它永远不会结束。于是我等待着，等待着一些年岁过去。

直到今时今日，我再一次重读它们，钻进海底。

我的全新感受是：亲爱的，去拥抱你自己的生活吧，无论你是躲在自己的隐秘之地，还是决定外出去看看这个世界。找出你所期待的，会有回响之声，为你指引，为你完成。

生活，或者说命运，其实并没有那么多的矛盾。听从感受，你身体的感受，心绪的感受，听从那些夜里的，清晨时候的，黄昏时候的感受。

感受是唯一的真理，它会告诉你一切的。

无论你的生活正在发生什么，无论你过去经历了什么，我都想通过这一刻的感受，将我的力量箴言交付给你——命运的大悲大喜，从来都由不得我们自己；但是能够将我们留下来的，依旧是这人间烟火。

在真正抵达之前，还有很长一段旅程。在行走这些年之后，我足够耐心，并充满勇气。因为光是期待本身，就已经让我获得自由的喜悦。

走夜路的人

这是走过漫长夜路之后，我所拥有的此时此刻。于是，也将此番絮语，交付给你。

命运漫长，你我都需要经历各自的黑夜，而后抵达心底的归属之地。

生活不易，我们各自珍重。

祝心想事成。

祝拥有爱与被爱。

愿你的城市有个好天气。

写于 2019 年 11 月 12 日午后

没有一个人可以从另一个人身上看出他在自己的路上走了多远。

——[德] 赫尔曼·黑塞《悉达多》

达达令，写作者。

原名彭富玲，生于 1988 年，摩羯座。

本科毕业于中南财经政法大学新闻系，早年就职于影视公司、互联网公司。现在是一名内容创作者。

生长于广西，大学在武汉度过，曾漂泊于深圳，现定居广州。是城市旅行者，亦是时间旅行者。

往后的人生暂且不知如何。但是在这个阶段，能够遇见一些读者，得到一些风景，留住一些岁月，已是幸运。

江湖
开放日

出 品 人：彭富玲

策划编辑：李益灵

责任编辑：张春霞

营销编辑：黄若冰 郭惠

作者拍摄：周秀芝 郭惠

内文制作：常 亨

整体设计：好谢翔工作室

微博：@江湖开放日

微信公众号：江湖开放日

合作邮箱：

bd@openisland.net

mkt@openisland.net

你不必一直是孤岛。